魅丽文化 花火工作室

面具之偶

The mask

浅晓萱——著

江苏凤凰文艺出版社
JIANGSU PHOENIX LITERATURE AND ART PUBLISHING, LTD

图书在版编目（CIP）数据

面具之偶 / 浅晓萱著 . -- 南京 : 江苏凤凰文艺出版社 , 2019.9
ISBN 978-7-5594-3952-9

Ⅰ . ①面… Ⅱ . ①浅… Ⅲ . ①长篇小说 – 中国 – 当代
Ⅳ . ① I247.5

中国版本图书馆 CIP 数据核字 (2019) 第 158394 号

面具之偶

浅晓萱　著

出 版 人　张在健
责任编辑　张　倩 王　青
选题策划　黄　山
特约编辑　罗小浓
装帧设计　青空工作室
出版发行　江苏凤凰文艺出版社
　　　　　南京市中央路 165 号，邮编： 210009
网　　址　http://www.jswenyi.con
印　　刷　湖南新华精品印务有限公司
开　　本　880mm × 1230mm 1/32
印　　张　10
字　　数　210 千字
版　　次　2019 年 9 月第 1 版，2019 年 9 月第 1 次印刷
书　　号　ISBN 978-7-5594-3952-9
定　　价　39.80 元

目录

Contents

目录

Contents

第一章
戴着面具的神秘男人

英国，夜狼俱乐部，位于高街区最隐秘之地。

说得文雅一点，这里是上流社会那些富家子弟、名流商贾的交流场所，说得俗气点，就是他们风花雪月、寻欢作乐的地方。因为来这里的男人大多数是为了寻找刺激和猎艳的，而来这里的女人大多数是为了这些非富即贵的男人。

夜狼俱乐部每晚都会举行派对，当然，今晚也一样。

今晚与往常又有些不同，每个人都要戴上俱乐部特别准备的面具。

派对已经开始了，今晚尤为热闹，来参加派对的人数是以往的两倍。

若问原因，便是今晚有难得的拍卖活动。

这里不是什么高雅的场所，拍卖的当然不是什么价值连城的古董字画，而是……女人。

灯光迷离的俱乐部大会场里，充满着来寻找刺激和猎艳的男人们的喊价声。

“十万。”

“二十万。”

“五十万。”

“五十万第一次，五十万第二次……”

此时站在会场拍卖台上被拍卖的是一个戴着白色蝴蝶面具的女人，最后她被一个英籍男人以五十万英镑拍下。

她被带走后，出场的是今晚的九号，也是今晚的最后一位。

只见一位戴着白色蕾丝猫女面具的女人被工作人员从舞台的一侧领上来，面具遮住了她的上半张脸，只露出丰润的红唇和一双诱人的眼睛。

她一袭白色抹胸紧身裙，凸显出她曼妙玲珑的身体曲线。抹胸裙只及大腿，露出了圆润的双肩、精致性感的锁骨以及笔直修长的双腿。

她凝脂般的肌肤在灯光下越发白皙滑嫩，透着迷人的光泽。

在她之前的一号至八号出来后就开始搔首弄姿，生怕台下的男人看不上她们，从而不出高价拍下她们。

而被两名黑衣保镖带出来的九号则直直地站着，既没搔首弄姿，也没摆出性感的姿势。

她紧紧咬着在迷离灯光下越发丰润诱人的红唇，白色蕾丝猫女面具下那双清澈动人的眼眸中似乎正燃烧着火焰。

她垂在身侧的双手紧握成拳，眼底迸射出怒意，像是极不满被拍卖。

她叫苏暖，是一个靠写网络小说为生的作者，也是一个被父母抛弃的孤儿。

在这个世上，她最亲的人除了闺密唐乔晚外，就是相识六年的未婚夫景轩了。

为了帮助自己的未婚夫创业，她写小说赚的稿费，除了留下一部分供自己日常开销以外，剩下的全部寄给了自己的未婚夫。

两个月前，她接到景轩的电话，要她来英国。电话那端的景轩告诉她，他创业成功，并在英国开了一家贸易公司。

一个多月前的晚上，她收到景轩发给她的信息，说他喝多了，让她去阿尔特酒庄接他。

而她去酒庄以后就遭遇了绑架，然后无缘无故被囚禁了一个多月。

前天，她被卖入了这夜狼俱乐部，此刻正面临着被拍卖的命运。

想到这些，苏暖心里就觉得憋屈、难过极了，也愤怒极了。

由于她不像之前那八个女人一样刻意讨好在场的男人，所以，现场的男人们发出了不满的声音，要求拍卖台上的她把身上的抹胸裙脱了。

听到台下那些男人的要求，苏暖非常气愤，此刻的她很想冲下台扇每人一巴掌，再狠狠地踹上几脚。

但由于她左右两旁都站着保镖，并且站在这台上的俱乐部经理在她出场之前就威胁过她，如果她敢在台上乱来，他一定不会让她好过，所以，她暂时不敢乱来。何况她向俱乐部经理妥协接受被拍卖，也是为了能有机会逃走。

“让她把裙子脱了。”

“对，让她把裙子脱了。如果她不脱，我们就不出价了。”

台下有几个男人用英文这样说。

台上的经理闻言，笑着说道：“尊敬的先生们，九号是今晚唯一一位东方女性，而且还是一只很难驯服的小野猫，如果想征服她，与她共度良宵，就要先出价，价高者得。”

台下的男人们听到经理说苏暖很难驯服，便都眼睛一亮，顿时来了兴趣，对她投去火辣辣的、想要驯服她的目光。

苏暖接收到他们炽热的目光，恨恨地咬着下唇，眼眸里毫不掩饰地喷射出怒火与厌恶。

她的不屈服、桀骜，男人们似乎都远远地感受到了，对她更感兴趣，于是纷纷喊起价来。

“三十万。”

“五十万。”

“一百万。”

“一百五十万。”

“两百万。”

有人出到两百万时，现场便渐渐静了下来。

然而，出价两百万的是一个身材高大且有着啤酒肚的肥硕男人。

“两百万第一次……”

苏暖看到那个男人的第一想法就是她彻底完蛋了。

如果是个瘦瘦的男人，她说不定还有机会逃走。

那么胖的男人，跟头大象一样，她要怎么逃？

想到自己的逃跑计划要落空，苏暖再也没办法冷静和配合下去了。

她必须赶紧想办法逃。

“两百万第二次……”

听到经理喊“两百万第二次”时，她更加慌乱和惶恐，额头渗出了冷汗。

完了，完了，她苏暖要完了。

“两百万第三……”

“一千万。”

听到这个“一千万”，苏暖一惊，下意识地抬起了头。

会场上所有的人都被震惊到了。

他们循声望去，便看见一个戴着金色复古斗士皇冠面具的男人正从门口走进来。

男人身姿挺拔，一身裁剪得体的修身西服彰显出他的不凡与贵气。

面具遮住了他的上半张脸，但遮掩不了他的俊美。

微抿的薄唇比女人的唇瓣还要艳丽，魅惑而又性感，坚毅的下颌带着天生的矜贵之气。

随着他的进入，一股王者的霸气也扑面而来。

他周身散发着令女人沉迷的魅惑气息，所以，他一进会场就吸引了全场女人的目光。

随他进来的还有五个人，即四名保镖和一个助理。

走在他身旁的是他的助理，刚刚的一千万便是助理喊的。

戴着金色复古斗士皇冠面具的尊贵男人进来后，那双冷傲狂狷的棕色眼眸便扫向了拍卖台上的苏暖。

四目相对，他清晰地窥见了苏暖眼底的慌乱、惶恐与震惊。

他眼眸微眯，眸底闪过一道让人窥不清情绪的光芒，嘴角邪佞地勾起了几分。

女人，没想到你也会有害怕的一天，你不是天不怕地不怕吗？

苏暖接收到他让人有些熟悉却又窥不清情绪的目光，微微蹙了下眉。

那男人是谁，为什么她有一种熟悉感？

为什么她越发不安了？

为什么她有一种那个男人是来看她出丑的错觉？

他到底是谁？

一开口就是一千万，他看上她哪点了？

她不过是一个网络写手而已，还在异国他乡，应该值不了这么多钱吧。

直觉告诉她，这个出一千万的男人同样不是一个好对付的货。

难道她真的难逃一死？

她好想哭。

拍卖台上的经理一看进来的男人就知道不是一般人，他反应过来后，很是震惊地看着气度不凡的男人问道："先生，您说的一千万是英镑，还是……"

男人名叫凌言玺，凌氏集团的太子爷，出身英国贵族，家族势力遍布整个欧洲，家大业大，最不缺的就是钱。

凌言玺一直饶有兴致地盯着拍卖台上的苏暖，没有回拍卖经理的话。

他身旁的助理康德回道："当然是英镑，一千万英镑。"

一千万英镑差不多相当于一亿人民币，所以，在场的人，包括经理听到康德的话后都震惊了，倒抽了一口气。

"一千万英镑！天哪，那个男人是谁啊？出手好阔绰啊。"

几乎全场的人都看向了凌言玺，有惊讶的，有羡慕他有钱的。

女人们几乎都想成为他的女人，恨不得在台上被拍卖的是她们。

在拍卖台上的苏暖也被震惊到了。

一千万英镑，那个男人是疯了吗？

经理愣了一会儿，回过神来，连忙喊道："一千万第一次，一千万第二次，一千万第三次……”

经理见没有人再喊价，便笑着看向凌言玺，恭恭敬敬地道：“先生，恭喜您，九号美女归您了。”

苏暖见经理把她卖给台下气度不凡、周身散发着邪佞气息的尊贵男人，神情有些惊慌地看向了凌言玺。

而凌言玺接收到她惊慌的眼神后，妖冶冷淡的眼眸中闪过一抹玩味之色，嘴角扬起的弧度带着一股说不出的诡异感。

苏暖看着他，觉得他比刚刚那看起来有三百斤的“大象”还要危险。

她正想着要怎么逃时，就被台上的两名保镖架下台了。

“你们放……”苏暖正要挣扎，腰就被禁锢住了。

察觉到危险后，苏暖狠狠地瞪了一眼戴着面具的凌言玺，才跟着两名保镖离开会场。

凌言玺微微勾了下嘴角，朝他身旁的康德示意了一下。

康德会意后，看向从台上下来的经理。

经理一脸谄媚地走近凌言玺。

康德则在他走过来后，看着他，压低声音说道：“我们凌总还有点事想跟你谈。”

经理闻言，连忙笑着看向凌言玺，说道：“凌总，这边请，这边请……”

经理带着凌言玺去了贵宾会客室。

苏暖则被那两名保镖送去了俱乐部顶层的一间总统套房里。

为防止苏暖逃跑，他们绑住了她的手脚。

而被绑住手脚扔在床上的苏暖一边用力挣扎着试图挣脱绑住她的绳子，一边想着逃走的办法。

由于那两名保镖就站在门口守着，她不敢有太大的动静。

怎么办，她该怎么办？

难道她真的难逃一劫吗？

因为绳子绑得太紧，也太结实，她费尽全力也挣脱不了，快要急哭了。

从一个多月前被绑架、被囚禁，再被卖到这俱乐部里，她一直在想办法逃走，也一直抱着天无绝人之路的心态来面对她所遇到的一切困难。

可是，现在她觉得她再也无路可逃了。

她红了眼眶，眼底氤氲起一层水雾，既难受又难过。此刻的她脆弱极了，不禁喃喃自语："景轩，你在哪里？你在哪里？景轩……"

她带着无比难过的心情念着这个支撑她到现在的名字，泪水瞬间落了下来。

撑了这么久，却还是难逃一劫，她撑不下去了，有些崩溃了，开始绝望了。

她好想好想痛哭一场。

在她难过之时，胃里突然一阵翻滚，那熟悉的恶心感又涌了上来。

"哕——哕——"

她干呕起来，眉头紧皱，精致的五官也皱到了一起，看起来很是难受的样子。

"哕——哕——"

胃里又是一阵翻滚，苏暖这次干呕的声音更大。

她很难受，很难受。

从前段时间开始，她就有这种恶心想吐的情况了，一开始只是轻微的，这几天变得强烈起来。

站在门口的两名保镖听到她的干呕声，便转身走了进来。

其中一名保镖用英文问道："你在做什么？"

苏暖干呕得脸都红了，听到保镖的声音后，竭力压制下那恶心的感觉，平息了一会儿，才抬头看着那两名保镖，喘息着用英文说道："我……我难受……我要去洗手间，我要去洗手间……"

"不准！"两名保镖无情地拒绝她后，威胁她一番，才转身出去在门口守着。

这次他们面对着苏暖，以防止她逃走。

楼下会客室里，经理和这俱乐部的幕后老板都满脸是血地趴在地上，看起来像是被狠狠地揍了一顿。

经理是华人，哭着求饶道："凌大少爷，饶命啊，我不知道九号是您的人。"

端坐在真皮椅上的凌言玺睥睨着他，嘴角冷冷地勾起："不是我的人就可以拍卖了吗？"

经理闻言，一抬头便对上了凌言玺那双慑人的妖冶眸子，里面折射出的寒光带着危险的信号。

经理心下一骇，怔了怔，连忙说道："凌大少爷，我知道错了，您饶了我吧。"

凌言玺眼神冷傲地盯着经理，扬唇邪佞地一笑，这笑却不达眼底："这事要解决的话，你们拿出一千万英镑吧。"

经理闻言，看了看身旁的老板，才抬头一脸哭相地看着周身散发着邪气与狂狷冷冽之气的凌言玺，很是为难地说道："凌大少爷，我们虽然误动了您的人，可是，您要一千万英镑，会不会太多了……"

"太多了？"凌言玺眯起眼，"你要我花一千万英镑买的时候，你怎么不嫌多？"

经理看了看他，低着头没说话。

凌言玺则目光一寒，眼神冷冷地盯着他，俊美妖冶的脸上蒙上了一层阴霾："我凌言玺的人还不值一千万英镑吗？"

经理和俱乐部的老板见凌言玺不高兴了，连忙说道："这个……凌大少爷，我们不是这个意思。"

一旁的康德看着他们，说道："我们凌总还没算上他的精神损失费和名誉损失费，这你们就拿不出了？"

经理和老板听得一脸震惊："还有精神损失费、名誉损失费？"

康德表情冰冷严肃地盯着他们说道："你们抓走了我们凌总的女人，凌总因为担心苏小姐，精神上受到了损害和打击，而且，你们拍卖他的女人，这不是损害了他的名誉吗？"

经理听他说完，脸色一白，连忙说道："一千万英镑太多了，我们真的拿不出啊。"

“拿不出，就去想办法赚，应该不用我提醒你们怎么做吧。”凌言玺冷冷地道。

经理和老板听到他这话，再一次震惊了。

“凌大少爷，这、这……我们……我们一把年纪了，怎么……”

凌言玺目光不带温度地睥睨着他们，嘴角勾出的笑也不带任何温度：“你们不是喜欢拍卖吗？今晚你们就把自己拍卖出去。”

“啊……”

经理和老板听到他的话，都快傻了。

经理回过神后，连忙哭着求道：“凌大少爷，有话好好说啊！”

凌言玺没有理会他们，起身后，看着康德吩咐道：“把他们带下去，他们是怎么拍卖那些女人的，你就怎么拍卖他们。”

康德恭敬地颔首应道：“是。”

随后，凌言玺径直往门外走去。

经理和老板见状，连忙哭喊道：“凌总，凌大少爷，您别走啊，您不能这样对我们啊！”

“凌总啊，凌大少爷啊……”

康德看了一眼哭喊着的两人，然后看向那四名保镖，吩咐道：“给他们换上比基尼。”

经理和俱乐部老板闻言，心顿时凉了一大截。

“啊……不要……你们不能这样对我们……”

凌言玺离开会客室乘坐电梯到了顶层，径直去了总统套房。

守在门口的那两名保镖看见他后，恭敬地颔了下首，便很自觉地离开了。

凌言玺进去将门关上，将房里的灯光调暗，径直走向了大床。

还在床上与绳子做斗争的苏暖感觉到一股压迫的气息朝她袭来，猛地转过头去，正好与俯下身的凌言玺四目相对。

他那张戴着面具也遮掩不住俊美邪魅的脸放大在她眼前，同时，他身上那让她有些熟悉的男性气息也很强势地钻进了她的鼻腔里。

她心一紧，瞪大了双眸看着那双带着玩味与邪气的眸子：“你……你要做什么？”

她眸底闪过一丝惊慌，下意识奋力地后退。

由于双手双脚都被绑着，她移动得很慢。

凌言玺瞥了一眼像一条蛇一样努力蠕动的苏暖，一把抓住她玲珑白皙的双足。

他厚实的掌心带着炽热温度，苏暖被他捉住双足后，吓了一大跳。

随即，她用力蹬了起来：“变态，你干吗？放开我，你别碰我……”

她挣扎得越厉害，凌言玺抓得越紧，以致她感觉她的脚踝都快要断了。

苏暖见蹬不开，哭着吼道：“你这个变态，你放开我，放开我……”

凌言玺见她哭了，秀美的脸上挂满了泪珠，便松了手。

随即，他再次俯下身，长指轻轻抚去了她眼角的泪滴。

他看了一眼自己指腹上的泪水，盯着她，刻意压低了嗓音问道：“你觉得眼泪对我有用吗？”

他像是与床上的苏暖很熟，又像怕被她认出来，刻意变了音。

他的嗓音很低沉很低沉，以致苏暖听到他的声音后，虽然觉得声音有些耳熟，却又想不起来他是谁。

她抬起泪眼，看向凌言玺，哭着怒道：“没用又怎么样？你要欺负我，还不允许我哭吗？”

“欺负？”凌言玺眼眸微眯，目光让人窥不出情绪，“我欺负你了吗？等我真正欺负你了，你再哭也不迟。”

他说完，挺拔的身子便压了下去。

感受到他的重量，苏暖神色大变，惊恐地瞪大了双眸。

她一边左右扭动着身子奋力挣扎，一边语气慌乱地喊道：“禽兽，你滚开，你敢乱来，我做鬼都不会放过你！”

凌言玺盯着神色惊慌的苏暖，说道：“你要是做了鬼，那我就是阎王，看谁不放过谁。”

话音一落，他便抬手捏住了她的下巴，眼神冷冽且带着几分不悦：

“我花一千万英镑买下你，不是来听你说这些废话的，你最好好好表现，好好伺候我，或许我可以带你离开这里。否则，我就把你再卖一次，补偿我的损失。”

苏暖闻言，恨恨地握紧了双拳，眸带怒气地盯着他：“像你们这种人渣，一定会不得好死的。”

“我是人渣？”凌言玺盯着她，眼神冷了几分。

苏暖无视他变冷的眼神，继续说道：“见了女人就心生歹念的人，不是人渣，那是什么？！”说到这里，她顿了一下，豁出去般又说道，“我有病，严重的传染病，你要是不怕被传染、不怕死，就来试试。”

凌言玺闻言，扫了一眼她在迷离的灯光下越发诱人的身子后，说道：“那我就试试。”

听到这话，苏暖心里一惊，见他一副要吻下来的样子，连忙说道：“你不怕被传染吗？我真的有病。”

“正好，我也有。”凌言玺说完这话，便伸手去解自己昂贵西服的扣子。

苏暖根本动弹不了，眼见他脱下外套后，又去解衬衫的扣子，心中一急，连忙放软了语气：“先生，我求你放过我好吗？”为了打动凌言玺，她眼含泪水，楚楚可怜地看着他，“我一没身材，二没长相，三……”

凌言玺及时打断她：“你有病，很适合我。”

“我……”苏暖闻言，差一点就把“我没病”吼出来了。

她看了看凌言玺，转动了下眼珠，才又说道：“您一看就是有身份、有背景、有身家的人，何必纡尊降贵地来伺候我啊？您放过我好不好？”

“你把一千万英镑还给我，我就放过你。”

听到这话，苏暖好想大哭，随即，她看着凌言玺说道：“是你要买我的。”

凌言玺睥睨着她，说道：“我要是不买你，你就被一头猪买去了，难道你宁愿伺候一头猪，也不愿意伺候我？”

苏暖闻言，正要说什么，凌言玺便又盯着她说道：“你该感谢我，如果不是我，你这会儿已经被猪拱了。”

苏暖瞪着他：“你跟他有什么区别？！他是禽兽，难道你就不是了？”

凌言玺见她把他和其他男人混为一谈，左一句“禽兽”，右一句“禽兽”的，棕色眼眸眯了起来，眸底生出了怒气。

他眼神凌厉地盯着苏暖：“既然你已经把我定义为禽兽了，我要是不做一些禽兽不如的事，怎么对得起这个称号？”

说罢，他的大手便抓住了苏暖身上的裙子，准备将其撕下来。

苏暖见自己没法说服眼前戴面具的男人放过自己了，于是没再挣扎，而是目光充满恨意与狠意地瞪着他：“如果你敢碰我，我一定不会放过你。”

听到她的话，凌言玺对上了她那双含着泪水的眸子，她眸中的恨意和狠意令他的心微微下沉，痉挛了一下。

他盯了一脸决绝的她一会儿，便从她的身上起来了。

他沉默了一会儿，才俯视着她说道：“是还一千万英镑，还是做我的女人，你自己做决定。”

苏暖泪眼模糊地看着他：“我不会做你的女人，也还不起那一千万英镑，你杀了我吧。”

说这话时，她眸中的泪水又顺着秀美的脸颊落了下来。

此刻的她心里非常难受，如果有选择，她并不想死，因为，她还有好多事没做，她还有梦想没有完成。

她还不想离开她的景轩。

凌言玺见她满脸泪水，像是很伤心、很难过，他的心口像是被压了一块巨石，有些沉闷和压抑。

随即，他居高临下地盯着苏暖问道：“跟我在一起有这么痛苦吗？”

苏暖嘴角勾出一道嘲讽的弧度，冷冷道：“你以为每个人都像你一样喜欢随随便便跟自己不爱的人在一起吗？”

她说的“不爱”两个字，让凌言玺的心像被什么刺了一下，他盯着她说道：“你的意思是，跟你爱的人在一起就可以随随便便了？”

苏暖冷声反问："有毛病吗？"

"没毛病。"说完这三个字，凌言玺眼神沉冷地盯着她看了一会儿，才说道，"你该庆幸你遇到的是我。"

语毕，他便没再理会苏暖，而是拿出手机来打电话。

打完后，他步伐稳健地走向苏暖。

苏暖见状，眼神充满警惕与怒意，怒道："禽兽，我不会放过你。"

凌言玺是要去给她松绑的，听到她的话，快要被气死了。

真是个蠢女人，他要是有心欺负她，会跟她费那么多口舌吗？

他只不过是逗她而已。

她对他是有多不熟悉，他只不过戴了张面具，她竟然就认不出他了。

没心没肺的女人，好歹他们也同居过，好歹他还是她的老板，好歹他还给她发过工资，她竟然把他忘得一干二净，连他的声音都听不出来了。

就算他刻意变了音，她也不至于听到他的声音后，一点熟悉感都没有吧？

凌言玺一边气不打一处来地想着这些，一边给苏暖解开绑住她手脚的绳子。

由于心里有气，他在帮她松绑的时候，动作有些粗鲁。

他先是将苏暖的身子翻了过来，让她趴在床上。

苏暖以为他要从背后袭击她，气得大喊道："禽兽，变态……"

凌言玺没有理她，替她解开手上的绳子后，又有些粗鲁地将她的身子翻了过来。

苏暖见状，忍住想踹开他的冲动，因为她要借他的手替她解开脚上的绳子。

而绑住她双脚的绳子一被解开，她便用力踢向了凌言玺。

凌言玺早就知道她会来这一招，所以稳稳地捉住了她踢过来的双脚。

随即，他举高她的双脚，跪在了她的双腿间。

这样的姿势让苏暖既羞愤又想杀人。

她奋力挣扎起来："你放开我，你给我滚开，滚开……"

凌言玺盯着喊得脸都红了的苏暖，说道："真是个蠢女人，你难道不知道你越是反抗，我越想征服你吗？"

听到这话，苏暖停了下来。

她看向凌言玺，正想说什么，那熟悉的恶心感又袭来了。

"唠……"

凌言玺见她眉头紧皱，脸偏向一侧干呕起来，连忙放开了她。

随即，他盯着她问："你怎么了？觉得我很恶心？"

"唠……"苏暖没回答他，捂嘴干呕了一下，连忙从床上爬起来，冲进浴室。

"唠……唠……"她趴在盥洗台上，干呕了好几声。

凌言玺随后进去，见她趴在盥洗台上，像是很难受的样子，便快步走近她。

他一把拉住她的手，迫使她转过身来。

见她的脸色有些差，他便盯着她的脸问道："你到底怎么了？吃坏东西了？"

他言语间不自觉地带着几分关心，不过，在气头上的苏暖没有听出来。

她一把甩开凌言玺的手后，冷眼盯着他说道："这不关你的事。"

"不知好歹，幸亏你遇到的是我。"凌言玺眼含怒气地盯着她说完，便转身离开了。

凌言玺刚从浴室里出来，康德就进来了。

康德手里提着一个袋子。

他走近凌言玺后，将袋子递给凌言玺："凌总，给苏小姐的衣服。"

凌言玺瞥了一眼那袋子后，说道："送进去。"

说完，他便离开了。

同样戴着面具的康德则将衣服送了进去。

苏暖一见到康德，便警惕起来。

康德见状，笑着说道："苏小姐，别害怕，我是来给你送衣服的，你快换上吧。”

苏暖瞥了一眼他手里的袋子，语气不悦地问道：“里面是不是什么乱七八糟的情趣内衣？是不是那个变态让你拿来的？”

“变态？”康德愣了一下后，笑着看向她，说道，“苏小姐，你是不是误会什么了？我们总裁怎么会是变态？他可是你的救命恩人。这里面也不是你说的那些东西，不信，你看。”

说完，康德便将里面的衣服拿出来给苏暖看了一下。

“我把衣服放在这里了，苏小姐，你换好后就出来。”康德说完这话，将衣服放下后便转身出去了。

苏暖则在他出去后，上前将浴室的门关上了。

随即，她四下看了看，见浴室里连一扇窗户都没有，只得走过去将袋子里面的衣服拿了出来。

她盯着拿出来的衣服犹豫了好一会儿，还是放了回去。

她不敢穿，因为她怕那衣服有什么问题。

万一那衣服上喷了迷药什么的，她该怎么办？

可能是小说写多了，她的想象力太丰富了。

而且，吃一堑，长一智，经历了被绑、被囚禁、被卖，她更应该多留一点心眼。

她身上的衣服虽然暴露了点，但起码是安全的。

她在浴室里站了好一会儿，直到想到要怎么离开这里的办法，她才提着衣服，拉开浴室的门出去。

康德正在外面等着她，见她没有换衣服，便问道：“苏小姐，你……怎么没换衣服？”

苏暖想了一下，才说道：“这衣服小了点，我穿不上。”

康德闻言，深深地看了一会儿苏暖后，没有勉强她穿上，而是看着她说道：“苏小姐，那我们下去吧。”

康德的声音，苏暖听着也觉得有些耳熟，不过她并没有多想什么，因为对她来说，能离开这里才是最重要的。

她扫视房间一圈后，看着康德问：“下去做什么？”

“离开这里。苏小姐，请。”

苏暖见康德虽然戴着面具，不过对她很礼貌，而且也不像是坏人，便问道：“那离开这里后，你们要带我去哪里？”

康德回道：“当然是送苏小姐回家了。”

“送我回家？”听到这个答案，苏暖是很意外的，“我没听错吧？”

康德笑着回道：“苏小姐，你对我们的误会太深了，我们是特意来救你的。英国的警方马上就来抓人和查封这里了，我们先离开。”

苏暖深深地看了一眼康德，才走出去。

到了楼下会场，她便看见英国警方已经到了，会场里跪了一地双手抱头的人。

当她看到穿着比基尼、化着妆的经理和俱乐部老板跪在地上时，惊讶得眼珠都快瞪出来了。

康德见她停了下来，再次说道：“苏小姐，请。”

听到康德的声音，苏暖收回目光，跟着他径直离开了俱乐部。

凌言玺的座驾就在俱乐部外，他已经坐在车里了。

四名保镖都站在车门外。

康德上前将车门拉开后，看向苏暖说道：“苏小姐，请上车。”

苏暖瞥了一眼坐在车里的凌言玺，半开玩笑半认真地问道：“你们不会再把我卖了吧？”

她说完这话，就收到一道从车里射出来的冷光。

随即，她便听到一道冷冽的声音：“把她给我塞进来。”

他话音刚落，那四名保镖便上前将还没反应过来的苏暖架起，直接塞进了车里。

康德则很配合地关上了车门。

随后，康德便坐到了驾驶位上，并快速发动了车子。

那四名保镖则坐在后面的一辆车里。

见坐在自己身旁的凌言玺像一座冰雕一样浑身散发着寒气，苏暖往旁边坐了坐。

随后，她看了看外面，才盯着凌言玺问道：“你真要送我回去？”

凌言玺侧过头，见她没有换衣服，便问道：“为什么没换衣服？”

驾驶位上的康德回道：“苏小姐说衣服小了，可能是我估错苏小姐的三围和体重了。”

凌言玺瞥了一眼苏暖的胸，说道：“三十四、二十四、三十六，这你也会估错？”

苏暖见凌言玺直接报出了她的三围，还那么准，有些诧异，不过，脸也有些发烧。

她低下头，没有说话，努力地想着，如果凌言玺他们食言不送她回去，她该怎么逃。

凌言玺也没再说话，车里变得安静下来，气氛有些压抑。

过了一会儿，苏暖试探性地问道：“你真打算送我回去？”

凌言玺瞥向她，冷冷地一笑，说道：“你再多问一句，我就把你送到我床上去。”

闻言，苏暖立即闭上嘴，不再说话了。

这一个多月来，她都没有好好休息过，一直保持着高度警惕的状态，所以，她是很累的。

她很想好好睡一觉。

戴着面具的凌言玺虽然让她觉得危险，觉得讨厌，但她又莫名地觉得他比绑架她、囚禁她的那些人安全多了。

或许是心里有这份潜在的安全感在，所以她靠在车窗上，放松了一下精神。

一个小时后，她开始犯困，同时，因为穿得单薄，她觉得有些冷，便抱了抱双臂。

下一秒，一件男士外套便飞进她的怀里了。

冷沉沉的、带着命令的声音随之传来：“披上。”

闻言，苏暖低头看了眼怀里的外套后，看向了凌言玺：“不用……”

她还没说完，就看见凌言玺抬起手来解衬衫的扣子。

见状，她瞪大了眼：“你……你要干吗？”

“你。”凌言玺说了一个“你”字后，盯着她说道，“对于不听话的女人，我有很多种办法让她听话。”

“你……”苏暖闻言，气得瞪了他一眼，连忙披上了他的外套。

披上后，她在心里将凌言玺痛骂了一顿。

眼前的男人跟那个死暴发户凌言玺一样，都是个狂妄自大又讨人厌又喜欢强人所难的男人。

想到凌言玺，她才察觉到坐在身旁戴着面具的男人跟凌言玺的性格很像。

难道有钱的男人都是一个样吗？都那么狂妄、不可一世吗？

她把这笔账算到了凌言玺的头上，并决定把凌言玺写成一个十恶不赦的渣男，让他被女主抛弃、被读者唾弃。

她要在小说里让凌言玺痛苦一辈子、孤单一辈子。

凌言玺是她的顶头上司。

说起她和凌言玺相识的经过，简直比她写的小说中男女主相遇相识的情节还要狗血。

之前她在 wan 小说网站连载了一篇总裁文，男主的名字叫言玺。

就因为撞名而已，那个叫凌言玺的暴发户不知道用什么方法找到了她。

他不仅说要告她不经过他的同意侵犯了他的姓名权，还说她意淫他，把他意淫成了一个超级大色狼。

这就算了，他后面还收购了她所在的 wan 小说网站，威胁她不许改男主的名字，还要按照他的构思来写剧情，每天要更新四万字。

这也就算了，那死男人还要求她随叫随到，还要做饭给他吃，甚至要求她留宿在他家。

她莫名其妙地被他奴役，莫名其妙地跟他同居。

虽然这已经是两个月前的事了，苏暖现在想起来，还是很火大。

凌言玺不是有病，就是个偏执狂。

她不就写了本小说，给男主起的名字和他的名字相同而已，他用得着那么欺负她吗！

凌言玺见她一脸怒气，不用问就知道，她又在咒骂他了。

看来，她真的很讨厌他。

他微微皱了下眉头，没有说话。

将近三个小时后，车子停在了苏暖所住的五星级公寓外。

苏暖虽然一直很累，很想睡觉，不过她怕凌言玺突然兽性大发，所以一直没敢睡。

直到此刻，她还有些不敢相信。

她没想到凌言玺真的送她回来了。

在她愣怔之时，凌言玺不带温度的声音便传进了她的耳朵里。

“还不滚下去？”

闻声，苏暖回过神来，看了一眼凌言玺，便打开了车门。

临下车时，她想到什么，转过身来看着他，问道：“你为什么要帮我？”

之前她不相信凌言玺会帮她，但是，这会儿人家都把她送到自家门口了，她再不信都得信了。

凌言玺冷冷地瞥向她，嘴角微勾：“我喜欢，我乐意，还有问题吗？”

没想到他会这样回答，苏暖微微愣了一下，才看着他说道：“虽然你之前……”顿了下，她才接着说道，“不过，还是谢谢你送我回来。拜拜。”

说完这话，她便下车了。

她下车后，还没站稳，车门就被关上了，然后车子“嗖”的一下就飙走了。

苏暖扭头看了一下，发现自己身上还披着人家的外套。

她下意识地往前跑了几步：“喂，你的外套。”

在她往前跑时，一辆宾利车缓缓驶了过来。

坐在驾驶位上的人在看到苏暖后，神色一变，连忙停下车，推开车门下了车。

“暖暖……”他唤了一声，便快速跑向苏暖。

而苏暖在听到那声熟悉的“暖暖”后，侧过头看向了向她跑来的男人。

在看清男人那张熟悉的脸后，她有些不敢相信地红了眼眶：“景轩……”

向她跑来的男人正是她的未婚夫景轩，一个长相清俊、斯文的男人。

景轩跑到苏暖跟前后，一把将她紧紧地抱进怀里：“暖暖，我快担心死你了，你知道吗？你终于回来了，我终于又见到你了。”

景轩双眸里盈满了泪水，还带着担忧与见到苏暖的惊喜。

苏暖抬眸看着他，说道：“对不起，景轩，都是我不好，让你担心了。”

“该说对不起的是我，是我没保护好你，对不起，对不起。”景轩说这话时，眼中带着愧疚。

“景轩，你别道歉，不关你的事。”

景轩抓住她的双肩，紧盯着她问道：“你到底去哪里了？为什么失踪这么久？我到处找都找不到你，我都快疯了，你知道吗？”

苏暖看着他说道：“我被人绑架了，还被囚禁了很久……”

听到她的话，景轩眼眶一酸，眼底的愧疚之色更浓了。

“对不起。”他语带哭腔地道歉，又紧紧地抱住苏暖，语带心疼地道，“对不起，我太没用了，保护不了你，对不起。”

苏暖回抱着他，抬眸看着他，说道：“景轩，我已经回来了，你别再自责了，本来就不关你的事。我被绑架那天，你又不在我身边，你怎么保护我啊？”

景轩双眸含泪地紧盯着她：“暖暖，我以后一定会保护好你，我一定不会再让你遇到同样的危险。”

“我也会保护好自己，不会再让你担心。”

在两人紧紧相拥着互诉衷肠时，一辆超豪华的汽车又折返回来停在他们身后不远处。

坐在车后座上的男人正是掉头回来的凌言玺。

他看着车外拥抱在一起的两人，胸腔内莫名地生出一股怒火。

而那怒火越烧越旺，旺得他都快压制不住了。

他气恼得胸膛都起起伏伏的。

坐在驾驶位上的康德转过头来，见他双眸喷火地盯着车窗外，便询问道："凌总，需不需要我去把你的衣服拿回来？"

凌言玺没有回话，只是气恼不已地盯着车外那碍眼的一幕。

只见景轩抬手替苏暖擦了擦眼泪，便拥着她坐进了车里，随即，车子便驶进了高级公寓的地下车库。

凌言玺见状，只觉得像是有人在砸他的胸口一样。

他死死地盯着那辆宾利，直到它完全消失在他眼前。

康德见那辆宾利消失了，凌言玺还盯着宾利消失的方向看，皱了下眉，说道："凌总，很晚了，该回去了。"

在他说这话时，凌言玺的手机响了起来。

听到手机铃声响起，凌言玺才收回视线。他拿出手机，看了眼来电显示，见是凌家打来的，便接了。

电话那头传来的是一道有些愤怒、苍老的声音。

"在哪里？马上给我回来。"那头的人像是很生气，说完便挂断了电话。

打电话来的是凌老太爷，凌言玺听出他太爷爷很是生气，在凌老太爷挂断电话后，转过头，神情复杂地盯着车窗外看了好一会儿，才下定决心般收回目光，吩咐道："开车。"

康德听到他的吩咐，立即发动了车子。

在返回艾威利城堡这一路上，凌言玺胸腔内生出的那一团怒火一直没有消下去。

他满脑子都是苏暖和景轩拥抱在一起的画面，满脑子都是苏暖眼里只有景轩的样子，满脑子都是她对景轩的不拒绝和顺从，还有她在别的男人面前哭得梨花带雨、楚楚动人的样子。

这些画面令他非常烦躁。

他的衬衫扣子之前被他解开了三颗，露出了完美的胸肌。

此时他那健硕的胸膛正因为愤怒而剧烈起伏着。

因为愤怒和烦躁，他一脚踹向前面的座椅，而坐在座椅上的康德被吓了一大跳，差点出岔子。

他慌忙停下车，转过头来看着凌言玺，问道："凌总，您怎么了？是不是我做错什么了？"

凌言玺压下心里的怒气，沉着脸说道："开你的车。"

康德闻言，看了看凌言玺的脸色，重新发动了车子。

第二章

初恋女友的出现

他们抵达凌家时，已经是半夜三点了。

凌言玺和康德进入城堡大厅时，凌家的长辈们几乎都在。

大厅里坐了几十号人。

坐在主位上的是凌氏家族的两位家主——凌老太爷和凌老太太。

除了两位家主，还有凌言玺的爷爷奶奶、表亲、叔爷、叔伯等。

康德一见大厅里的气势就知道发生大事了。

他恭敬地向在座的人都问过好后，自动退到了一边。

凌言玺扫视了一圈大厅后，看向坐在最上方的凌老太爷，问道："太爷爷让我回来有什么事吗？"

凌老太爷像是还在生气，拉长了一张老脸，很是不悦地看了一眼凌言玺，便吩咐道："去把人带来。"

"是！"候在大厅里的管家应了一声后，叫了两名男仆离开。

凌言玺见状，看向凌老太爷问道："带谁来？"

"哼……"凌老太爷只是冷哼了一声，没有回答他。

没一会儿，管家便和两名男仆带着一个女人进来了。

女人身子纤细，穿着淡蓝色的连衣裙，微微低着头，垂在身侧的双手紧攥着，像是有些紧张。

她进入大厅后，一直低着头，由于披散着头发，她的脸蛋被头发和额前的刘海遮住了，凌言玺看不清她的脸。

凌老太爷看着凌言玺，语气不悦地说道："好好看看她是谁，不要告诉我，你不认识她。"

凌言玺闻言，转过头看向进来的女人，而同时，原本低着头的女人也抬起了头。

看清那张脸的那一刹那，凌言玺的神情就变了。

他愣住了，脑海中浮现出一张青涩的脸，与眼前女孩的脸重合在了一起。

同时，他那双妖冶的眸子里出现震惊与难以置信之色。

年少时的一些记忆像放电影一样在他的脑海里回放起来。

而穿着淡蓝色连衣裙的女孩在抬头看到凌言玺后，瞬间红了眼眶，泪水决堤，没一会儿，就将她那张清秀白皙的小脸弄得湿透了。

她哭了起来，像是很难过，眼中带着思念与惊喜。

好一会儿，她才哽咽着唤道："言玺……言玺，你还记得我吗？"

此刻凌言玺也双眸泛红，盯紧眼前的女人，棕色的瞳孔缩了缩，神情非常复杂。

"孟茜……"说出这两个字后，他忽地眯起双眸，声音冷了下来，"你怎么会在凌家？"

被他唤作孟茜的女孩见他神情突然冷了下来，泪水掉得更加凶猛了，看起来像是非常难过。

这时，凌老太爷不悦的声音又响了起来："看来，她没有说谎，你确确实实是孩子的父亲。"

凌言玺听到这话，有些诧异，转过头看向凌老太爷，问道："什么父亲？"

"哼……"凌老太爷冷哼一声后，指着孟茜，不悦地看着凌言玺，说道，"她怀孕了，不要告诉我，不是你干的。"

凌言玺听到老太爷的话，有些震惊，随即侧过头看向孟茜。

他盯着孟茜看了一会儿后，否认道："不可能。她怀孕跟我有什么关系？我不可能是孩子的父亲。”

虽然他年少时和孟茜相识相恋过，但他从没碰过她，而且他们都分开差不多五年了，他几乎已经忘记她了。

这几年，他们连面都没见过，她怎么可能会怀上他的孩子？！

孟茜听到他这样说，很是伤心，哭着问道：“言玺，你不记得一个多月前发生的事了吗？你不记得那一晚了吗？”

听她提到那一晚，凌言玺脑海中猛地闪过一些他之前忽略掉的画面。

画面有些模糊，但他隐约记起一个多月前他似乎和一个女人在一起过，虽然记忆是模糊的，但是，当时的感觉变得深刻起来了。

他要了一个女人，情不自禁地要的。

想到这，他变了脸色。

孟茜见他变了脸色，急忙问道：“言玺，你想起来了，对吗？”

听到她的问话，凌言玺神色复杂且不敢相信，甚至不愿接受：“那晚的女人是你？”

孟茜见他眼中带着不信的神色，很是伤心地问道：“言玺，你一点印象都没有了吗？你不相信是我吗？”

说到这里，她顿了一下，眼神受伤，看着他说道：“你不信，可以去调查。还有，你的背上有三个牙印，是我那晚留下的。”

听到她这样说，凌言玺才想起一个多月前那一天他醒来时，除了觉得头疼和有些累以外，还觉得背上有些疼。

不过，当时他因为有一个紧急会议要开，所以就没有想那么多。

凌言玺想到这里，神情变得越发复杂了，同时，脸色有些难看。

他心里没有一丝欣喜，只有说不出来的感觉——失望和憎恨。

孟茜见他想起那晚的事了，却还是对她很冷淡，脸上一点喜色都没有，心里更加难受和失望。

她抬手抚着自己平坦的小腹，含泪的双眸紧盯着凌言玺说道：“言玺，我有我们的孩子了，你要当爸爸了。”

听到这话，凌言玺越发憎恨自己了。

他不愿接受，冷冷盯着孟茜看了一会儿，突地收回目光，径直往楼上走去。

“言玺……”孟茜见状，有些失望，也有些不敢相信。她没有想到，再见面时，凌言玺竟对她如此冷淡。

这些年，他不想她吗？

她回来了，还怀了他的孩子，他不是应该很高兴、很惊喜吗？

言玺，你真的把我忘得一干二净了吗？

你真的对我一点感觉都没有了吗？

“言玺……”她连忙追了上去。

凌老太爷见凌言玺话没说清楚就上去了，气不打一处来。

凌言玺的爷爷凌国康一脸担忧地看着凌老太爷，说道：“爸，您别气了，以免气坏了身子。”

“爸，您打算怎么处理言玺的事？”问话的是凌言玺的奶奶凯拉。

凌老太爷回道：“不能让凌家子孙流落在外的事情发生第二次，小晚吃尽了苦头，受尽了委屈，才认祖归宗，不能再让这样的事情发生。”

凌老太爷嘴里的小晚全名唐乔晚，正是苏暖的闺密，并且是凌言玺的亲妹妹。

唐乔晚因为出生的时候在医院被人调换，因此一直流落在外，刚被凌家认回来不久。

凌国康看向凌老太爷问道：“爸的意思是……”

“如果确定了孟茜肚子里的孩子是言玺的，就让她进门。”

凌老太爷这样说，其他人都没什么异议。

因为他们都不希望凌家子孙流落在外。

如果换作以前，他们会有门第之见，但是，自从凌言玺的母亲林陌陌嫁进凌家后，他们渐渐就没有这种思想了。

凌言玺的母亲林陌陌嫁进凌家之前，并没有非常尊贵的身份，也没有非常显赫的家世。

但她嫁进凌家后，不但帮着打理好了凌家上下，还管理好了凌氏集团，让公司所有人，乃至整个凌家上下的人都对她十分信服，因此，他们才摒除了门第之见。

先后上楼的凌言玺和孟茜此时正在城堡第三层富丽堂皇的走廊上。

孟茜追他到城堡第三层后，眼见追不上了，便哭着大声说道："言玺，你能不能听我把话说完？你不想知道我为什么在凌家吗？你不想知道我和你分开以后这几年都去哪儿了吗？你不想知道我为什么现在才来跟你见面吗？"

听到她这些话，凌言玺顿住了脚步。

孟茜见状，抓住机会，急忙冲上前抓住他的手臂。

凌言玺见状，眼神一冷，正要甩开她的手，她连忙绕到了他的身前。

她抬眸看着神色冷淡的他，沙哑着声音问道："你把我忘得一干二净了吗？"

凌言玺冷眼盯着她，扬唇冷声说道："你以为你是谁，我为什么要把你记在心上？"

听到这话，孟茜有些不敢相信。她盯着他，眼泪掉了出来："言玺，你……"

凌言玺拂开她的手，不屑地盯着她说道："一个已婚女人有什么好惦记的？"

闻言，孟茜再一次抓住他的双臂，泪眼婆娑地看着他，语带哭腔地说道："言玺，对不起，五年前，我……我骗了你，我没有嫁给别人，我……我没有跟别的男人结婚。"

她的话，凌言玺并不信，而且，他也不屑去相信。

孟茜于他而言，已经是过去式了。

所以，听到孟茜没有嫁给别人这种话，他心里没有任何感觉。

他眼神不带什么温度地盯着孟茜，语气不屑地道："你五年前有没有和别的男人结婚，关我什么事？"

"言玺……"听到这话，孟茜眸中的泪水又顺着眼角滑落下来，仍旧不敢相信地盯着他，很是悲伤地问道，"你对我……一点感觉都没有了吗？"

话音一落，她摇了摇头，哭着说道：“不，你不可以不爱我，我好不容易才找到你，好不容易才见到你，我不允许你忘了我。”

“不允许我忘了你？”凌言玺眼神冰冷地盯着她，冷笑着问道，“你有什么资格不允许我忘了你？孟茜，不要太把自己当回事，你在我眼里什么都不是。”

孟茜看着他道：“你还在恨我，对吗？你对我这么冷淡，是因为你还在恨我，对吗？我不相信你对我一点感情都没有了。”

话刚落音，她便取下她脖子上戴着的一条项链：“言玺，你看，这是你送给我的项链，我到现在还留着。这五年，我一直没有忘记过你，一直在找你。你知道找不到你，我有多痛苦吗？你知道，我有多想你吗？”

说到这，她抬眸紧盯着凌言玺，继续说道：“我骗了你，和你分开以后，我就后悔了。如果可以重来，我宁愿做一个不孝女，宁愿什么都不要，也不要离开你。”

凌言玺冷眼盯着她：“你说完了吗？”

“言玺……”孟茜见自己说完后，凌言玺依旧没有任何反应，有些慌了。

“言玺，你是不是不相信我说的话？我发誓，我说的每一句话都是真的，我没有嫁给别的男人，没有忘记你，我是被迫离开你的。五年前，我妈知道我和你在一起的事后，就逼我离开你。我不离开你她就以死相逼。当时，她倒在血泊中，哭着求我离开你，我……我没有办法才答应她。离开你以后，我就好后悔、好后悔……”

说到最后，孟茜已经泣不成声了：“对不起，对不起，我知道我轻易放弃了你，不值得你原谅。我求你，看在我们孩子的分上，再给我一次机会好吗？孩子是无辜的，不能没有爸爸。”

听到她提到孩子，凌言玺便越发排斥她了。

他眼神冰冷地扫了一眼她的肚子，推开她径直往前走。

砰！

他身后传来了孟茜摔倒的声音。

“啊……我的肚子……我的肚子……”

听到身后的声音有些不对，凌言玺转过身去。

只见孟茜侧躺在地上，一只手抚着小腹，眉头紧皱，神情看起来有些痛苦：“言玺，痛……肚子痛，救救我们的孩子……求你……救救我们的孩子……”

孟茜说这话时，觉得自己的肚子越来越痛了，心里非常害怕。

她眼带恳求地看着凌言玺，哭着求道：“言玺，求你，求你救救我们的孩子，孩子是我……挽回你的……唯一希望。如果没了孩子，我……我也不活了，我求你，不要让我失去他……”

她说完，双手捂住肚子，脸色变得苍白起来。

凌言玺见状，走上前去。

他将她扶了起来，神情复杂地盯着她：“你真的怀孕了？”

之前，他并不相信孟茜怀孕了。

孟茜抓紧他的手臂，含泪的眸子紧紧锁住他，哭着求道：“保住他，保住他……求你了……”

凌言玺目光复杂地盯着她看了一会儿，将她抱起来，进了就近的一间客房。

随后，他用内线电话叫来了凌家的家庭医生。

医生来后，发现孟茜已经见红了，不过还好，保胎保得及时，孩子是保住了，但是，孟茜需要卧床休息。

孟茜差点流产的事，凌家上上下下都知道了。

凌老太爷、凌老太太、凌国康等凌家的长辈第一时间赶到了孟茜所在的客房。

得知孩子保住了，他们才松了一口气。

凌老太爷看过孟茜后，不悦地看向同在客房里的凌言玺，问道：“怎么回事？她怎么突然就出事了？”

凌言玺这会儿的心情是非常复杂的。

孟茜的孩子保住了，他没有一丝欣喜，反而觉得他好像要失去什么了。

到底要失去什么，他还没理清，但他知道，失去这样东西，他这辈子都无法快乐。

他抬眸看了一眼床上脸色还有些苍白的孟茜后，没有回答凌老太爷的话。

这时，孟茜回道："是我……自己不小心摔倒的。对不起，我没保护好言玺的孩子。"

凌老太爷听了她的话，转过身盯着她，问道："你确定你肚子里的孩子是言玺的？"

孟茜抬头看着一脸严肃的凌老太爷，举起手说道："我发誓，我肚子里的孩子是言玺的，如果我有半句假话，我将不得好死。"

凌老太爷见她不像是在说假话，便又看向凌言玺，说道："把衣服脱了。"

凌老太爷要验证一下凌言玺的背后是不是像孟茜说的有三个牙印。

孟茜看了一眼凌言玺后，看向凌老太爷说道："太……太爷爷，您不要为难言玺了，他现在根本就不相信……我肚子里的孩子是他的。您……等孩子出世以后，让孩子和言玺做DNA鉴定吧。"

凌老太爷听到她的话，没再要求凌言玺脱衣服，只是不悦地看了凌言玺一眼，便转过头去盯着孟茜说道："你好好休息。"

说完，他拄着拐杖在用人的搀扶下离开了。

凌老太太以及其他人随后也都离开了。

房里只剩下凌言玺和孟茜。

"我不打扰你了。"凌言玺声音冷淡地说完，正要转身离开，孟茜急忙喊住了他。

"言玺……我们重新开始，好吗？我保证，我会用心爱你，我再也……再也不会离开你了。就算……就算全天下的人都让我离开你，我也不会离开。我求你，再给我一次机会。"

凌言玺转过身，眼神冷冷地盯着她，声音不带温度地道："孟茜，我跟你在五年前就彻底结束了，不管你肚子里的孩子是不是我的，我都不会再跟你重新开始。”

孟茜哭着问道：“为什么？你对我真的一点感情都没有了吗？”

凌言玺没有回答她，转身径直离开了。

孟茜见状，哭着说道：“言玺，我不会放弃你的，我一定会让你回心转意的。”

说完，她便哭了起来。

这时，她放在一旁的包里的手机突然响了起来。

听到手机响，她伸手擦了擦眼泪，将包里的手机拿了出来。

见是自己的妈打来的，她抬头警惕地看了一眼门后，才压低声音，口气有些不悦地说道：“妈，你怎么又打过来了？我现在在凌家，你不要随便打电话过来。”

“臭丫头，不知好歹，我这是关心你，才给你打电话。怎么样了？见到凌言玺了吗？”

孟茜语气有些低落地回道：“见到了。”

“你说话怎么有气无力的？你见到他了，不是该高兴吗？怎么，他没认出你来？”

孟茜咬了一下唇，神情悲伤地说道：“他变了，不像以前一样温柔了，他心里没有我了。”

话刚落音，她就语带责怪地哭道：“这都怪你，如果五年前你没有逼我离开他，我现在就是凌家的孙少奶奶了，他也不会忘了我。妈，是你害我失去他的。”

说完，她伤心地哭了起来。

电话那头的女人听到她的哭声，哄道：“好了，别哭了，五年前我不知道他是凌家大少爷，我要是知道他的真实身份，就算你把刀架在我的脖子上，我也不会让你离开他。唉，这都怪他，谁让他当初对你隐瞒身份，让我以为他是个穷小子。妈当初逼你离开他，不也是为了你好吗？妈也是不想你过苦日子。”

孟茜听她这样说，有些气愤地说道：“钱、钱，你就知道钱。”

“你就别生气了，说得好像你不喜欢钱似的。你要是不喜欢钱，就不会在知道凌言玺的真实身份后，费尽心机想嫁进凌家。现在你如愿了，有了孩子，就算凌言玺不娶你，凌家也不会亏待你。”

孟茜神情悲伤地说道：“妈，你太不了解我了，你以为我费尽心机进入凌家，真的只是为了钱吗？我是想和言玺重新开始。我是爱钱，可是我也爱他。”

“好了，别伤心了，你已经进入凌家，有的是机会接触他。你使点手段，让他再爱上你不就行了。妈不是教了你不少征服男人的手段吗？你全用在他身上不就行了？”

“你以为言玺和你的那些男人一样吗？他要是那么好征服，五年前我就是他的女人了。何况，我现在怀着孩子，怎么使手段？”

电话那头的女人说道：“那就使别的手段。不过，你要记住，男人都是用下半身思考的动物，征服他们的最好办法就是跟他们上床。不这样做，他就不知道你的好。”

孟茜正要回答自己的妈，看见外面有人来了，连忙说道：“有人来了，我挂了。”

说完，她便挂断了电话。

进来的是两名女佣，为孟茜送滋补的汤来。

其中一名女佣看着她说道：“孟小姐，这是老太爷特意吩咐厨房为您做的，您趁热喝了。”

孟茜点了下头，正准备将汤碗接过来，那名女佣笑着说道：“孟小姐，我们是特意来伺候您的，让我喂您吧。”

“谢谢。”孟茜说了声谢谢，便张开了嘴。

在女佣喂她时，她扫视了一圈处处透着奢华与贵气的客房后，下定决心要让凌言玺回心转意。

只要能嫁进凌家，她拥有的就不仅仅是凌言玺，还有钱权。

凌言玺此时已经回到他的房里。

他正坐在浴室那大得惊人的浴池里，在里面泡了好一会儿，而且泡的是冷水。

他需要冷静，因为今天的他心情非常非常糟糕。

他一闭上眼，就会想起一个多月前那一晚发生的事情。

但一想到那晚的女人是孟茜，他就烦躁不已，恨不得掐死自己。

为什么那晚的女人是她？

为什么他会莫名其妙地跟她上床？

想到这，他意识到什么，猛地从浴池里站起来，扯过一条纯白色的浴巾，动作熟练地裹住自己的下半身。

而就在这时，他身后传来了脚步声。

听到脚步声，他眼神一冷，猛地转过身去。

站在他身后，拿着他衣服的两名女佣都被他骇人的冷淡表情吓到了。

“大……大少爷……”

凌言玺眼神凌厉地盯着她们：“谁让你们进来的？”

“大……大少爷，我……我们是来伺候您穿衣服的。”

凌言玺扫了一眼她们手里拿着的衣服，冷冷地说道：“滚。”

“是……是。”两名女佣害怕地应了一声，便连忙出去了。

而她们出去后，直接去找了凌老太爷，向凌老太爷汇报，大少爷的背后确实有三个牙印。

凌言玺穿好衣服后，径直去了孟茜所在的客房。

孟茜刚喝完滋补的汤，见凌言玺又回来了，有些诧异。

随即，她笑着唤道：“言玺。”

伺候孟茜的那两名女佣见凌言玺进来，恭敬地朝凌言玺颔首后，便很自觉地出去了。

凌言玺走近孟茜，居高临下地盯着她，问道：“你到底使了什么手段，才让我跟你上床的？”

孟茜见他返回来是问这个，有些受伤。

随即，她有些委屈地说道：“言玺，你怎么可以这样问我？我没有使手段，那晚你喝醉了，是我扶你回的房间，然后，你就……”

说到这，她抬头泪眼婆娑地看着他：“言玺，那晚的事，你真的一点印象都没有了吗？是你强行要了我。我很难过，所以，在你睡着后我就离开了。原本我不会这么快来见你，可是，后来我发现我怀孕了。我不想孩子没有爸爸，更不想和你就那样结束，所以，我就来找你了。”

听孟茜这样说，凌言玺回想起那晚的女人一开始确实反抗过，也回想起那个女人狠狠地咬了他。

他想到这，俊美的脸紧绷起来，神情变得阴沉可怕，眼神也更冷了。

他大手握成了拳，很想揍自己一顿。该死，他真该死。

他眼神冷冷地盯着孟茜问：“你是怎么知道我的身份的？怎么找来凌家的？”

孟茜对上他冷冷的目光，皱起眉头沉默了一会儿，才回道：“我是无意中知道的。一个多月前，你在阿尔特酒庄应酬的时候，我正好也在那里，看见了你。”

说到这，她回忆了下当时的情况。

她是因为看见阿尔特酒庄的老板亲自去酒庄外迎接凌言玺，还看见奥宏企业的董事长对凌言玺毕恭毕敬，才意识到凌言玺身份不简单的。

随后，她在酒庄里打听了下他的身份。

当得知他出身家族势力遍布整个欧洲的英国贵族，是凌氏集团的太子爷时，她是非常震惊的。

孟茜回忆完当时的情况后，抬头看着凌言玺说道：“当时，我是向酒庄经理打听到你的身份的。言玺，当我知道你的真实身份时，你知道我有多震惊、多难过吗？五年前，你为什么要骗我？为什么不告诉我你的真实身份？你怕我跟你在一起只是为了你的钱吗？你就那么不相信我吗？在你眼里，我到底是一个什么样的女人？”

凌言玺没有回答她的这些问题，而是盯着她问：“你是怎么进入凌家的？”

孟茜低下头沉默了一会儿，才回道：“奥宏企业的董事长朱昌是我的养父。他与你的三叔爷不仅在生意上有往来，交情也不浅，我是通过你的三叔爷进入凌家的。”

说完这番话后，她又抬起头来看向凌言玺：“言玺，我知道我这么费尽心机地进入凌家，你一定很不高兴，甚至会觉得我另有所图。可我真的只是因为放不下你，不想我们的孩子没有爸爸，才找到你的三叔爷，求他带我来凌家的。”

凌老太爷和凌老太太有九个子女，四个儿子，五个女儿。

大儿子凌国康是凌言玺的爷爷。

二儿子凌国鹏因为二十几年前参与了调换唐乔晚的阴谋，差点害死唐乔晚，虽然他不是主谋，但他这个帮凶也被赶出了凌家。

三儿子凌国荣正是孟茜所说的凌言玺的三叔爷。

凌言玺听到事情与自己的三叔爷有关，是有些气愤的。

而让他诧异的是，孟茜竟然是朱昌的养女。

他和孟茜是在国内K市相识的，那时的她才十九岁，身上带着纯朴、干净的气息。

他遇见孟茜时，她正被她妈逼着相亲，而他被孟茜误当成了她的相亲对象。

或许是想戏弄她，又或许是觉得她有些特别，所以，他就将计就计了。

没过多久，孟茜就发现她认错了人，他不是她的相亲对象。

当时，是孟茜追求的他，她为他制造过许多惊喜，有一次为了他，甚至差点出车祸。

她为了能有钱买一份特别的礼物送给他，便瞒着他去做兼职。

那份兼职需要穿着米老鼠卡通服在人最多的地方派发宣传单。

就是那一次，她差点出车祸。

也就是那一次，他的心被她融化。

他原以为他们可以走到最后，可是，她突然告诉他，她结婚了，并且还告诉他，她从来没对他动过心，只是跟他玩玩而已。

从那以后，她就消失了。

而在她消失以后，他还收到过她和别的男人出双入对的亲密照片。

他也曾找过她，只是没有找到。

五年后，再见到孟茜，他的直觉告诉他，孟茜已经变了，不再是五年前那个孟茜了。

她的眼睛不再干净、清澈，她身上再也没有那纯朴的气息。

凌言玺再回想起五年前与孟茜的点滴，心中多多少少是有些酸涩和沉痛的。

孟茜见凌言玺似乎回想起了他们以前的事情，突然起身扑进他怀里，紧紧地抱住他，哭着说道："言玺，我是真的爱你的，我们重新开始好不好？五年前离开你，我真的是迫不得已的，你再给我一次机会好不好？我保证，再也不会离开你了。"

说完这番话，她抬起泪眼看向了他。

见他仍无动于衷，她轻咬了一下唇，突然勾住他的脖子，主动凑上双唇去吻他。

随着她的靠近，她身上的脂粉味道袭来，凌言玺不悦地皱了下眉，一把将她推开了。

被推倒在床上的孟茜有些不敢相信地哭着看向他："言玺……你……你竟然推开我，你对我真的一点感情都没有了吗？"

最后一句话，她是哭着质问出来的。

凌言玺俯视着满脸泪水的孟茜，神情冷淡，性感的唇凉薄地勾起："对你这种女人，我只有一种感情，那就是厌恶。"

听到他这话，孟茜只觉得很心痛，越发伤心了。

五年不见，她觉得凌言玺变得她都快不认识了。

是她五年前伤他太深了吗？

否则，他怎么会对她这么无情？

在他眼中，她再也看不到他往日的温柔了。

凌言玺冷睨了她一下，突然俯下身，大手捏住她的下颌，眼神有些犀利地盯着她问："一个多月前的事，是不是你策划的？"

他有些用力，孟茜觉得下颌处有些痛。

她被迫抬起头来看向凌言玺，对上他冰冷得没有一丝温度的目光，又流下了悲伤的泪水。

她吸了吸鼻子，才语带哭腔地承认道：“是，是我设计的，你所在的房间，我让人点了一种熏香。你进去后，就会变得意识不清……”

见她总算承认，凌言玺冷笑着，另一只大手紧紧地握成了拳头。

他眼神凌厉骇人地盯着她：“孟茜，你果然变了。”

孟茜见他的神情变得阴鸷可怕起来，虽然心里有些害怕，不过仍旧相信他不会对她动手。

她泪眼婆娑地看着他，哭着说道：“我是变了，你不也一样吗？言玺，我做那些事，虽然可恶、可恨，手段虽然很卑鄙无耻，可我都是为了和你重新开始。我们分开了五年，你这五年一直没有找过别的女人，难道不是因为心里还有我吗？既然你心里还有我，我心里也有你，我们为什么不能重新开始？”

说完这番话，她抬手抚上自己平坦的肚子：“我已经有我们的孩子了，看在孩子的分上，你再给我一次机会，好吗？”

听她提到孩子，凌言玺有些心痛，甚至还有些排斥。

他冷眼盯着孟茜，声音冰冷地说道：“我再说一次，我跟你早就结束了，不会再重新开始，永远没有这种可能。”

见他说得这么坚定决绝，孟茜哭着问道：“那我们的孩子怎么办？你要让他一出世就没有爸爸吗？”

凌言玺松开手，直起身子，随即睥睨着孟茜，语气深不可测地说道：“孟茜，你肚子里的孩子是不是我的，现在还是未知数。”

孟茜听到他说的话，有些受伤：“言玺，你什么意思？你不相信我吗？”

以前的他从来不怀疑她。

她真的没有想到，他们才五年没见，他就如此不信任她了。

他竟然怀疑孩子不是他们的。

他知道他的话有多伤人吗？

苏暖闻言，看着他点了下头。

景轩则在她点头后，拿起手机起身离开了餐厅。

他回到他的房间，并将房门从里面锁住了，然后拿着手机走到与他卧室相连的露台上。

第三章
担心暖暖会受欺负

景轩一接通电话，那头就传来一道愤怒的女声。

“你现在是不是跟苏暖那个贱人在一起？”

听到对方语气不悦，景轩也语气不悦地道：“朱莉莎，你的嘴巴给我放干净一点。”

“怎么？我叫她贱人，你心疼了？她都跟别的男人上床了，她不是贱人，是什么？”

听到这话，景轩气得大手捏得咯咯作响，咬牙切齿地道：“这还不是你干的好事。”

“是我干的又怎么样？你能把我怎么样？景轩，你最好别用这种态度跟我说话，否则，我一定会让你后悔。”

景轩的手紧握成拳，眼底闪过一抹恨意后，他微微调整了下情绪，才问道：“你打电话过来有什么事？”

“每晚的这个时候，你都在我身边，今晚你却在别的女人身边，你说我打电话给你会有什么事？”

电话那头的朱莉莎嗲着声音说完这些话后，顿了一下，才语带威胁地说道：“是我过去找你，还是你过来找我？”

闻言，景轩回道：“暖暖今天刚回来，我要陪她。”

“景轩，你知道我的性格，我要是过去了，绝不会跟你偷偷摸摸的，到时候要是被你的暖暖撞见，知道了我们的关系，她伤心难过了，你可别怪我。”

景轩有些气愤地道：“朱莉莎，你不要太过分了。”

“你脚踏两只船，到底是我朱莉莎过分，还是你景轩过分？你都跟我在一起两三年了，却一直不肯甩了苏暖，你到底想怎么样？我的忍耐是有限度的，我再给你两天时间，如果两天后，你还不甩了苏暖，不跟她摊牌，我就直接去找苏暖，告诉她你跟我有多恩爱。”

景轩冷冷地说道：“朱莉莎，你要是敢这样做，到时候，后悔的一定是你。你最好不要逼我，狗急还会跳墙，更何况是人。我已经欠了暖暖很多，我不会再让你伤害她。朱莉莎，如果不想我们的关系闹僵，你最好不要再伤害暖暖。”

朱莉莎听完他的话，快要气疯了。

“你心里是不是还有她？她到底哪点好了？不就是给你打钱了吗，我给你的钱还少吗？我爸爸的公司奥宏企业都给你一半了，我的付出还没她多吗？她对你有恩，我就没有吗？我的钱、我的身体都给你了，她除了给你钱之外，还给你什么了？你别忘了，她的第一次都给了别的男人。”

听到这话，景轩气得捏紧了手机，俊逸的脸上布满阴霾，脸色都有些铁青了。

“别再说了，我过去陪你。”景轩怒气腾腾地说完，便挂断了电话。

随后，他进浴室洗了个冷水澡，压下怒火，调整好情绪，换了一身衣服才出去。

他要出去时，苏暖正好洗好碗从厨房里出来。

苏暖见他穿戴整齐，便问道：“你要出去？”

景轩看着她微微犹豫了一下，才说道：“公司有事，我去一趟，今晚可能不回来了，你早点睡。”

“都凌晨五点了，公司还有什么事啊？”苏暖有些疑惑地问完，蹙眉看着他叮嘱道，“那你路上小心点，公事处理完了，就早点回来休息。”

“我知道了。”景轩看着她点了下头，突地将她拉进怀里紧紧地抱住。

“暖暖，你再给我一点时间，等我处理好一些事情，就可以多陪陪你了。”

等他摆脱朱莉莎，他就可以和苏暖重新开始了。

苏暖在他怀里点了点头，替他整理了下领带，才看着他说道：“我知道了，你快去吧，我会早点休息的。”

看着一脸温柔的苏暖，景轩有些舍不得离开。

“暖暖……”他低唤一声，双手捧住她的脸，正要低下头去吻她，他的手机就来信息了。

那信息提示铃声是他为朱莉莎特别设置的，所以，一听到铃声响，他就知道是朱莉莎的信息来了。

他眼底闪过一丝异色，放开苏暖，拿出了手机。

当他打开手机，看到信息内容是“我在你车里等你”时，神情微微变了下。

他没想到，那个疯女人竟然真的找上门来了。

他将手机收起来后，低下头吻了一下苏暖的额头，笑着说道：“我走了。”

“嗯。”苏暖看着他点了下头，目送他离开后，上前将门关上。

随后，她走进自己的房间，找了一件睡衣，进了浴室洗澡。

景轩这会儿已经到楼下坐进他的车里了。

而朱莉莎也在他的车里。

他一坐进去，朱莉莎就搂住他的脖子。

景轩则看着她，压低声音说道：“别在这里，去你家。”

朱莉莎有着一头棕色长鬈发，因为她的妈妈是西方人，而她比较像她妈妈，所以有着一张妖媚动人的西方面孔。

景轩虽然并不喜欢朱莉莎，甚至有些排斥她，但是每次她一挑逗他，他就情不自禁了。

背叛了苏暖，他在愧疚的同时又无法推拒朱莉莎。

只怪朱莉莎太了解男人，知道怎么取悦一个男人。

而他是一个正常男人，有正常的生理需求，所以，朱莉莎一挑逗，他就沉沦了。

楼上，苏暖洗完澡出来后就躺在床上了。

她侧过身，准备将床头柜上的台灯打开，便看见她的手机放在柜台上，还有她的包。

她记得她的手机和包在被绑架时掉了的，怎么突然出现在床头柜上？

难道是景轩捡到，然后拿回来了？

心里这样想着，她便将手机开机了。

手机还有一点电量，她查看了一下，发现手机上有未接电话。

有几个是她的好闺密唐乔晚打的，还有几个电话是一个陌生号码打来的。

她本来想给唐乔晚回过去的，但是想到已经很晚了，唐乔晚可能已经睡了，她就没打过去，而是发了一条信息过去报平安。

随后，她查看了下那个陌生号码，见那个电话打过来好几次，是有些诧异的。

因为她没有亲人，会给她打电话的除了唐乔晚和景轩之外，基本上就不会有其他人了。

随后，她刚准备返回主界面时，却一不小心误拨出去电话。

见拨出去了，她怕打扰到别人，正准备挂断，那头的人却接了。

见状，苏暖有些惊讶，随即将手机放到耳旁，连忙说道："不好意思，我……我打错了。"

"是打错了，还是特意打过来想听我的声音？"

低沉冷傲的声音在耳旁响起，苏暖微微怔了一下，这声音怎么听起来有些耳熟？

这语气怎么那么像某个人？

她试探性地问道：“先生，请问您是哪位？”

接到她电话的人正是凌言玺，他一直没睡，手机响起后，他见是苏暖打过来的，非常诧异，当即就接听了，并且没有刻意变声。

听到苏暖问他是谁，他好不容易压下去的那股火又蹿起来了。

“不知道我是谁，你就随便打过来，怎么？你身边有一个男人不够，还想再勾搭一个……”说到这，凌言玺冷笑着问道，“一个男人满足不了你吗，苏小姐？”

“苏小姐”三个字，他几乎是咬牙切齿说出来的。

察觉对方语气很不悦，还带着嘲讽，苏暖也有些火大了：“你到底哪位？你说不说，不说，我挂了。”

“你有种挂了试试。”

对方不可一世的语气令苏暖顿时反应过来。

“你、你……你不会是凌言玺那个浑……”差点把那个“蛋”字说出来，苏暖话音一转，“凌总，怎么是您啊？真不好意思，刚刚没听出是您的声音……”

说到这，她故意打了个哈欠，然后声音慵懒地说道：“好困，好晚了，我睡了，凌总，您也早点……歇息吧。”

说完，她正准备挂断电话，凌言玺低沉而又邪魅的声音便在她的耳旁响起：“你吵醒了我，不准备负责吗？”

“负责？”苏暖闻言，瞪大了双眸，“负什么责？”

“把我哄睡着。”

“你有没有搞错？你都多大了。”

凌言玺沉声问道：“哄还是不哄？”

苏暖眯起眼：“不哄，你想怎么样？”

凌言玺沉吟片刻，语气深不可测地回道：“苏小姐，不要让我有借口去找你……麻烦。”

他顿了下，才补上“麻烦”两个字。

苏暖知道凌言玺说到做到，为了避免他来找麻烦，她经过深思后，说道：“OK，我哄行了吧。”

语毕，她深吸一口气，将心里的怒气压下去才说道："凌总，请您先把您那双老眼闭上。"

听到"老眼"二字，凌言玺抽了抽嘴角："我很老吗？"

"您不是说过您是我的衣食父母吗？既然是父母，当然比我老很多了。您闭上眼了吗？"

两个月前，当她还在国内，还被凌言玺奴役的时候，凌言玺就对她说过，他是她的上司，给她发工资，等于是她的衣食父母，对他要像对自己的父母一样好、一样尊敬。

她左一句您，右一句您，听得凌言玺气不打一处来。

死女人，一定是故意的，故意要气死他。

这时，苏暖的声音在他的耳旁响起："啊——哦，啊——哦，啊咝嘚啊咝嘚……"

听到她雷人的歌声，凌言玺嘴角抽搐："该死，你唱的是什么？"

"催眠曲啊，您老不喜欢啊，那我再换一首。啊……"

苏暖刚要开唱，就被凌言玺打断了："你是要生了吗？"

听到这话，苏暖又羞又恼："你才要生小孩了呢！"

她故意挑难听的歌唱，就是要折磨凌言玺的耳朵的，竟然被他说成这样。

果然，狗嘴里吐不出象牙。

随即，她说道："凌总，我困了，我要睡了。"

凌言玺像是没听到她的话，自顾自地问道："你一个人在房间里？"

苏暖正要回答，凌言玺接着问道："没有其他人？"

"关……"

她刚要开口，凌言玺便先一步开口道："这么说，你是因为寂寞了才打电话给我的？"

说这话时，他的语气是不悦的。

听完他的话，苏暖也快要气死了。

"寂寞你个头，我是误拨过去的，谁知道那电话号码是您老人家的。我要是知道是您老人家的，打死我都不会拨过去。"

“你就这么讨厌我？”

听到这话，苏暖微微怔了一下，随即回道：“您老怎么现在才看出来，我表现得很不明显吗？”

闻言，凌言玺沉下了脸色：“苏暖，你想死吗？”

听到他不悦的声音，苏暖扬唇得逞地一笑，说道：“不想。凌总，您睡不着是您的事，自己去数山羊吧。我睡了，拜拜。”

说完，她便挂断了电话，然后将手机关机并充上电。

弄妥一切后，她躺下来，想到自己把凌言玺气得半死，嘴角带着笑意，慢慢进入了梦乡。

睡着后的她又梦到了那一晚的情形。

那一晚的事，她已经梦到不止一次了。

与前几次不同的是，这次她梦到的那晚的男人变成了凌言玺。

在梦里，她一开始是拒绝他的，可是后来不知道怎么的，她跟中了邪似的，竟然不反抗了。

那个令人脸红心跳的梦，她做到了天亮，醒来后脸红如血，脸上像有一团火在烧，热热的、烫烫的。

想到自己竟然梦见凌言玺，苏暖“啊”地尖叫了一声，掀开被子，冲进了浴室。

进去后，她打开盥洗台上的水龙头，用冷水洗滚烫的脸蛋。

她疯了，她一定是疯了。

她竟然梦到凌言玺，还是一个……难以启齿的梦！

嘴里说着讨厌人家，梦里她却……

苏暖，你怎么是这样的人啊？

你怎么表里不一啊？

凌言玺除了长得帅之外，还有哪里好了，你竟然还梦见他了……

天哪，降下一道雷狠狠地劈死她吧。

用冷水拍打了一会儿脸蛋，她才抬起头来。

看着镜子中仍旧脸红红的自己，苏暖有些想哭。

她再次用冷水拍了拍脸，洗漱完后便出去了。

她的手机充好电就自动开机了，她从浴室出来时，手机正好响了。

电话是唐乔晚打过来的，苏暖走上前拿起手机看了眼来电显示，就立即接听了。

“晚晚……”

“暖暖，你前段时间去哪儿了？为什么手机一直打不通？”

听到电话那头唐乔晚担忧的声音，苏暖思索了一下，说道：“前段时间，我的手机坏掉了，刚修好。晚晚，非常不好意思，我这段时间没跟你联系，你一定担心死我了吧。”

她不说出实情，是因为不想让唐乔晚担忧。

至于绑架她的是什么人，景轩昨晚带她回来的时候向她保证了，他会查出来的。

唐乔晚听到她说是手机坏了，半信半疑地问道：“暖暖，你没骗我吧？我一直以为你出什么事了。”

“我怎么会出事呢？别担心，我很好，没事。”

听她这样说，唐乔晚没再追问下去，随后又问道：“那你的未婚夫对你好吗？”

苏暖笑着回道：“他对我很好，只要他在家里，从没让我下过厨。”

“他给你做几顿饭，就把你收买了啊？”

苏暖回道：“你不也是被你老公几顿饭收买的吗？”

话音一落，她想到最近恶心想吐的事，便有些不好意思地说道：“晚晚，我好像有了。”

“有什么了？”问出这话，唐乔晚才反应过来，“你……你怀孕了？”

苏暖微微蹙眉回道：“我还不确定。”

“你那个有多久没来了？”

苏暖回道：“上个月没来。”

唐乔晚听她这样说，看了眼身旁还在熟睡的俊美男人，压低声音问道：“你跟你的未婚夫已经那个了啊？”

在她问这句话时，她身旁原本闭着双眸的男人突地睁开了那双魅惑人心的眼眸，饶有兴致地看着她。

苏暖听到唐乔晚的话，越发不好意思了，轻轻点了下头，低声应道："嗯。"

唐乔晚闻言，有一点难过，有一点失望。她还想让苏暖当她的嫂子呢，看来是不可能了。

她深吸了一口气，说道："暖暖，你还是去检查一下吧，如果真的怀孕了，你要好好照顾自己。对了，景轩向你求婚了吗？"

听到唐乔晚的问话，苏暖有些失落，随即回道："还没。"

唐乔晚本就觉得景轩不靠谱，听苏暖这样一说，就更觉得不靠谱了。

她很怕景轩只是玩玩，那样的话，暖暖一定会伤心死的。

现在苏暖一门心思扑在景轩身上，而唐乔晚又没见过景轩，也没有确切的证据证明那个人不靠谱，所以不好说景轩的坏话。

俗话说，宁拆一座庙，不毁一桩婚。

她沉默了一会儿，说道："暖暖，如果你过得不好，或者景轩对你不好，你一定要跟我说，需要我帮忙的时候，也不要忘记找我。"

"我知道了，晚晚，谢谢你。"

"以前是你帮我，现在该我帮你了。"唐乔晚说完这话，想到自己结婚的时候，苏暖没能来，便有些遗憾地说道，"好可惜，我结婚的时候，你没能来。"

苏暖有些惊讶："你和你的男神已经举行婚礼了吗？什么时候举行的？"

唐乔晚回道："前不久。"

错过了好闺密的婚礼，苏暖心里很是愧疚，说道："对不起啊，晚晚，你的婚礼，我竟然没去当你的伴娘，没去给你把关。"

"暖暖，你别自责，我没有怪你，只是觉得有些可惜。你结婚的时候，可一定要通知我。"

苏暖笑着回道："我的亲人就只有你和景轩两个人，我一定会邀请你的。"

苏暖说完这话，想到什么，便又问道："对了，晚晚，你之前也失踪了很久，我也一直联系不上你，你到哪里去了？"

“我……”唐乔晚深思了一下，说道，“我以后慢慢跟你说。”

唐乔晚说完这话，再和苏暖聊了一会儿，嘱咐她一定要去医院检查后，才挂断电话。

而唐乔晚一挂断电话，手里的手机就被一只大手抽走了，随即她就被一个身姿挺拔的男人抱在怀里。

抱住她的男人名叫龙御琛，是她的丈夫，同时也是与凌言玺从小一起长大的生死兄弟。

唐乔晚用手撑在男人健硕的胸膛上，问道：“干吗？”

“晨运。”

最近几天，唐乔晚身边的男人一睁开眼就要晨运，她便问道：“御琛，你每天这样，不累吗？”

她知道龙御琛会回答不累，所以不等他回答，便说道：“先等等，我有话要问你。”

“什么话？”

“我让你去调查景轩，结果怎么样了？”

“这件事有人会处理，我们就不用管了。”龙御琛凝视着唐乔晚，说完便要低下头去吻她。

唐乔晚头一偏，避开他的吻后，问道：“谁会管？”

“你希望谁管？”

唐乔晚抬眸看着他：“你就告诉我，那个景轩靠不靠谱？”

“除了我，你觉得这个世上还有第二个男人靠谱吗？”

见他又要吻下来，唐乔晚抬手捂住自己的嘴巴：“龙御琛，我跟你说正经的。”

龙御琛拉开她的小手，凝视着她，说道：“我跟你说的也是正经的。”

“你的意思是，那个景轩不靠谱？”

龙御琛敛眉：“晚晚，我们在床上能不能不要谈论别的男人？”

“能，你只要告诉我调查结果，我保证以后在床上不跟你谈论别的男人，提都不提一下。”

龙御琛闻言，挑眉问道：“也包括龙胤宸？”

唐乔晚抽了下嘴角，瞪着他说道：“那是你儿子。”

“是我儿子又如何，他也是男人。”

“龙御琛，你够了，他还只是个小孩子。”

龙御琛纠正道：“是小男人。”

唐乔晚白了他一眼：“真服了你。”

话音刚落，她顿了一下，说道：“好吧，也包括他。”

龙御琛满意地一笑，搂着唐乔晚，告诉她他调查到的结果。

苏暖结束和唐乔晚的通话后打给了景轩，然而，对方关机了。

因为没有打通景轩的电话，她有些失落，叹了一口气后，换上衣服去了厨房。

厨艺几乎为零的苏暖煮了碗白米粥，然后煎了个荷包蛋。

虽然厨艺不精，不过现在的她煎荷包蛋不会煎煳了。

只是，她坐下来吃时，只咬了几口荷包蛋就有些反胃，吃不下去了。

为了填饱肚子，她强迫自己把那碗白米粥喝了。

吃完早餐，她收拾了一下，拿着包准备出门。

她刚走到门前，就听到门铃响了。

原以为是景轩回来了，她欣喜地打开门，却发现站在门外的并不是景轩，而是戴着面具的康德。

看着他，苏暖有些惊讶：“你……你不是昨晚那个……”

康德笑看着她：“是我。苏小姐，你好，不好意思，这么早来打扰你。”

“您……您来找我有什么事吗？”

“昨晚我们总裁的外套落在你这儿了，我特意来取的。”

苏暖听他提到外套，才想起昨晚救了她的那个戴面具的男人把外套给她披上，忘了要回去。

于是，她笑着说道：“我现在去给您取。”

说着，她便转身回了房里，然后将凌言玺的外套装进一个袋子，才提着出来交给康德。

康德接过她手里的袋子后，见她背着包，像是要出门，便问道：“苏小姐，你这是要出门吗？准备去哪里？需要我送你一程吗？”

“谢谢，不必了。我是要去医院，您应该不顺路。”

康德听她这样说，没说其他的，只向她颔首，便提着袋子先离开了。

凌言玺今天在去公司的途中，想起他有重要的东西落在他昨晚让苏暖披上的那件外套里了，所以才让康德过来取。

苏暖离开时，接到了唐乔晚打来的电话。

“暖暖，你现在在哪儿？你未婚夫有没有在你身边，我有事跟你说。”

闻言，苏暖有些诧异：“你有什么事跟我说？我现在正准备去医院。”

“你一个人吗？”

“嗯。”苏暖应了一声，接着说道，“景轩昨晚去公司了，还没回来。”

唐乔晚听到她的话，沉默了一会儿，问道：“暖暖，你……从来就没怀疑过他吗？”

苏暖问道：“怀疑他什么？”

“比如，他对你忠不忠诚，有没有骗过你之类的。”

“晚晚，除了你，这个世上我最信任的人就只有他了，我从来不去怀疑他。我相信他即使有欺骗我的事情，也是为了我好。”

听到她的话，唐乔晚拧起了眉头，沉思了一会儿，说道：“暖暖，有些男人是不能尽信的。你的未婚夫，我始终觉得有些不靠谱，你别太信他了，万一他哪天做出伤害你的事情来，你……”

苏暖没等唐乔晚说完，便打断了她：“晚晚，你对景轩是不是有什么误会？”

“我就是觉得他有些不靠谱，反正你听我的，平时多留意一下他，不能太相信他。还有啊，如果他向你求婚，你暂时别答应他。”

苏暖听她说完，便说道：“晚晚，你有点奇怪。”

“有吗？”唐乔晚反问了一句，说道，“你一个人去医院，我不放心，我找个人陪你去。”

苏暖闻言，疑惑地问道：“你找谁陪我去？”

话音刚落，她又接着说道："晚晚，不用找人陪我了，我自己去就可以了。我马上进电梯了，我先挂了。"

说完，她便先挂了电话。

她离开公寓后，在等车时，昨晚送她回来的那辆超豪华阿斯顿马丁 ONE—77 停在了她的身前。

她看着那辆豪车，正觉得有些眼熟时，戴着面具坐在驾驶位上的康德就下来了。

他拉开后座的车门，看着苏暖说道："苏小姐，请上车。"

苏暖看了一眼车里，见昨晚那个跟凌言玺一样狂妄的男人坐在里面，便摇头说道："谢谢，不用了，我自己打车去就可以了。"

"扔进来。"

冰冷、低沉的声音从车里飘了出来。

苏暖闻言，正要开溜，康德已上前一步拦住她，并看着她说道："苏小姐，你看我都这么大年纪了，要是对你动粗，我自己都觉得不好意思。而且，我一把老骨头了，还不一定抱得动你，你就别为难我这个老人家了，自己上去吧。"

说完这番话，他又凑近苏暖几分，压低声音说道："我们总裁从小被宠坏了，一身的大少爷脾气，他说一，别人不能说二，他的大少爷脾气要是上来了，没几个人赢得过他。你今天要是不上车，我敢保证，你绝对打不到车。"

苏暖闻言，不悦地看了一眼车里的男人。

康德则看着她继续说道："苏小姐，请吧。"

苏暖看了眼康德，沉思了一下，随即目光一转，扬唇不怀好意地一笑，便爽快地坐进了车里。

康德见她总算坐进去了，松了一口气。

他将车门关上后，绕到驾驶座上。

而苏暖一坐进去，端坐在车里一身冷傲气息的凌言玺便刻意声音低沉地问："你去医院做什么？"

闻声，苏暖微怔了一下，侧过头看着还戴着面具的凌言玺说道："先生，我跟你好像不熟，我没必要告诉你我去做什么吧。”

凌言玺侧头冷淡地扫视了她一眼，邪魅地勾起嘴角：“你是该去检查一下视力和听力。”

闻言，苏暖盯着他问道：“我为什么要去检查视力和听力？”

凌言玺眯起棕色眼眸，抿紧唇，没有回答她这个问题。

苏暖看了一眼浑身散发着冷傲狂狷气息的凌言玺，压下心底的不悦，没有怼回去。

人在屋檐下，不得不低头，她现在在他的车里，激怒他没有什么好处。

她现在要做的不是怼他，而是让他厌恶她。

康德已经发动车子，驶往医院。

一路上，苏暖和凌言玺都没再说话，车里的气氛比昨晚还要诡异、压抑。

虽然两人都没说话，但是，苏暖在挪动屁股一点一点地靠近凌言玺，同时她不安分的小手还在一点一点地靠近凌言玺。

凌言玺察觉她的举动后，只是微微勾了下嘴角，什么都没说，也没有往旁边的位置挪动。

苏暖慢慢移到凌言玺身旁，暗中深吸了一口气，给自己打了打气，便将小手放到了他的大腿上。

凌言玺见状，瞥着她放在自己大腿上的手，棕色的眸子微微收缩了一下，嘴角邪佞地勾起几分。

苏暖心一横，学着电视里那些女人的样子，小手在他的大腿上抚摸起来，并忍不住暗想，他怎么还没反应？

她这么抚摸他、侵犯他，他不是应该发火，把她赶下车吗？

难道她侵犯得还不够彻底？

对方能接受被摸大腿？

她又将小手移到了凌言玺的胸膛上，然后一边摸一边去解他衣服上的扣子。

她只是把手伸了过去，但脸是侧向另一边的。

她这样做是想让凌言玺厌恶她，然后把她赶下车。

然而，直到她侧着身子将凌言玺的外套扣子解开了，再将他衬衫的扣子解开了，他都没有阻止她，更没发火赶她下车。

她的手还停留在凌言玺的胸膛上，嘀咕道："怎么还没反应？"

"你想要什么反应？"

低沉的声音突然在她耳旁响起，下一秒，苏暖的手腕就被一只温热的大掌扣住了。

随即，那只大掌用力一拉，苏暖"啊"的一声，转过头结结实实地撞在了凌言玺结实而又硬朗的胸膛上。

"嗯……"她的鼻子撞在了健美的胸肌上，而她丰润的唇也贴到了凌言玺的胸膛。

因为鼻子被撞疼了，她皱起了眉头，然而，她柔软且有些冰凉的唇贴到凌言玺火热的胸膛的那一刹那，凌言玺就触电般倒抽了一口气，一双眸子变得越发暗沉起来，眸底暗藏着一抹渐渐生出的欲念。

苏暖摸了摸被撞疼的鼻子，抬起头，正想发飙，便对上了一双染上欲念且带着侵占性的眸子。

苏暖心一紧，有些害怕地看着他："你……你干吗用这种眼神看着我？你想干吗？"

"干你想让我干的事。"凌言玺低哑着声音说，然后一只手臂抱住苏暖的腰，猛地和她调换了一下姿势。

苏暖被他抵到座椅上，随后不知道他按了哪里，那座椅便往后倒去。

两人随着座椅倒了下去。

顶端是豪华的车顶，身上是带着侵略性的陌生男人，身下是座椅变成的小床，苏暖被吓到了。

她连忙双手撑在凌言玺暴露在外的胸膛上，慌张地看着他："你……你别乱来，有人……"

"他知道该怎么做。"凌言玺说完这话，康德就将车开到了没人的地方，然后将车窗锁上，很自觉地下了车，并走远。

而苏暖在看到康德下车，惊得瞪大了双眸，恨不得咬断自己的舌头。

她是不是说错什么了？

她转过头来，看着身上散发着浓浓荷尔蒙气息的男人，正要张嘴说什么，凌言玺便先一步开口："没人了，现在我们可以尽情地开始了。"

他说完，扣住苏暖的双手，吻了下去。

苏暖见状，神色一慌，在挣扎的同时，偏过了头。

凌言玺的吻落在她的头发上。

他微沉了一下眼眸，腾出一只手来捏住苏暖的下颌，迫使她面对着他。

就在他准备再次吻下去时，苏暖慌忙瞪着他，威胁道："你最好别乱来，否则，我……"

凌言玺沙哑着声音打断她："你什么？你一边摸我，一边解我的扣子，不就是想让我乱来吗？"

话音刚落，他性感的唇再次附到苏暖的耳边，呼出热气的同时，他邪魅地一笑，声音越发低沉，饱含情欲地道："你不是想让我有反应吗？告诉你，我……"

最后两个字，他没有说出来，但是，苏暖看他的嘴型就知道他说的是什么。

看着邪气横生、妖孽得不像人类的凌言玺，苏暖又羞又恼："你……你这个浑蛋，谁想你乱来了，我是想让你讨厌我。"

凌言玺邪魅地一笑，眼睛依然带着侵占性地盯着她，说道："那对不起了，我就是……"

知道他后面会说什么，苏暖下意识地抬手捂住了他的嘴。

凌言玺睨了一眼捂住自己嘴巴的小手，抬手一下将其拉开了。

苏暖见自己的双手又被他控制住，挣扎着瞪着他说道："你不是正常的男人。"

正常的男人遇到她这么主动的女人，早就极度厌恶她，将她一脚踹开了。

小说中不都是这样写的吗？

越主动的女人，那些男人越讨厌。

而且，她也是这样写的。

凌言玺目光邪魅地盯着她："我这样都不算正常，怎样才算正常？"

听到这话，苏暖脸色爆红，羞恼极了。

"你……"

"嫌我速度慢了？"

苏暖见状，咬了一下唇瓣，满眼怒气地看着他："你到底想怎么样？我又不是故意让你有反应的，我只是想让你讨厌我。我傻，用错了方法不行吗？"

她说这话时，眼中带着怒气，也带着几分委屈，同时，她的眼眶也渐渐红了。

她眼中的委屈让凌言玺的心像是被什么扎了一下，有些疼。

他并不是真的想对她怎么样，只是惩罚一下她而已，让她知道，男人不是能随便挑逗、随便摸的。

这次是碰到他，下次要是遇到别的男人，她还能保住清白吗？

他心中不禁有些担忧起来，这个傻女人是怎么活下来，怎么长到这么大的？

随即，他盯着眼含泪花的苏暖说道："知道自己是傻就好，让一个男人讨厌你有很多种方法，用猥亵男人这种方法来让一个正常男人讨厌你，你脑袋里装的都是豆腐渣吗？你以为自己是如花吗？你这样做，只会让一个男人情不自禁地想要你。真是个傻女人。"

他的话语中虽然带着责怪，却也带着藏不住的关心。

苏暖听到他的这番话，有些诧异。

她不是聋子，也不是白痴，当然能听出他的言语中带着关心。

他说话的口气让她感觉他像是她的什么人。

很久没有被人用这种带着责怪、关心的语气说过了，所以，她有些触动，不禁想起狠心抛下她的父母。

想到被亲生父母抛弃这件事，眼中泛起了泪水。

凌言玺见状，凝视着她说道："骂你一句傻女人就哭，你什么时候变得这么脆弱了？"

他一边抬手擦拭着她眼中的泪水，一边说道：“好了，我没你想象中那么龌龊和无耻。我不会乱来的，刚刚只是吓吓你，让你知道，男人的大腿是不能随便摸的。”

听到这话，苏暖有些错愕，抬眸对上了他的眼眸。

四目相对，如此近距离地看着他，她才发觉他的双眼是那样熟悉。

她眼睛一眨不眨地看着他，问道：“你到底是谁？”

凌言玺盯着她，勾了下嘴角，坐了起来，还将苏暖拉了起来。

苏暖侧过头去看着他：“你是不是我认识的人？”

凌言玺没有回答她，而是拿出手机拨通康德的电话：“进来开车。”

他挂断电话没多久，康德便上了车，什么都没说，也没往后看，直接发动车子。

苏暖看了眼身旁戴着面具的凌言玺，然后看向康德，正准备解释一下她和凌言玺什么都没做，凌言玺那刻意变了音的又冷又沉的声音便飘进她的耳朵里。

“到了医院，顺便检查下脑子。”

听到这话，苏暖险些被气死。

她侧过头，瞪着凌言玺：“你……你才应该检查下脑子。”

大白天戴面具，他才应该去检查下。

刚刚有那么一瞬间，她觉得他是个好人，但是现在，她心里对他的那点好感又没了。

不过，她想到她刚刚的举动，就觉得自己挺脑残的。

她怎么就想出那样的方法来对付她身旁的男人呢？

她刚刚到底是怎么想的啊？

她觉得她平时挺聪明的，怎么到关键时候就犯糊涂了？

她真是够傻的。

在随后去医院的路上，苏暖没再靠近凌言玺，没再说话，没再搬起石头砸自己的脚。

凌言玺也没再说什么。

第四章

她有宝宝了

车子抵达医院后，在医院外面停下。

苏暖从自己的包里拿出钱包，然后从里面拿出一张五十英镑的纸币来。

随即，她将纸币递给凌言玺："谢谢你们送我来医院，这些应该够了吧？"

凌言玺盯着她递过来的纸币，瞳孔微缩，薄唇紧抿，没有说话。

苏暖见状，拉起凌言玺的手，将那张纸币放进他的手里，看着他说道："车费给了，现在我们互不相欠了。拜拜。"

说完，她便推开车门下了车。

将车门关上后，她进了医院。

凌言玺盯着手里的纸币，扬唇邪佞地一笑，目光令人捉摸不透地扫向了车外。

这时，坐在驾驶座上的康德转过头来看着他问道："凌总，是去公司，还是等苏小姐出来？"

现在凌言玺已经开始接管凌氏集团了，并且还准备将他收购的小说网站扩张，将它推向全世界。

当然，为了保证其他国家的读者能看懂，他会推出不同版本，比如，英文版。

凌言玺目光深沉地盯着车窗外，一直没说话。

过了好一会儿，他才吩咐道："查查她挂的是什么科。"

"是。"康德应了一声，便拿出手机打电话。

挂断电话后，他回过头来看着凌言玺禀告道："查清楚了，苏小姐挂的是妇科。"

听到苏暖挂的是妇科，凌言玺有些诧异。

随即，他微眯眼，问道："什么病？"

康德回道："还不知道。"

"继续查。"

"是。"

挂好号的苏暖这会儿正在排队，还有十几个人才会轮到她，然而，令她没有想到的是，她拿到号还没一分钟，护士就叫她进去了。

排在她前面的人看她进去，都很诧异地看着她。

苏暖自己也觉得挺不好意思的，不过，护士既然叫她进去，她也不可能不进。

她进去坐下来，用英文简单地说了下自己的情况。

医生听完她的情况，开了几张单子，让她去做验血等检查项目。

而苏暖拿着那些检查单子一离开，医生就打了个电话。

医院外豪华的车里，康德接完电话后，转过头来看着凌言玺汇报道："弄清楚了，苏小姐是去做孕检，据医生说，她好像怀孕了。"

听到这话，凌言玺神情微滞，微变的目光扫向康德，像是听错般问道："你说什么？"

康德看着他的神色变化，皱了下眉头，才再次说道："苏小姐她……好像怀孕了。"

再次听到这个答案，凌言玺眼神一沉，俊美的脸部线条变得冷硬起来，一双大手也握成了拳。

"怀孕了？"他嘴角勾出一道凌厉的弧度。

康德见他神情有些不对，便唤道："凌总，您怎……"

康德话音未落，凌言玺突地摘下面具，脱下外套，便推开车门下了车，径直进了医院。

“凌总……”康德见状，唤了一声，连忙发动车子，开进医院。

苏暖做完一系列检查，拿着检查的单子再进入医生的办公室时，便看见一个令她意想不到的人坐在里面。

“凌……凌言玺……你……你怎么会在这里？”她看到凌言玺，惊得瞪大了双眸，就像是看见鬼了一样。

她是不是眼花了？凌言玺怎么会跑来医院，而且还坐在妇产科医生的办公室里。

她一定是眼花了。

想到这，她正要抬手去擦擦眼睛，医生便起身走向她，朝她伸出了手：“苏小姐，把你的检查单都给我。”

苏暖闻言，正要将检查单递给医生，那名医生已经伸手先拿过去了。

见状，苏暖有些诧异。

待医生坐下来，她再次看向神情冷淡的凌言玺。

而凌言玺一双棕色眼眸死死地盯着医生手里的单子。

苏暖回过头，看向医生，正要问医生是什么结果，凌言玺凌厉的声音先一步响起。

“什么结果？”问这话时，他的神情虽然很冷，但声音带着一丝颤抖，他似乎想知道结果，却又有些害怕听到结果。

医生看了一眼苏暖，才看向凌言玺回道：“她确实怀孕了，已经有一个多月了。”

听到这个答案，凌言玺攥紧了双手，目光一寒，沉声道：“再说一次。”

医生看了看他阴沉可怕的脸色，再次说道：“她……她确实怀孕了。”

听到医生的答案，苏暖忽视凌言玺的存在，嘴角勾起一抹笑意。

而她嘴角的这抹笑意落入凌言玺的眼里，刺眼极了。

他走近她，阴沉犀利的目光盯紧了她：“未婚先孕就这么开心吗？”

“未婚先孕”几个字让苏暖有些尴尬，毕竟还有医生在，凌言玺这样说，太不给她面子了。

她看了一眼医生，转过头看着神色阴沉的凌言玺回道：“是很开心，干吗？你嫉妒啊？”

凌言玺看着此时的苏暖，心忽而狠狠地痛了。

他不知道为什么会这样，只知道这样的苏暖让他心痛、失望，也让他非常愤怒。

是，他嫉妒，莫名地嫉妒。他也不知道他在嫉妒什么，总之，他就是嫉妒了。

他目光复杂地盯紧了她，铁青着脸色，气急败坏地吼道：“谁许你怀他的孩子的？”

他突然神情阴鸷吓人地吼出这一句话来，除了办公室里的医生被吓了一跳之外，苏暖也被吓了一大跳。

她抬眸看着神情吓人、像是受到了什么刺激的凌言玺，好半天才回过神来。

随即，她瞪着凌言玺说道：“凌言玺，你有病吧，你是不是吃错药了？我怀他的孩子怎么了？这关你什么事，你凭什么这么吼我？”

“就凭你的孩子不是我的。”

听到凌言玺气急之下吼出来的话，苏暖愣住了：“你说什么？”

而凌言玺听到她的问话，才意识到自己在气急之下说了什么，原来，他希望她肚子里的孩子是他的。

他的心越发沉痛了。

原来，他是这么在意她和别的男人在一起，而他竟然现在才明白这一点。

凌言玺，你是有多蠢。

他痛恨自己，气自己，一拳砸到了苏暖身后的墙上。

砰！

随着一声响，医生被吓了一大跳，眼镜都差点掉了。

苏暖也被惊吓到了。

她抬头看向凌言玺，见他眼眶发红，神情吓人，怔了一会儿，才问道："你……你干吗这么激动？孩子不是你的，怎么了？我……我又不是你的什么人。"

说完这番话，苏暖便推开凌言玺，走向快要惊得傻掉的医生。

她从医生手里拿过那些单子，装进了包里。

随即，她朝医生礼貌地颔首，说了声谢谢，便与凌言玺擦肩而过，往外走去。

凌言玺见状，很想阻止她离开，但找不到理由，找不到借口，找不到立场。

他垂在一侧的手紧握成拳，另一只手又一拳砸到了墙上，正好砸在他刚刚砸过的位置，那里已经裂开了。

"啊……"医生已经被他吓得快要疯掉了，尖叫一声冲了出去。

而苏暖也再次被吓了一跳，见医生冲出去，她转过头看向凌言玺，发现他的手砸得出血了。

她慢慢抬起头，惊讶地看向凌言玺，却看到了令她不敢相信的一幕——他眼中竟然有泪光。

他的神色是那么复杂，有愤怒、悲伤，还有悔恨。

"你……怎么了？"

"滚。"凌言玺薄唇微张，冷冷地吐出了这个字，眸子发红却湿润，目光无比凌厉地射向了苏暖，"滚。"

听到他的大吼，苏暖莫名觉得恼火。

滚就滚，他以为她稀罕在这里看他发疯吗？

她还怕他一会儿跑过来砸她呢，她现在可是孕妇。

她收回落在凌言玺脸上的目光，便径自离开了。

凌言玺则在她离开后，有泪水从发红的眼眶里流了出来。

此刻的他，一颗心很痛，痛得他第一次有一种想痛哭一场的冲动。

是从什么时候开始，苏暖在他的心里变得这么重要了？

为什么他不早点看清他的心？

为什么他要封闭自己的心？

为什么他不早点把她抢过来？

这时，康德走了进来，见凌言玺的手受伤了，连忙上前看着他说道："凌总，您的手怎么流血了？我让医生来给您看一下。"

"不必了。"凌言玺说完，径直往外走去。

他的手还在滴血，再加上神情阴沉，很是吓人，所以，等在外面的人见他出来，都很自觉地让开了路，也不敢当着他的面议论什么。

康德一边追着他，想替他处理手上的伤口。

凌言玺没走多远，手机就响了。

康德提醒道："凌总，您的手机响了。"

凌言玺像是没听到他的话，没有接听。

到了医院的车库，凌言玺坐进车里，才将手机拿出来。

发现是龙御琛打过来的，他回拨过去。

而在他接通电话后，不知道龙御琛跟他说了什么，他的神情瞬间又变了："你说什么？你说的话是真的？"

"证据已经传给你了，你自己慢慢看。"龙御琛说完，挂断了电话。

凌言玺在龙御琛挂断电话后，打开了他们平时用来联系的邮件。

当看到景轩和别的女人拥吻的照片时，凌言玺眼眸微眯，眼神变得凌厉起来，脸色比刚刚更加阴沉吓人。

"景轩……"

语气冰冷地念出这两个字，他嘴角勾起一道深不可测、带着几分嗜血意味的弧度。

随即，他看向康德，吩咐道："开车。"

康德闻言，立即发动了车子。

苏暖还在医院外的公路边上等车，正好被从医院里出来的凌言玺看见了。

他重新戴上面具，换了一件外套，并吩咐康德把车开到苏暖跟前。

正在等车的苏暖看见熟悉的车，眸底掠过一丝诧异之色。

而这时，同样戴上了面具的康德也从车里下来。

“苏小姐，请上车。”

苏暖闻言，想到之前的事，连忙摆手说道：“不……不用了，我还想再逛一会儿。”

说完，她便准备开溜。

康德见状，看着她说道：“苏小姐，你是忘记我们总裁的大少爷脾气了？他让你上车，你就得上车，你是跑不掉的。”

苏暖闻言，欲哭无泪地道：“你们为什么就不能放过我？”

“苏小姐，请。”

苏暖是真不想进去，但是，不进去好像又逃不掉。

她今天出门该看看黄历的，不是遇到凌言玺那个狂妄自大的暴发户，就是遇到眼前这个跟凌言玺一样狂妄霸道、不可一世的男人。

她真是够倒霉的了。

她没有上车，而是一直跟康德僵持着。

过了好一会儿，车里才传来凌言玺的声音：“进来开车。”

康德闻言，看着十分倔强的苏暖叹了一口气，才坐回车里，然后发动车子离开。

苏暖见他们总算离开，松了一口气。

随即，她拿出手机来打给景轩，然而对方的手机还是关机状态。

她有些失落，不死心地又打了一次，再次被告知对方的手机是关机状态。她深深叹了一口气，将手机装进了包里。

她往前走了几步，一辆英伦高级定制商务出租车在她身旁停下来。

车里的司机降下车窗后，探出头来看着苏暖问道：“小姐，准备去哪儿？”

苏暖见是出租车，说了地名后上车。

在车里坐好后，她又将包里的孕检单拿了出来，想着景轩看到孕检单后会是什么表情。

想到自己怀孕了，要当妈妈了，她既欣喜、激动、兴奋，又很期待宝宝的出生。

她用小手轻抚着自己平坦的小腹，嘴角带着掩饰不住的笑意。

因为自己被父母狠心抛弃，所以她在心中暗暗发誓，她一定要做一个好妈妈，一定要让她的孩子享受到母爱。

而坐在车里的她不知道，在她所坐的出租车后面，一直跟着一辆她所熟悉的豪车。

抵达公寓楼下后，苏暖付了打车钱，推开车门下车，径直往公寓楼里走，没有察觉到一道复杂的目光正追随着她。

这道目光来自停在她身后不远处的一辆豪车里的男人，正是凌言玺。

康德见苏暖已经安全地回到公寓，转过头来，看着凌言玺问道："凌总，现在要去公司吗？"

凌言玺没回答他的这个问题，而是看着他问道："她住第几层？"

康德回道："二十三层。"

"把她隔壁那套公寓给我租下来。"

"是。"康德没有多问，应了一声，便开始着手办这件事。

苏暖乘坐电梯抵达二十三层后，径直走向她所住的公寓。

到了公寓门口，她正准备拿钥匙开门，公寓的门就被打开了。

当她看清开门的人后，震惊到了。

"阿……阿姨，您……您怎么来了？"看着眼前皮肤有些黝黑、头发有些凌乱、浑身散发着一股乡土气息的中年妇女，苏暖以为自己出现了幻觉。

乡土气息特浓的中年妇女不是别人，正是景轩的妈——王秀英。

王秀英上下打量苏暖一番后，拉长了一张暗黄的老脸，语气有些不悦地说道："怎么？你可以来英国跟着景轩享福，我这个一把屎一把尿地把他养大的亲妈就不能来了？"

见未来婆婆不高兴了，苏暖连忙说道："阿姨，我不是那个意思。"

王秀英白了她一眼："那你是什么意思？"

"阿姨，您别生气，我说错话了，对不起。"苏暖知道，如果她不先道歉的话，以王秀英的性格，肯定会跟她吵起来。

王秀英见她道歉了，看着她以训斥的口吻说道："以后说话注意点，你说你都多大的人了，怎么连说话都不会？真是的，我这一来，屁股没坐热，就受你一顿气，以后还得了啊？你是不是经常欺负景轩？"

苏暖闻言，看着王秀英回道："没有。"

"没有最好。"王秀英说完这话，不悦地看了一眼站在门口的苏暖，才以一个女主人的口吻，拉长了语调说道，"进来吧。"

苏暖深吸一口气，看着她点了下头，才进去。

苏暖将门关上，转身进了客厅，便看见客厅里的地板上有一堆东西，大包小包的，也不知道里面装了些什么。

王秀英则在她进客厅后，指着地上大包小包的东西说道："那个包里的是我给景轩带的我们老家的特产，那个大包里的是我的衣服，你给我拿去洗洗。那个小包里的，不用洗，拿去晒晒，其他的，你都收拾起来，给我放好。"

苏暖闻言，看了一眼坐在沙发上的王秀英，将自己的随身包放下来，便走上前。

在她蹲下来处理地上那堆东西时，王秀英的声音又在她身后响起。

"我的衣服必须手洗，还有，别给我洗烂了，我那些衣服都是景轩给我买的，很贵的。"

苏暖再次深吸了一口气，说道，"我知道了，我会小心的。"

语毕，她便按照王秀英说的开始处理那堆东西。

王秀英则在一旁继续当指挥官。

苏暖洗衣服时，王秀英一直在一旁盯着，一会儿让她刷这里，一会儿让她刷那里。

总之，一件衣服，她要让苏暖来来回回刷很多遍。

等苏暖洗完王秀英的那些衣服，已经满头大汗了，并且因为她一直是弯着腰在洗，所以洗完后，她腰酸背痛的，非常累。

以前她没有时间，衣服都是机洗的，很少手洗。

苏暖好不容易洗完，将衣服晾好后，王秀英又说饿了，让苏暖去给她做饭。

苏暖不太会做饭，便看着王秀英说道："阿姨，我的厨艺不太好，我怕我做的饭菜您不喜欢，要不，我们今天先出去吃吧？"

王秀英一听，脸色一下子就变得很难看："出去吃？这是国外，出去吃那得多贵？景轩的钱又不是大风刮来的，你就这么浪费吗？！我说你会不会过日子啊？！动不动就出去吃，你想让景轩破产吗？！景轩赚钱不辛苦吗？！你是怎么当他的未婚妻的，不知道心疼他吗？！"

苏暖没想到她说一句，王秀英会说一堆来训斥她。

如果王秀英不是景轩的妈，苏暖或许早就翻脸了。

她是真的没有想到，景轩的妈是这么难相处。

以前她也见过景轩的妈，不过，那个时候王秀英对她的态度要好些，不会像现在这样一直挑她的刺，好像对她很不满似的。

看在王秀英是景轩的妈妈的分上，她没有跟王秀英抬杠或者发火，而是看着王秀英，礼貌地说道："阿姨，我是怕做得不好吃，您不喜欢，才说出去吃的，而且，我花的是我自己赚的钱。"

王秀英依旧脸色不悦地看着她，说道："你的钱不是景轩的钱吗？景轩现在在创业，你的钱是要拿去帮衬他的，而不是拿去浪费。好了，你去给我做饭，我不出去吃，我也吃不惯。"

王秀英说完，见苏暖还站着，说道，"赶紧去啊，还愣着做什么？想饿死我这个老太婆吗？"

苏暖闻言，忍住心里的怒气，转身进了厨房。

进去后，她深吸了好几口气，才着手做饭。

在她洗菜时，王秀英又出现在厨房门口。

王秀英看着苏暖，叮嘱道："菜洗干净点，还有，别切得太厚、太大块了。我吃得淡，盐别放多了，炒的时候炒熟一点，别给我炒得半生不熟的。我乏了，去睡一会儿，你做好了叫我。"

王秀英说完，转身进了苏暖的房间。

苏暖在王秀英离开后，很想哭。

遇到这样的婆婆，她以后的日子一定不好过。

她在切菜时，因为心里难过、委屈，不小心切到了手指头。

伤口有些深，渗出的鲜血一下子就将她的手指头染红了。

看着被染红的手指，她微微红了眼眶。

她打开水龙头，将手指上的血冲洗掉后，随便处理了一下，便继续切菜。

因为是给未来婆婆做饭，所以，这顿饭苏暖做得小心翼翼的，甚至还多备了点菜，如果不小心炒煳了，她就重新炒。

然而，她因为太过小心翼翼，这顿饭做得便有些久。

王秀英睡了一觉起来后冲进厨房，见苏暖还在炒菜，不悦地道："我都睡了一觉了，你这饭怎么还没做好，你是不是想饿死我？"

苏暖闻言，压下心里的怒气，转过头看着头发都没梳就冲进来的王秀英说道："马上好了，就剩这一道菜了。"

王秀英闻言，微微抬起下巴，往锅里看了一眼后，又问道："炖汤没有？我年纪大了，吃饭没有汤可不行。"

"炖了。阿姨，您先去餐厅等一会儿，我马上就好了。"

"那快点。"王秀英说完，出了厨房。

苏暖炒完最后一道菜，深呼吸了一下，才将炒好的菜端去餐厅。

王秀英已经在餐厅坐下了，苏暖端菜进来时，她脸色又有些不悦地看着苏暖说道："怎么这么慢？能不能快点？"

苏暖将手里端着的两盘菜放到餐桌上，什么都没说，又转身进了厨房。

为了将炒好的菜、炖好的汤等都端来餐厅，她来回跑了几趟。

饭菜都摆上餐桌后，王秀英看了一眼，并没有让苏暖坐下来吃。

王秀英拿起筷子，夹了一块香菇放进嘴里。

然而，香菇一入嘴，她就吐了出来："我呸……这做的是什么东西，难吃死了，你放盐了没有？我吃得淡，你就干脆不放盐，有你这样炒菜的吗？"

苏暖见她尝了一口就说自己没放盐，快要忍不下去了，看着王秀英说道："我放了。"

"放了盐怎么一点咸味都没有？你端去尝尝看，看你能不能吃下去。"

王秀英说完，将那盘菜推向苏暖。

苏暖见状，深吸一口气后，看着王秀英说道："这盘淡了，您尝尝其他的菜。"

王秀英不悦地看了她一眼，拿起筷子夹了另一道菜。

吃进去后，她又像刚刚那样吐了出来："我呸……你这炒的什么东西，硬邦邦的，你让我这个老太婆怎么咬得动？"

说完这番话，王秀英放下筷子，看着苏暖，继续数落道："连饭都不会做，你怎么做我们景家的儿媳妇？景轩娶了你，还不得被你饿死？就算不被你饿死，也会被你……"

苏暖见她说得停不下来，忍不住接话问道："被我怎么样？被我败光家产，还是被我欺负死？"

"你……你敢插嘴，你有没有教养？我还是你未来婆婆，你就敢这样跟我说话，这以后你要是进了我景家的门，你还不得把我煮着吃了……"

景轩一回来就听到王秀英的怒吼声，于是连忙跑到餐厅。

他看了一眼苏暖，便看向一脸怒气的王秀英问道："妈，怎么了？发生什么事了？"

王秀英一见自己的儿子回来了，立即收起刚刚的嚣张气焰，一脸委屈地看着景轩，哭诉道："景轩，妈不活了，不活了，你这媳妇不得了，要煮了妈。你媳妇容不下我，我待不下去了，我走。"

王秀英哭诉着说完便要走，景轩连忙拉住她，并看着她问道："妈，到底怎么回事啊？暖暖她怎么会容不下你？"

王秀英一把鼻涕一把泪地哭诉道："她就是容不下我，一回来就给我脸色看，还气呼呼地问我怎么来了。她这是不想我来，嫌我穷，嫌我老，嫌我土气。我大老远地来到这里，当然累了，我想休息下，就让她去做饭，结果，她让我去外面吃。你说，我一个老太婆，从来没出过远门，吃得惯外面的东西吗？而且，这又不是在国内。这些我就不说了，她不情不愿地把饭做了，结果菜里不放盐，这让我怎么吃？我说，她不会做饭，以后嫁给你了怎么办，结果，她就跟我吵起来了……”

说完这番话，王秀英便十分委屈地大哭起来，就差在地上撒泼打滚了。

苏暖一直忍着没有出声，听完王秀英的这番话，她才彻底认识王秀英，知道了什么叫颠倒黑白。

她快被气死了，当然，她心里也是非常委屈的。

她看向景轩，问道：“阿姨说的话，你信吗？”

王秀英听到她这话，便哭着对景轩说道：“你看她，她这是在拐弯抹角地说我在骗你。你是我的亲儿子，我会骗你吗？我才来她就这样欺负我，我要是在这里住久了，她还不得把我生吞活剥了？景轩，妈命苦，把你拉扯大了，也享不了你的福，你还是送我回国吧。你这媳妇，妈怕了。”

景轩看着自己哭得一把鼻涕一把泪的妈，说道：“妈，你别这样，暖暖不会那样对你的，你们之间是不是有什么误会？”

“有什么误会？妈就是话多了点，多说了她两句，她就跟妈顶嘴、跟妈吵架。妈打不过她，也吼不过她，只有被欺负的份。我还是走吧，我待不下去了。”

王秀英一脸委屈地说完，便要离开，景轩紧紧地拽住了她：“妈，你别这样。”

此刻的他很头疼，他没想到一回来就遇到这种情况。

他还以为苏暖会和他妈和平相处。

他看向苏暖，说道：“暖暖，看在我的面子上，快向我妈赔个不是。”

苏暖闻言，抬头看着他，眼眶微红：“我没有错。”

“你看她……她都快把我气死了，还说自己没错。景轩，妈要是跟她住在一个屋檐下，一定活不久。”

景轩看了眼自己的妈，然后抬头看向苏暖，眼中带着几分恳求：“暖暖，算我求你了，你就向我妈赔个不是，好吗？”

苏暖闻言，吸了一口气，眼眶发红地看向还在哭闹的王秀英，说道：“对不起，该走的是我。”

说完，她转身就走。

“暖暖……”景轩见状，放开王秀英，追上去拉住了苏暖。

随即，他对苏暖说道：“你别走，你不能走，我不许你走。”

然后他看向王秀英，说道：“妈，暖暖都跟你道歉了，你就别再怪暖暖了。你先吃饭吧，我跟暖暖说几句话。”

说完，景轩拉着苏暖进了他的房间。

王秀英见状，没有追过去，而是坐下来继续吃饭。

景轩将房门关上后，转过身，看着眼眶发红的苏暖，说道：“暖暖，对不起，让你受委屈了。”

苏暖抬头看着他，眼中含了泪水：“你相信你妈说的话吗？你觉得我会嫌弃她，会跟她吵架吗？”

景轩一边替她擦拭脸颊上的泪水，一边说道：“我相信你不会。对不起，让你受委屈了。”

说完，他便要去抱苏暖，苏暖见状，下意识地退开了。

景轩有些失落地看着她：“暖暖，你在怪我让你给我妈道歉吗？对不起，我是迫不得已才让你给她道歉的，我知道错的一定是我妈。”

苏暖闻言，没有说话。

景轩明知道不是她的错，却还让她道歉，这让她有些难过，有些失望。

景轩见状，拉起她的双手，看着她说道：“暖暖，你别生气，也别难过了。我妈就是小孩子气了点，话多了点，你别跟她计较。”

苏暖抬头看着他：“我要是跟她计较，早就跟她吵起来了。景轩，我是看在你的分上，看在她是我未来婆婆的分上，才一忍再忍的，可是她……”

说到这，苏暖叹了一口气，说道：“不说了，说多了，你妈肯定又会说我向你告状，在背后说她的坏话，说我不尊重她老人家。”

景轩闻言，看着她说道：“暖暖，我没想到我妈刚来，就跟你闹了这么大的矛盾。她是话多了点，也喜欢训斥人，看在我的面子上，你就原谅她这一回，好吗？”

苏暖沉默了一会儿，才看着他说道：“我没有真的怪她，只是，你妈好像很不喜欢我，还很喜欢挑我的刺，我不知道以后要怎么跟她相处。景轩，你知道我的性格，我真怕哪一天又跟她吵起来。她是你妈，我不想跟她起冲突，不想你夹在中间为难。”

景轩听她说完，将她拥入怀里：“别担心，我会去跟我妈说的，我会让她不再挑你的刺，我会告诉她，你是一个很优秀的媳妇。”

随后，他盯着苏暖说道：“暖暖，求你了，看在我的面子上，原谅我妈这一次，也不要离开我，好不好？”

苏暖听他说完，并没有立即回答。

景轩见状，有些慌了，双手抓紧苏暖的双肩，双眸紧盯着她：“不要生气了好不好？也不要离开我，我不能没有你，不能失去你。暖暖，我爱你，我爱你……”

听到他说“我爱你”，苏暖是惊讶的，因为他从来没有说过这话。

“你说什么？”

景轩盯紧她，再次说道：“我爱你，我爱你，我爱你……”

听到这三声“我爱你”，苏暖眼中氤氲起了雾气。

“暖暖，不管发生什么事，无论我做错了什么，你都不要离开我好吗？没有了你，我景轩就没有活下去的勇气。”

苏暖对上景轩同样盈满泪水的眼睛，深深地看了他一会儿，才轻轻点了下头。

景轩见她点头答应，破涕为笑，低下头去吻她。

苏暖见状，随着他唇瓣的靠近，慢慢闭上了双眸。

然而，就在景轩的唇即将触碰到她的唇瓣时，她脑海中猛地浮现凌言玺那张愤怒不已、神情非常吓人的俊美脸庞。

下一秒，她就下意识地将景轩一把推开了。

被推开的景轩则蒙了：“暖暖，怎么了？”

苏暖甩了甩脑袋，看着景轩，有些尴尬地回道：“没……没怎么。

景轩，你快出去看看阿姨吧，不用管我了，我已经没事了。”

景轩闻言，将她拉进怀里抱了一会儿，才放开她，转身出去。

苏暖则在他出去后坐了下来，抬手敲了敲自己的脑袋。

她刚刚一定是脑袋出毛病了，不然，脑袋里怎么会突然冒出凌言玺那张臭脸？

想到凌言玺，她便想到凌言玺那只受伤的手，眉头不自觉地皱起几分，眼底泛起一丝连她自己都没察觉到的担忧。

景轩出去时，王秀英已经将餐桌上的饭菜都吃完了。

景轩见状，有些诧异：“妈，你不是说暖暖没放盐吗，那你还吃得这么干净？”

王秀英放下手里的筷子，抬起头来看着他说道：“妈这不是怕糟蹋、怕浪费吗？而且，这饭是你那宝贝媳妇做的，我要是不吃完，她肯定不高兴，说我不给她面子。唉！现在也不知道是什么世道，婆婆还要将就媳妇。”

“妈。”景轩唤了一声，坐了下来。

随即，他看着王秀英说道：“妈，就当我求你了，你以后别这样阴阳怪气地跟暖暖说话，也别挑她的刺了。她之前为了赚钱，每天都很忙，没有时间做饭，都是吃的快餐，所以她不太会做饭。以后我不在的时候，这饭就你来做，好吗？”

王秀英闻言，不满地说道：“我这个当婆婆的，还要反过来伺候她？景轩，你是我的亲儿子吗？你怎么能向着她，不向着我这个亲妈啊？你爸死得早，我一把屎一把尿地把你拉扯大，现在你长大了，有媳妇了，就不要我这个妈了吗？妈重要，还是媳妇重要啊？”

王秀英说着说着，就一脸委屈地哭了起来。

景轩见状，只得哄道：“妈，当然是你重要，但是，暖暖她也很重要。你们都是我最重要的女人，所以，你们为了我，和平相处，好吗？妈，我求你了，你以后别为难暖暖了，我是真的很爱她，你要是把她气走了，我……”

王秀英闻言，瞪着他问道：“你怎么样？”

景轩神色认真地回道：“你可能会失去一个儿子。”

“你……你这个不孝子。”

“妈，暖暖是一个好女人，她为我付出了很多，看在我的分上，妈，你以后对她好一点，好吗？”

王秀英见他一直替苏暖说话，气就不打一处来。

“有了媳妇，忘了老娘。”

景轩看着她笑了笑，说道：“好了，别气了，我去洗碗。”

说完，他便要收拾。

王秀英见状，连忙阻止道：“你一个大男人，怎么能洗碗，叫苏暖出来洗。”

“暖暖已经很累了，让她休息一会儿，今天我洗，明天她洗。”

景轩说完，收拾起碗筷去了厨房。

而他刚进厨房，手机就响了。

他放下碗筷，拿出手机一看，见是朱莉莎打的，神情微微一变，连忙将厨房的门关上。

接通电话后，他压低声音说道：“你又打电话来做什么？”

“想你了呗。你有没有想我？”

景轩往客厅看了一下，压低声音回道：“有，我还要洗碗，先挂了。”

“洗碗？你的未婚妻呢，她为什么不洗？景轩，你看你过的什么日子？你一个大男人在厨房里洗碗，你还像个男人吗？你跟我在一起的时候，我可从来没让你做过这些，所以，是苏暖那个女人对你好，还是我对你好，你心里应该有底了吧。”

景轩听她说完这番话，没有回话。

朱莉莎则继续说道：“好了，我不说了，你自己好好想想吧。阿姨来了，你今晚可以不用来陪我了，好好陪陪阿姨吧。”

朱莉莎说完，就挂断了电话。

景轩将手机放下后，沉默了一会儿，继续洗碗。

一个下午景轩都没有出去，或许是因为他在，王秀英没再找苏暖的麻烦，而是让苏暖陪她看电视。

晚饭是景轩和苏暖一起做的，苏暖给他打的下手。

吃饭时，景轩因为接到一个电话，饭没吃完就离开了。

而景轩前脚一离开，王秀英的脸色就变了。

“吃完饭，把你的东西从房里搬出来。”

苏暖闻言，抬起头看向王秀英，问道：“阿姨是什么意思？”

王秀英放下筷子，看着她说道：“这套公寓就两间卧室，你不搬出来，你让我睡哪里？我一把年纪了，难不成你要我睡沙发？”

苏暖闻言，没有回话。

王秀英见状，神情有些不悦地说道：“我跟你说话呢，你没听见吗？你耳聋了吗？”

苏暖抬眸看向她：“阿姨，既然您看我这么不顺眼，我今晚就搬出去，您满意了吗？”

王秀英想到景轩之前的话，说道：“谁让你搬出去了，我是让你把卧室腾出来给我，你年纪轻轻的，睡沙发不就行了。你搬出去做什么？租房子不要钱吗？”

苏暖听她说完，正要开口说什么，那种熟悉的恶心感觉又来了。

“呕——呕——”她捂住嘴，连忙起身冲进洗手间。

王秀英见状，脸上闪过一丝疑惑。

随即，她起身跟进了洗手间。

见苏暖站在洗手间里呕吐，她越发疑惑地问道：“你这是怎么了？怎么还吐上了？”

苏暖反胃，正吐着，没有回答她。

王秀英见状，脸色又不悦地说道：“我问你话呢，你这耳朵是聋了吗？”

苏暖平息下来，深吸一口气，才看着王秀英回道：“我吃坏肚子了不可以吗？”

“你这是什么态度？有你这样跟自己未来婆婆说话的吗？”

说到这，王秀英抬手指着苏暖，一脸怒气地说道：“姓苏的，你吃我儿子的，住我儿子的，用我儿子的，还敢用这种语气、这种态度跟我说话，你气死我了，你给我滚……你给我滚……滚……”

王秀英一边喊着，一边把苏暖往外推，硬是将她赶出了公寓，并“砰”的一声将公寓的门关上了。

被关在外面的苏暖看着紧闭的公寓门，红了眼眶。

而这时，她的手腕被一只温热的大手握住，下一秒她就被一股力量扯进了对面的公寓里。

再下一秒，对面公寓的门就关上了。

第五章
我要定你了

苏暖柔软的身子被一个英挺高大的身体抵到了门上。

苏暖神色一惊，一抬头便对上了一双有些熟悉、看不出情绪的棕色眸子。

一张戴着面具的脸放大在她的眼前，虽然不能看全他的五官，但仅凭那高挺的鼻梁、完美性感的薄唇、带着矜贵之气像是艺术品一样完美无瑕的下巴，她就可以判断那张面具下的脸是让人惊艳、俊美如神祇的。

由于男人靠得太近，男人身上的气息非常强势地钻进了苏暖的鼻腔里。

她呼吸一窒，瞪大双眼吃惊地看着男人："怎么是你？"

男人正是戴着面具的凌言玺，他紧紧地抵住苏暖，垂眸凝视着她，薄唇贴近她的唇："不希望是我吗？"

由于他说话时依然离得很近，所以他呼出的热气喷洒在了苏暖的唇边。

苏暖只觉得唇畔热热的，同时，她还闻到了红酒的醇香。

莫名地，她的呼吸和心跳都有些紊乱了。

"你……"

"真是个傻女人。"凌言玺盯着她的泪眼说完，便低下头去吻她的眼眸。

苏暖被他的举动震惊到了，愣了一下，才反应过来开始推他："你……你干吗？"

"吻你。"凌言玺说完，抓住她的双手，低下头去继续吻她。

苏暖被他吻得心跳越来越快，呼吸越来越乱。

她左右摆动着脑袋，想避开凌言玺的吻，但是不管她的脑袋怎么摆动，凌言玺总能准确地吻到她。

见避不开他的吻，苏暖有些慌了："你非礼够了没有？你再不放开我，我就喊救命了。"

凌言玺的唇紧贴着她的唇，声音低沉地说道："你喊啊，你不怕把对面的人喊过来，就大声喊。"

闻言，苏暖抬起泪眼看了他一眼，便将脸偏向了一边。

"我上辈子一定是犯了什么滔天大罪，这辈子才会被你们一个接一个地欺负。"

"欺负？"凌言玺腾出一只手来捏住她的下巴，迫使她把脸转了过来。

随即，他盯着她说道："死女人，你看不出来，我是在心疼你吗？"

听到"死女人"三个字，苏暖觉得耳熟，抬眸深深地看着眼前的男人。

凌言玺则紧紧地盯着她，继续说道："离开那个男人，跟我在一起。"

闻言，苏暖再次震惊到了："你说什么？"

凌言玺神色认真地说道："我让你离开你的未婚夫，跟我在一起。他不值得你爱。"

"先生，我是不是听错了，我跟你好像不熟吧，你知道我的未婚夫是谁吗？你怎么知道他不值得我爱？还有，你为什么要求我跟你在一起？"

凌言玺目光温柔地深深锁住她："我爱上你了，这个理由足够吗？"

听到这话，苏暖越发惊讶了："你爱上我了？可是，我们才见几面好不好？"

"我对你一见钟情，不可以吗？"

苏暖闻言，盯着他问道：“你的玩笑开完了吗？开完了，请你放开我。”

话音刚落，她正要挣扎，凌言玺就抵紧了她的身体，眼睛一眨不眨地凝视着她的眼眸说道：“我是认真的，跟我在一起，不管你想要什么，我都可以给你。”

“先生，我看你一定是喝醉了，才跟我说这些胡话。请你放开我，我是不会跟你在一起的。”

凌言玺闻言，眯眼看着她，问道：“为什么？你就那么爱你的未婚夫？”

苏暖抬眸看着他，说道：“是，我爱他，而且我肚子里已经有他的孩子了。”

听她提到孩子，凌言玺神色变得暗沉，目光也暗下去几分。

苏暖看着他继续说道：“你一看就是有身份的人，你要什么样的女人没有，何必委屈自己要我这个孕妇？”

“不想，不代表不会接受。”凌言玺一只手搂住苏暖的纤腰，紧盯着她，继续说道，“苏暖，我要定你了，就算你肚子里的孩子不是我的，我也要定你了。”

听到他这话，苏暖再一次被震惊到了。

“你……你疯了吗？”

“我是疯了，从我明白我爱上你的那一刻起，我就疯了。我要你，要定你了。”

苏暖对上他无比认真的眼睛，心里震惊了好一会儿，才看着他说道：“你一定是吃错药了，要不然就是视力不够好。我一没身材，二没脸蛋，还带着别人的‘球’，你看上我哪点了？”

凌言玺凝视着她回道：“优点和缺点。”

闻言，苏暖张了张嘴，抬眸看着他：“我连你的名字都不知道，怎么可能跟你在一起？就算我知道你的名字，就算我跟你很熟，就算我没有未婚夫，我也不可能和你在一起。”

凌言玺闻言，瞳孔微缩，紧盯着她问道：“为什么？”

“因为我不爱你。”

听到这话，凌言玺心中重重一痛，随即盯着她说道：“感情可以慢慢培养。”

“我心里已经有我的未婚夫了。”

凌言玺目光一沉，说道：“他不值得你爱。”

“你又不认识他，怎么知道他值不值得我爱？再说，他值不值得我爱，我心里很清楚。请你放开我。”

话音一落，她正要挣扎，凌言玺一收双臂，紧紧地搂住了她。

苏暖一边挣扎，一边抬眸有些气恼地看着他：“你这个浑蛋，放开我，你非礼够了没有！”

见挣扎不开，苏暖低下头，咬向凌言玺的肩头。

凌言玺没有阻止苏暖，因为在苏暖咬他时，他心底莫名地涌出了熟悉感，同时，脑海中闪过一个模糊的画面。

画面中，似乎也有一个女人在咬他，只是画面消失得太快，他没有抓住。

苏暖察觉到凌言玺没有阻止，任由她咬，于是抬眸看了他一眼，松开了嘴。

凌言玺凝视着她问道：“怎么不继续咬了？”

“我又不是狗。”

凌言玺扬唇一笑，放柔了语气说道：“今晚别回去了。”

听到这暧昧不已的话，苏暖再一次瞪大了双眸。

凌言玺则看着她，继续声音柔柔地说道：“你都被赶出来了，还回去做什么？”

听到他提到“赶”字，苏暖蹙起眉头，眼眶禁不住又红了几分。

凌言玺看着垂下眼帘的她，说道：“还好我今天搬过来了，否则，你今晚就要睡在马路上了。”

闻言，苏暖意识到什么，抬头看向他：“你，你是特意搬过来的？”

凌言玺承认道：“为了你，特意搬过来的，这样，在你被赶出来的时候，我才能第一时间陪着你。”

闻言，苏暖瞪着他：“你很希望我被赶出来吗？”

“当然。我搬过来等一天了，你总算被赶出来了。”

“你……”听到这话，苏暖快被气死了，“你怎么知道我一定会被赶出来？”

“因为他们都不是好人，只有我才是。”

对这种狂妄自大的男人，苏暖没话说了。

她在他怀里动了动，说道：“你抱我好半天了，能不能先放开我？”

“你答应今晚不回去，我就放开你。”

闻言，苏暖抬眸看着他说道：“好，我答应，我今晚不回去。”

凌言玺扬唇一笑，凝视着她说道：“也不许离开这里。”

“那我睡哪里？”

“我的床或者我怀里，任你选。”

闻言，苏暖深吸了一口气，才看着他说道：“你的玩笑开够了没有，开够了就麻烦你先放开我。”

凌言玺深深看她一眼，放开了她。

紧接着，他去拉她的手，刚好碰到她被切到的手指，她下意识地痛呼了一声。

凌言玺听到后，看向她的手指，见那里有一道伤口，便瞪着她说道：“怎么这么不小心？”

话音一落，他便拿出手机来打了个电话。

在电话里，他只说了一句话：“送一盒创可贴上来。”

他挂断电话，便拉着苏暖在沙发上坐了下来。

苏暖见他拉着她的手不放，说道：“你能不能把我的手放开？”

凌言玺侧头凝视着她，眼底带着情意：“执子之手，与子偕老，既然我牵起了你的手，就不会放开。”

闻言，苏暖怔了一下，看着他说道：“我是不是很好玩啊，你玩好半天了，还没玩够吗？先生，我有未婚夫，有孩子，还有爱人。”

凌言玺紧握住她的手，盯着她说道：“从现在开始，你的未婚夫是我，爱人是我，孩子，也是我的。”

听他这样说，苏暖有些不可思议地看着他：“你病得不轻了。”

“如果想拥有你是一种病，那我已病入膏肓。”

苏暖抬起没被凌言玺握住的那只手，捂住自己的耳朵：“你别说好听的了，你说的话，我一个字都不信。”

这时，公寓里的门突然被打开，同样戴着面具的康德走了进来。

苏暖见他进来，想要挣开凌言玺的手，凌言玺干脆将她整个人抱在了怀里。

苏暖正要挣扎，凌言玺在她的耳边说道：“别乱动，否则，我就当着康德的面强吻你了。”

苏暖闻言，另一只手握成了拳头。

康德上前，将创可贴放下，朝凌言玺恭敬地颔首，便快速离开了。

凌言玺在他离开后，将那盒创可贴打开，然后拿出一块给苏暖贴上。

苏暖盯着手上的创可贴看了好几秒，才抬头看向凌言玺，问道：“你干吗要一而再、再而三地帮我？不要说你爱上我了，我才不信。你到底有什么目的？”

“路遥知马力，日久见人心，时间久了，你就知道我的目的了。”凌言玺说完，温和的目光落在苏暖的脸上。

随即，他的大手抚向苏暖的脸蛋。

苏暖见状，正要偏头避开，凌言玺的大手突地扣住她的后颈，同时，他的唇凑近了她。

见他的脸在自己眼前放大，苏暖的呼吸又有些乱了，她盯着他：“你能不能不要靠我这么近？”

话音一落，她脑袋往后一仰，想要躲开，凌言玺则顺势压向了她。

两人的身体陷在了沙发里。

苏暖见他压下来，变得紧张起来：“你、你……别乱来啊。”

凌言玺变得灼热的目光紧锁着她，薄唇离她的唇瓣很近。

两人的气息似乎都有些紊乱且急促，暧昧地交缠在一起。

呼吸间尽是男人的灼热气息，苏暖的心跳又莫名地加快了，呼吸也不顺畅了，还有些喘。

天哪，她这是怎么了？

眼见凌言玺的唇压下来，苏暖喘得更厉害了。

不知是因为紧张，还是因为什么，她全身发软，双手下意识地抓住凌言玺的衣袖，长睫颤抖了起来。

就在凌言玺的薄唇即将覆上她唇瓣的那一刹那，手机铃声响了起来。

差点迷失的苏暖顿时恢复理智。

天哪，她在做什么？

她竟然……竟然让景轩以外的男人吻她。

虽然那人没有吻到自己，可是，要不是手机响了，她就……

脸上有些燥热，她猛地推开凌言玺坐了起来，拿起一旁的抱枕挡在自己身前。

“你……你冷静点，冷静点……”

听到这话，凌言玺嘴角抽搐，这个时候让他冷静，他要是能冷静下来，就不会搬到这里来了。

他要是能控制住自己，他就不是男人。

他差一点就吻到她了，却被那该死的电话破坏了。

他拿出手机，见是一个陌生号码打来的，直接挂断，并将手机关机扔到一边。

苏暖见状，咬了一下唇，往后退了退，才看着他说道：“先生，很感谢你在我被赶出来的第一时间收留了我。不过，你的收留之恩，犯不着让我以身相许吧？何况……我……我还是个孕妇。”

听到这话，正准备靠近她的凌言玺就像是被当头泼了一盆冷水。

虽说他可以接受她肚子里的孩子，可不代表他完全不会心痛。

他心中有气、有怒、有火、有痛，目光有些沉痛地看了眼苏暖，凌言玺突然起身，一脚踢向对面的沙发，双手握成拳，眼眶发红，脸色也有些铁青。

苏暖看着他突然的举动，不禁想起了凌言玺。

她突然觉得眼前的男人太像凌言玺了。

就在她准备细细观察时，凌言玺突地转过身，盯着她说道：“我去洗澡，不许离开。如果我出来见不到你，我一定会让你后悔离开这里。”

说完，他便转身进了主卧室。

苏暖闻言，咬住下唇，皱起了眉。

凌言玺进去后，她坐在沙发上沉思了一会儿，还是起身走向了玄关处。

来到门边，她透过猫眼往外看了一下，发现对面的门紧闭着，没有任何动静。

她的神情有些失落，看来，那个不待见她的未来婆婆已经睡了。

而景轩或许还没有回来。

她深吸一口气，转身返回客厅坐了下来。

景轩没有回来，她根本回不去，而且，她也不想再回去面对王秀英。

再加上她是被赶出来的，手机、钱包等重要的东西都没拿出来，她离开这里，除了睡马路，根本没地方可去。

凌言玺洗完澡出来时，上半身赤裸着，下半身只裹了条白色浴巾。

他的头发还在滴水，有着完美腹肌的胸膛上也挂着水珠，正顺着那线条流畅且迷人的人鱼线往下滑落。

他的脸上还戴着面具，见苏暖很听话地没有离开，眼底染上了一丝笑意。

苏暖在他出来后，视线不小心落到他的胸膛上，眼见一滴水珠顺着他的胸膛滑进他的浴巾里，她的视线也不小心投向了那滴水珠……

凌言玺见状，有些不淡定了。

他走近苏暖，伸手将她一把拉了起来，并将她紧搂在怀里。

与他强壮滚烫的身体来了个亲密接触，苏暖身子一僵，盯着他问道：“你干吗又抱着我？放开我。”

说完，她正要扭动身子，凌言玺就在她耳旁说道：“想今晚让我坐实我们的关系，就尽管动。”

他的声音变得十分沙哑。

听到他这样的声音，苏暖意识到不对劲了，没敢再乱动。

她抬手推了推凌言玺："你能不能不要随随便便地抱我，我跟你不熟。"

凌言玺搂紧她，盯着她的眼眸说道："多亲亲，多抱抱，多睡睡，就熟了。"

闻言，苏暖瞪大双眸："喂，你的玩笑不要开得太大了，我会生气的。"

凌言玺低下头看着咬牙切齿的苏暖，笑着说道："暖暖，你要习惯，以后我都会这样对你。"

听到他唤自己"暖暖"，苏暖抬起头，有些惊讶地看着他："你是不是调查过我？还有，你为什么一直戴着面具？你长得很难看吗？"

凌言玺眼含笑意地看着她："想知道我长什么样子，就快点爱上我。"

"我又没脑抽，干吗要爱上你？何况，我有……"

凌言玺目光一沉，紧盯着她说道："不要再跟我说你有未婚夫，有心上人，有别人的孩子。我再说一次，不管你爱不爱我，愿不愿意跟我在一起，你都只能跟我在一起，只能属于我，你的孩子只能叫我爸爸。"

"你……你蛮不讲理。"

凌言玺双臂一收，再次搂紧她，深情且带着占有性的目光紧紧锁住她的眼眸，说道："我就是这么蛮不讲理，只要能把你留在我身边，再无耻的事，我都做得出来。苏暖，我不会让自己再失去你，更不会再像以前一样对你。为了你，我可以放弃一切，什么尊严、面子、节操、素质、身份、地位，我统统可以不要，我只要你。谁都不能阻止我们在一起，不然我遇神杀神，遇佛杀佛。这辈子，我缠定你了。"

听完他这番话，苏暖心底是有些震撼的。

一直以来都是她追着景轩在跑，从来没有谁对她说过这样非她不可的话。

她想，只要是个女人，听到这番话，都会为之动容吧。

她亦如此。

虽然她还不了解眼前的男人，甚至都不知道他的名字，但她就是莫名觉得他是可以信任的。

同时，她也感觉到他不是在开玩笑，不是在玩弄她。

她抬眸看着他：“你……认真的啊？”

“要我把心掏出来，你才相信我不是在开玩笑吗？苏暖，我知道你心里还有你的未婚夫，现在让你接受我，你肯定不会答应。不过，我不会放弃，我会等你，等你和他结束，等你放下他。”

苏暖继续说着：“你就知道我会和他结束吗？你就知道我放得下他吗？”

“你一定会和他结束，一定放得下他，只是时机未到而已。”

苏暖有些不解地问：“什么时机？”

凌言玺扬唇一笑，凝视着她说道：“很快，你就知道是什么时机了。”

话音一落，他慢慢地低下头，先是吻了吻她脸侧的发丝，随即，他温热的唇移到她的眼角，在那里轻轻落下一吻后，又移到了她的嘴角。

浅浅一吻后，他眼含笑意地看着她：“暖暖，你有没有察觉到，你越来越不排斥我了？”

听到这话，苏暖如梦初醒，像被踩到尾巴的猫一样从他的怀里跳了出来。

“谁说我不排斥你了，我不知道多讨厌你，多排斥你。”

凌言玺笑盈盈地看着因为被抓到把柄而有些恼怒的她，说道：“如果你真的那么讨厌我，我吻你的时候，你就不会紧张，不会脸红。”

苏暖这会儿小脸又红又臊，她瞪着他：“难道你被陌生女人吻的时候不会紧张吗？”

凌言玺回道：“我会一脚踹开她。”

“你以为我不想踹你吗？我是被你抱得太紧了，没法踹而已。”

凌言玺走近她，再次将她拥进怀里，垂眸凝视着她说道：“就不能正视一下自己的心吗？你要像我一样等到失去以后才来后悔吗？”

苏暖抬眸看着他：“你失去谁了？”

凌言玺盯着她，只回复了一个字：“你。”

“我们以前认识吗？”

“认识，以前的我只会欺负你，现在，我只会爱你、保护你。”

对上他那变得炽热而又深情的眼眸，苏暖的心微微颤抖了一下，下一秒，她便移开了目光。她怕看他的眼睛看久了，她会不小心沦陷进去。

想到什么，她又抬起头看着他问道：“你到底是……”

凌言玺打断她，说道：“你该去洗澡了，今晚不想睡了吗？”

话音一落，他便拉着她往他的卧室走去。

苏暖看着牵着她的男人，脑袋有些蒙蒙的。

她是中什么邪了，为什么就这样跟着他走了？

她是一个有未婚夫的女人，不能这样。

她将小手从凌言玺的大手中挣脱出来，看着他说道：“不好意思啊，我现在脑子虽然有点乱，不过我还记得我和我未婚夫没结束关系，所以，咱们应该保持点距离。”

凌言玺闻言，垂眸看着她说道：“好，我答应你，在你和你的未婚夫彻底结束之前，我会尊重你。但是，你记住，一旦你们的关系结束了，你就不能再拒绝我。”

“我看你真的是病入膏肓了。”

凌言玺紧盯着她说道：“知道就好。我已无药可救，你是唯一能稳住我病情的良药，所以，你要按时给我服用，否则，一旦我发起病来，全世界的人都有可能会遭殃。”

闻言，苏暖瞪了瞪他：“神经病。”

凌言玺扬唇一笑，凝视着她说道：“赶紧去洗澡。”

苏暖抬头看了他一眼，说道：“你刚刚说会尊重我的，所以，你别进来偷看我。”

她进了卧室，将卧室的门给关上了。

凌言玺见状，扬唇笑了笑，拿出一把钥匙。真是个傻女人，这里是他的地盘，她以为关上门，他就进不去了吗？

他在外面等了一会儿，便将卧室的门打开了。

苏暖已经进入浴室。

他进去将卧室的门反锁，躺到床上去了。

苏暖洗完澡，穿着睡袍出来，见他躺在床上，惊得瞪大了双眸：“你……你怎么进来的？”

凌言玺没有回答她这个问题，而是拍了拍他身旁的空位置，说道：“过来。”

苏暖瞥了一眼后，小脑袋摇得跟拨浪鼓一样：“不过去。喂，你刚刚说要尊重我的。”

“我干什么出格的事情了吗？我哪里不尊重你了？”

“你……我不过去。”她跟他在一个屋檐下，被他又亲又抱的，她已经很对不起景轩了，要是再跟他躺在一张床上，那她还有什么脸去见景轩啊。

她不该这样，也不能再这样下去。

苏暖啊，你坚定点吧，清醒点吧，你是个有未婚夫的女人，你还怀着你未婚夫的孩子，不要被人家一搂一抱一哄，就跟丢了魂似的。

如此没有立场，如此不够坚定，她都快看不起自己了。

凌言玺见她不上床，知道她在顾忌什么，便不再为难她。

他下了床，将她抵到墙边后，低下头紧盯着她说道：“别多想了，也别看不起自己，一直都是我在强迫你。如果你有片刻动情，那也不怪你，只怪我太优秀了。”

听到最后一句话，苏暖的嘴角禁不住抽搐了一下。

凌言玺低下头，吻了吻她的唇瓣，嗓音低沉地说道：“今晚好好想想你心里到底有没有我，晚安。”

话音一落，凌言玺又吻了吻她才放开她，转身离开。

苏暖的后背还贴在墙上，她已经完全蒙掉了。

她竟然又一次让景轩以外的男人吻她了，她竟然没来得及推开对方，更没有阻止。

她的节操呢，节操掉哪里去了？

苏暖啊苏暖，你也病了吗？你也疯了吗？

你背叛的男人是你的未婚夫啊，是你肚子里的宝宝的爸爸啊。

是从什么时候开始，她不再将景轩视为唯一了？

是因为在她被绑架、被囚禁、被拍卖的时候，来救她的男人不是景轩吗？

想到这，苏暖渐渐红了眼眶，其实救她的人不是景轩，她是有些失望的。

当她被未来的婆婆赶出来，景轩没有及时出现的时候，她也是失望的。

一直都是她在追着他跑，却得不到他的多少疼爱，其实她也是失望的。

只是，她一直一直没有正视这些，一直在忽略自己对景轩的失望。

她一直告诉自己，她这辈子都要忠于景轩。

以前的她有些没心没肺的，今晚的她想了很多。

很多她以前不会去正视的事情，她今晚都要去正视了。

理清了心里的某些感受后，她才上床睡觉。

第二天，她一早就醒了。

而她一睁开眼就看到一张放大在她眼前的、戴着面具的脸。

“早安，宝贝。”

听到这话，苏暖顿时清醒过来，并瞪大了双眸：“谁是你的宝贝？你什么时候跑到我床上来的？”

凌言玺扬唇一笑，盯着她说道：“我不是跑上来的，是被你昨晚梦游拉上来的。”

“胡说！”

“你看看你现在的姿势，就知道我是不是在胡说了。”

“我什么姿势？”苏暖闻言，仔细看了下自己，这才发现她的双手正紧紧地搂着凌言玺的脖子，而她的双腿正盘在凌言玺的腰上。

总之，她就像一条八爪鱼一样挂在他身上。

她神色一变，连忙放开了凌言玺。

随即，她坐起来，瞪着姿态慵懒地躺在床上的男人说道："一定是你趁我睡着了，偷偷跑上床来让我抱的。不对，应该是你把我的手脚拉过去缠住你的。"

凌言玺一只手撑起头，侧身凝视着她，笑得邪魅而又妖娆："宝贝，是你自己缠上来的。"

苏暖抬手捂住自己的耳朵："不要叫我宝贝，我跟你不熟。"

"都一起睡一晚了，不熟也生不到哪去。"

苏暖用食指堵住自己的耳朵，不听他的话，免得她又没节操地忘记她是有未婚夫的女人。

凌言玺凝视着她邪魅地一笑，起身进了浴室。

苏暖见状，抬手敲了敲自己的脑袋。

苏暖，你无可救药了。

你的节操捡不回来了吗？

她在床上懊恼了好一会儿。

凌言玺洗漱完出来，便当着苏暖的面，直接扯下了腰间的浴巾。

苏暖见状，尖叫一声，连忙拉过被子，挡住自己的脸。

过了一会儿，等把头探出被窝时，她便看见凌言玺下半身已经穿好裤子，正动作熟练优雅地扣衬衫的扣子。

凌言玺见她探出头来，凝视着她说道："过来给我系领带。"

"不要。"

"过来。"凌言玺说完，伸出长臂，准备将苏暖从被窝里拖出来。

苏暖见状，目光一转，连忙干呕起来。

"哕——哕——"

凌言玺见状，棕色眼眸微眯，问道："怎么了？"

"哕——孕……孕吐，不行了，你自己慢慢系吧，我得去吐一会儿，哕——"

苏暖说完，掀开被子便下了床，冲进浴室。

凌言玺随后跟了进去。

见她趴在盥洗台前干呕，他走上前，抬手轻轻拍了拍她的后背，并问道：“我这样拍，你会好受点吗？或者你告诉我，我要怎么做，你才会好受点？”

苏暖这会儿并不是真的想吐，她是不想帮凌言玺系领带才假装孕吐的。

可听到凌言玺关切的话语，苏暖心里有一点点愧疚。

她转过身，看着他说道：“谢谢啊，我已经好受很多了。”

闻言，凌言玺紧盯着她，说道：“他真该好好珍惜你。”

“嗯？”听到这话，苏暖有些蒙。

凌言玺突地搂住她的腰，垂眸看着她继续说道：“不过，还好他不够珍惜你。”

否则，他凌言玺就没有机会了。

苏暖看着他：“你在说什么，为什么我听不明白？”

“很快你就明白了。记住，不管将来发生什么事，不管你失去了什么，都不要太伤心、太难过。我会一直在你身边，疼爱你和你肚子里的孩子。”

苏暖听他这么说，又抬手堵住了耳朵：“你能不能不要再说这些话来蛊惑我了？你一定要把我变成一个脚踏两只船、吃着碗里看着锅里的女人才甘心吗？”

话音一落，她便拉开凌言玺搂在她腰间的手臂。

随即，她转过身去，难得语气非常认真地说道：“昨晚我想了很多，有些话，我想跟你说，你先出去，我洗完脸就出去跟你说。”

凌言玺闻言，凝视着她纤细的身影，道：“好，我出去等你。”

话音一落，他便先出去了。

苏暖在原地站了一会儿，才开始洗漱。

洗漱好后，她深吸一口气才出去。

凌言玺正坐在床上等着她。

“说吧。”或许是猜到她会说什么，他的神情有些复杂。

苏暖走到凌言玺跟前，再次深吸了一口气，才看着他说道：“昨晚我想了很多，我承认，我对你是有那么一点好感，或许是因为你在我最绝望的时候救过我、帮过我，还送我回家，又或许是你偶尔的关心，让我感受到了一点温暖……”

凌言玺紧盯着她，说道：“继续。”

苏暖深深看了他一眼，才继续说道：“但我对你仅仅有一点好感而已，不是爱。你在我心里，还没有我的未婚夫重要。你和他，我选择他。对不起，昨天发生太多事了，我脑子里有些乱，有些事情没理清楚，所以，我昨晚才……”

凌言玺沉声打断了她：“才让我亲、让我搂、让我抱，是吗？你是想告诉我，你昨晚脑子不清醒，才跟我玩暧昧的，是吗？”

苏暖看了看他的脸色，低下头说道：“大概……是这个意思。不过，我纠正一点，我不是在跟你玩暧昧，我……我也不知道我昨晚怎么回事，反正我就是不讨厌你，即使被你亲、被你抱也不排斥。先说好，我可不是什么不正经的女人。”

听到她前面的话，凌言玺原本是有些生气的，不过，听到她最后两句话，他的心情就突然大好了。

他眼含笑意地盯着她：“真是个傻女人。”

看来，她昨晚还是没想清楚。

看来，他必须让她看清她未婚夫的真面目，她才能意识到她心里已经有他了。

随即，他张开手臂，眼含宠溺地看着她说道：“过来。”

看着他张开的手臂，苏暖问道：“干吗？”

“再过来感受一下你到底喜不喜欢我抱你。”

闻言，苏暖往后退了一步。

凌言玺见状，长臂一伸，一把将她拉进了怀里。

随即，他垂眸盯着她问道：“怎么样，喜欢我抱你的感觉吗？”

苏暖双手抵住他的胸膛，回道：“不喜欢。”

她本来是准备跟他说清楚、划清界限的，她的节操怎么又掉了？

看来，她要下狠招了。

她看着他说道：“我一晚上没回去，景轩一定很担心我，你快放开我，我该回去了。”

凌言玺闻言，盯着她说道：“继续。”

苏暖看了他一眼，继续说道：“咱们别这样了，以后见了面，就当不认识，好不好啊？还有，我是不会离开景轩的，我会忘记你，跟你保持距离。”

“说完了吗？”

苏暖轻轻咬了一下唇瓣，回道：“差不多了。”

凌言玺凝视她一会儿，才说道：“我可以放你回去，不过……”

“不过什么？”

凌言玺从裤袋里拿出一个提前准备好的首饰盒，从里面拿出了一条项链。

随即，他看着苏暖说道：“你必须把这条项链戴上。”

话音一落，他不等苏暖答应，便为她戴上了项链。

苏暖看着项链上的吊坠，目光闪了闪。

随即，她抬头看着凌言玺问：“你为什么送这个给我？”

“这只是个开始，以后我的一切都会送给你。”凌言玺说完，又将钥匙拿出来给了她，“这是这间公寓的钥匙，你想我的时候，随时可以过来。”

苏暖闻言，正要把钥匙还给他，他却凝视着她说道：“你敢还给我，就别想回去了。”

听他这样说，苏暖回道：“我不想过来，你给我一把钥匙，我也不会过来。”

凌言玺像是没听到她的话，继续说道：“再答应我一件事，今天、明天、后天，这三天之内不许让他搂你、抱你，更不许他亲你，必须和他保持距离。如果让我知道他碰过你，我就废了他。”

“你……你不要太过分了，我不是你的什么人，你没有资格这样要求我。”

凌言玺凝视着她反问道：“暖暖，我不值得你为我守身三天吗？就三天，我保证三天过后，绝不会再这样要求你。”

凌言玺说完，见苏暖还有些犹豫，便继续说道："为我守身三天，就当还我对你的这份情，可以吗？"

他的语气中带着恳求，苏暖心软了。

于是，她看着凌言玺点了下头，应道："好吧，我答应你。"

见她答应，凌言玺棕色眼眸中染上了几分笑意，随即他低下头，准备吻她。

苏暖见状，看着他说道："我都答应你了，你是不是该放我回去了？"

"先吻别。"

闻言，苏暖瞪大了眼："不……嗯……"

凌言玺没等她说完，就封住了她的唇。

苏暖猛地一把推开了他，看着他说道："我真的该回去了。你能不能先出去，我要换衣服。"

凌言玺闻言，深深地看了她一眼，便起身出去了。

苏暖则在他出去后抬手擦了擦自己的唇。

现在，她心里的罪恶感更深了。

回去后，她都不知道该怎么面对景轩了。

带着复杂的心情，她换上自己的衣服后，出了卧室。

她没有理会坐在客厅沙发上的凌言玺，径直来到门边。她先透过猫眼往门外看了看，见对面的门依旧是关着的，才打开门出去。

然而，她刚将门关上，景轩就出现了。

"暖暖，你……你在门外做什么？"

听到景轩的声音，苏暖做贼心虚，吓了一大跳。

她回过头去看着景轩，因为紧张而有些支吾："我……我……"

景轩打断她，问道："你是出来等我的吗？"

闻言，苏暖既没点头，也没摇头。

景轩走近她，盯着她说道："对不起，我到现在才回来，让你久等了。"

苏暖心中有愧，所以不知道该怎么回答他。

随即，她低头说道："该说对不起的是我，我……我昨晚……"

"景轩——"这时，公寓的门被打开，王秀英的声音传了出来。

"景轩，你总算回来了，妈等了你一晚上。"

景轩见自己妈妈头发有些乱，眼中还有泪，一脸委屈，便问道："妈，你又怎么了？又发生什么事了？"

王秀英看了一眼苏暖，然后看着景轩说道："你进来看看，就知道发生什么事了。"

王秀英说完这话，便将景轩拉进了公寓。

公寓里一片狼藉，王秀英昨天带来的那些大包小包以及她的衣服都凌乱地散落在地上。

景轩进来后，看着凌乱的客厅被惊到了，随后进来的苏暖也被惊到了。

景轩抬起头看着王秀英，问道："妈，这是怎么回事？"

王秀英既气愤又委屈地指着苏暖，说道："问你媳妇，你问问她，这是怎么回事？"

景轩闻言，看向苏暖，问道："暖暖，昨晚到底发生什么事了？"

苏暖一听他这话，就知道他又是一晚上没回来，怪不得他没有去找她。

随即，她回道："昨晚我被阿姨赶出去了，我不知道。"

景轩听到她的话，神情一变："什么？"

话音一落，他转过身，看向王秀英："妈，你昨晚把暖暖赶出去了吗？"

王秀英看了一眼苏暖，再看向景轩哭诉道："我是把她赶出去了，那是因为她昨晚太过分了。你看这一地的衣服，都是她给我扔出来的。我昨晚只不过是跟她提了一下，让她搬到你的卧室去睡，我去她的卧室睡，结果，她不知道哪根筋不对，把我的东西都扔出来了，还让我滚。我太生气了，这房子是我儿子的，又不是她的，她凭什么赶我？所以，我就把她赶出去了。景轩，你要是觉得妈做得不对，妈走就是了。你这媳妇太厉害了，我斗不过她，你前脚一走，她就甩脸色给我看，我受不了了，我在这个家待不下去了。”

王秀英说完，蹲下身开始收拾衣服，准备离开。

一回来就面对这种情况，景轩只觉得头很大。

他看着王秀英，说道：“妈，你别这样。”

王秀英一边收拾自己的东西，一边哭着说道：“我不这样，我还能咋样？你找了个这么厉害的媳妇，我一来，她就给我脸色看，你一走，她也给我脸色看 ，我受不了了，我受不了了……”

说完这番话，王秀英坐在地上放声大哭起来。

“啊——我的命好苦啊——我辛辛苦苦地把儿子拉扯大，享不了儿孙福啊——我命苦啊——好苦啊——”

王秀英这样扯着嗓子哭喊，景轩很怕她把街坊邻居都吸引过来。

“妈，你别这样……”

“啊——我的命好苦啊——儿媳妇欺负我啊——”

景轩见自己妈妈越哭越来劲，只得转过身看向苏暖，以哀求的语气说道：“暖暖，看在我的面子上，你向我妈赔个不是好不好？别让她再闹下去了。”

原本被王秀英冤枉，苏暖还没觉得多委屈，此时见景轩又不问青红皂白地让她给他妈道歉，她只觉得又委屈又失望。

她红了眼眶，眼含泪水地看着景轩，问道：“是不是以后你妈每次这样闹，我都要向她道歉？在你眼里，你妈是不是永远都是对的，我永远都是错的，我永远都要向她道歉？即使我什么都没做过，即使我被她赶出去了，我还要向她道歉，是吗？”

如果每次不是她的错，都要她道歉，这种日子，她真的过不下去。

景轩闻言，看着她说道：“暖暖，我妈她年纪大了，又是长辈，她不可能给你道歉啊，你就看在我的面子上，再给她道一次歉，好不好？”

这时，王秀英的声音又响了起来：“景轩，你别求她了，她根本就不知道自己错在哪里。算了，妈不要她道歉了，妈在这里也待不下去了，妈走……”

说完，她便爬起来，继续收拾地上散乱的衣服。

景轩见状，转过身，哀求的目光投向了苏暖：“暖暖……”

苏暖收回委屈的目光，说道：“我知道了，该走的是我。”

她在这里一分一秒都待不下去了，否则，她会疯的。

王秀英已经无理取闹到不可理喻了。

苏暖说完，转身进了她的卧室。

随即，她拿出一个箱子，将她自己的衣服往里面装。

景轩追进去见她在收拾衣服，连忙将她的行李箱拿走了，看着苏暖说道：“暖暖，我不许你走，我不许你离开我。”

“景轩，我在这里待不下去了，你把行李箱给我。”

说完，她便要上前去夺。

景轩见状，将行李箱放到一边，上前按住她的双肩：“暖暖，我求你了，你别这样，你不要跟我妈一般见识好不好？她这样，你也这样，你知道我夹在中间有多难做吗？暖暖，你一直很通情达理，这一次，你也别跟她老人家计较好不好？”

苏暖拉下景轩的手，退开了一步。

随即，她眼眸含泪，有些失望地看着他，说道：“这次我不跟她计较，那下一次呢，下下次呢，下下下次呢？我这辈子是不是都要忍气吞声，都要受她老人家的冤枉？景轩，你只知道要平息，只知道安抚你妈，你根本就没有考虑过我的感受。我被她冤枉了，我被她赶出去了，我也想哭，我也想闹……”

景轩见她哭了，连忙道歉：“对不起，我没有考虑到你的感受，你别生气，别走，别离开我好不好？暖暖，我求你了，你别走。”

“对不起，景轩，我今天非走不可，我待不下去了，一刻都待不下去了。”

苏暖说完这话，便冲过去拿行李箱。

景轩见状，将房门关上，冲过去将苏暖紧紧地抱住了。

苏暖心里一惊，一边推着他，一边说道：“景轩，你做什么，你放开我。”

“我不放，我不让你走。”景轩紧紧地搂着她，语带歉意地道，“暖暖，对不起，我不知道我妈会跟你闹出这么大的矛盾，我代她向你道歉，对不起，你不要走好不好？”

苏暖在他怀里一边挣扎，一边说道：“景轩，你别这样，你先放开我，你勒疼我了。”

“我不放，除非你答应我不离开。”

苏暖：“对不起，我实在没办法再跟你妈住在同一个屋檐下了，再不离开，我会疯掉的。”

景轩闻言，低头看着她问道：“是不是只要不跟我妈住在一个屋檐下就可以？”

他不等苏暖回答，便说道：“我现在就打电话租房。”

他放开苏暖，拿出手机开始打电话。

他在电话里用英文说了几句，便挂断电话，看着苏暖说道：“暖暖，你先别离开，等我一会儿，我很快就会回来。”

说完，他便出去了，并将门关上了。

像是怕苏暖会趁他不在的时候离开，他出去后还用钥匙将门从外面锁了。

苏暖察觉到不对劲，连忙上前去拧了拧门把手。

见门打不开，她神色有些慌乱，一边抬手拍打着门，一边喊道：“景轩，你做什么？你放我出去。”

“暖暖，你在里面等我一会儿，我很快就回来。”

景轩说完，走向他妈。

王秀英这会儿正坐在沙发上，见景轩走过来，便抽泣起来。

景轩走过去，直接在王秀英面前跪了下来。

王秀英见状，神色一惊，看着他问道：“景轩，你这是做什么？”

“妈，算我求你了，不要再针对暖暖了，你非要逼她离开我，你才甘心吗？”

王秀英有些气愤地看着他：“男儿膝下有黄金，你竟然为了她下跪，你还是不是个男人？你给我起来，起来……”

“妈，你不答应我，我就不起来。”

王秀英气呼呼地说道：“你让她出去住，我就不针对她了，我一看见她就一肚子气。她要身份没身份，要背景没背景，要钱没钱，学历还没你高，她根本就配不上你。景轩，就凭你的学历，凭你现在的身家以及长相，你要什么样的好女人没有，何必吊在她那棵歪脖子树上？妈还指望着你带一个富家千金回去光宗耀祖，你倒好，找了个什么都没有的女人。她什么都没有也就算了，连饭都不会做，你把她娶回来做什么？她还不如一只会下蛋的母鸡。”

“妈……”景轩有些不悦地看着他妈，说道，“你别越说越过分了。除了妈之外，暖暖就是这个世上为我付出最多的女人了。你不要这样说她好吗？”

“她为你付出什么了？不就寄了点钱给你吗？没她那点钱，你一样能有今天。你要是觉得愧对她，大不了把钱还给她不就行了。”

“妈，你不要逼我以后只帮暖暖，不帮你。我对暖暖是真心的，这辈子我只会娶她，这个媳妇，你接受也得接受，不接受也得接受。妈，我希望你看在我的面子上，善待暖暖。我出去一下。”

景轩说完这番话，便起身出去了。

王秀英在他出去后，一脸怒气地看向苏暖所在的卧室，心里恶狠狠地想着怎么把苏暖赶走。

被关在卧室里的苏暖这会儿已经将自己的东西都装进行李箱了。

因为怀着宝宝，她不敢冒险爬窗离开，只能等景轩回来。

从昨天去医院检查回来到现在，她一直没有机会跟景轩说她怀孕了，而现在，她也没有那个兴趣说了。

景轩出去后，没多久就返回来了。

他回来后，第一时间打开了苏暖所在卧室的房门。

见苏暖已经将东西收拾好，他眉头微微蹙了一下，随即拿出一把钥匙，看着苏暖说道：“暖暖，我已经租好房子了。”

苏暖闻言，有些惊讶。

这时，王秀英的声音在景轩身后响起。

“给谁租的？”

“给暖暖。”景轩看着自己的妈回道，然后走进卧室，看着苏暖说道，“暖暖，我带你去看看。”

苏暖闻言，看着他问道：“你租的第几层？”

景轩回道：“就在对面。”

“什么？对面？”苏暖闻言，惊得瞪大了双眸。

景轩看着她说道：“我带你过去看看。”

一脸惊讶的苏暖看着景轩，再次问道：“你确定你租的是对面？”

那个男人不是住在那里吗？为什么景轩能租到对面那套公寓？

景轩看着她点了下头，说道：“你住在对面，我们也好照顾你。”

王秀英进来卧室后，脸色不悦地看了眼苏暖，然后看向景轩说道：“既然租好了，那就赶紧帮她把东西都搬过去。”

苏暖听到未来婆婆的话，心是有些沉痛的。

婆婆这么不待见她，她以后的日子一定不会好过。

如果每天都要看着婆婆的脸色过日子，她真的会疯的。

“我们先过去。”景轩看着苏暖说完这话，便拉着她去了对面。

看到景轩拿出钥匙开门，苏暖是有些惊讶的。

“你还有钥匙？”她差一点就问出这句话了。

打开门进去后，苏暖看着公寓里并不是很陌生的一切，莫名紧张起来。

景轩放开她，看着她说道：“暖暖，你先到处看看，我去给你把行李拿过来。”

苏暖闻言，抬头看着他，慢半拍地点了下头。

景轩离开后，她愣了几秒，才转动眼珠，四处打量了一下。

见客厅里有些空荡，除了一些必备的家电和家具以外，没有其他生活用品，她都有些怀疑昨晚出现幻觉了。

带着疑惑的心情，她径直走向主卧室，推开门走进去。

然而，她刚进去，卧室的门就被关上了。

听到关门声，她正要转过身，纤腰就被一只长臂扣住了。

“欢迎回来，宝贝。”

低哑性感的声音响在耳畔，她还没明白是怎么回事，就被一个高大英挺的身体抵到了门上，同时，双唇也被封住了。

霸道的吻铺天盖地地袭来，瞬间将她淹没。

苏暖被这突如其来的吻弄蒙了。

熟悉的男人气息、霸道的吻，令她的脑子一下子变得一片空白。

她的理智也被挤出了脑袋。

没一会儿，她就开始缺氧，下意识地张开粉唇，想要呼吸，却给了男人更多机会。

男人在她嘴里放肆地扫荡，像是要将她吸入腹中一般，用力地吮吸着她、吻着她。

他的吻就像是带着电流一般，酥酥麻麻的，却又是那么美妙和让人沉迷。

第一次感受到这些的苏暖被电得意识不清，忘记了抵抗，小脸就像是充血一般，红透了。

那奇妙的感觉冲击着她，令她的身体莫名地发软，她都快站不稳了。

她下意识地抓紧了凌言玺。

而凌言玺见她没有反抗，受到鼓舞，吻得越发激烈了，有停不下来的趋势。

他搂紧她，一边激烈地吻着她，一边拥着她移向大床。

到了床沿，他将她一把抱起，平放到了床上。

随即，他俯下身子，并腾出一只手来解他自己的衬衫扣子。

苏暖在后背触碰到大床的那一刻，猛地清醒过来。

她睁开双眸，看着深吻着他的男人，神色一变，猛地偏过头去。

“你……你干吗？”说这话时，她的声音都变了，还带着喘息。

她突然偏过头去，令血脉偾张、情欲高涨的凌言玺很是不满。

“你说干吗？”他声音沙哑地说完这话，抬手捏住苏暖的下巴，迫使她面对着他，再一次吻了下去。

苏暖见状，紧紧地闭上了嘴巴。

凌言玺在她的唇边辗转亲吻了一会儿，停下来，目光灼热地盯着她，诱哄道："乖，张嘴。"

苏暖看着他摇了摇头，抬手捂住自己的嘴巴，并瞪着他问道："你怎么还在这里？这里不是被租了吗？"

忽然，她想到什么，问道："景轩会租到这里，是不是你搞的鬼？"

凌言玺眼含笑意地看着她："对，是我设计的，我就是要他亲自把你送到我怀里来。"

苏暖瞪大了眼："你……"

凌言玺扬唇一笑，继续说道："我要了三倍的租金。"

闻言，苏暖神色一惊："你……会不会太坏了点？"

"这算轻的。"凌言玺意味深长地说完，附到苏暖的耳边说道，"你好像真的爱上我了？"

听到这话，苏暖神情一变，瞪着他说道："不可能。"

凌言玺邪魅地一笑，盯着她说道："我吻你的时候，你很享受、很喜欢。"

听到这话，苏暖像是被踩住尾巴的猫一样，又羞又恼："鬼才喜欢你，我……我刚刚……我刚刚是突然没有反应过来，你做了什么，我不知道。"

凌言玺紧盯着她："你承认心里有我，我又不会对你怎么样，你到底在害怕什么？"

苏暖微微蹙眉，看着他说道："你别闹了，你快起来，一会儿景轩过来了。"

凌言玺没有起来，而是凝视着她问道："有没有让他碰你？"

苏暖闻言，抬眸看着他，鬼使神差地摇了下头。

凌言玺轻轻挑眉："真没有？"

苏暖咬了一下唇，低下头回道："没有。"

凌言玺满意地一笑，低下头，吻了一下她的额头："真乖。"

苏暖抽了抽嘴角，瞪着他："你能不能快点起来？我被你压得喘不过气了。”

凌言玺盯着身下灿若玫瑰的她，很想就在此刻将她“采摘”了，但想到她有身孕，他只得无声叹息，很不情愿地从她的身上起来。

起身后，他想到苏暖曾是景轩的女人，就心痛愤怒到要发狂。

每每想到这点，他都是无法接受的。

可他又不想失去苏暖，既然放不下她，就只能逼自己去接受这件事。

他的眼神又变得凌厉起来，双瞳充血般通红。

这就像是一根刺，一直插在他的心上。

苏暖起身后，见他情绪有些不对，便问道：“你又怎么了？”

凌言玺闭了一下双眼，压下心底的某些情绪，才转过头来凝视着苏暖问道：“他碰过你几次？”

听到这话，苏暖愣怔地看着他：“你……你问这个做什么？”

凌言玺眼睛发红地盯紧了她：“我想知道。”

苏暖低下头，想到那一晚的事。

她沉默了一会儿，才蹙起眉头说道：“我不知道该说几次。”

听到这话，凌言玺快要气疯了：“什么意思？你们之前每晚都……”

苏暖抬头看着他：“不是每晚，只有一晚，不过……不过那一晚不只一次……”

苏暖也不知道为什么要跟眼前的男人说得这么清楚。

听到她的话，凌言玺沉默了。

见他突然沉默，苏暖的心揪了起来，她下意识地道歉：“对不起，那晚……那晚我跟他好像都喝多了。”

听到这话，凌言玺像是抓住什么，盯着她问道：“你的意思是……那只是个意外，你当时并不打算将自己交给他，是吗？”

苏暖看着像是抓住希望的凌言玺，不忍心骗他，便点点头，如实回道：“我那时确实……确实还没做好准备。”

听到她的话，凌言玺心里好受了些。

如果只是个意外，那么……那么他可以不去计较，可以接受，可以……谅解。

“暖暖。”他低唤一声，将苏暖拉进怀里紧紧地抱住，“还好，你对他还没有到以身相许的地步。”

苏暖轻蹙眉头，正要说什么，景轩的声音突然传进来。

“暖暖……暖暖……”

闻声，苏暖神色一变，抬眸看向凌言玺：“景轩来了。”

“怕什么，他又进不来。就算进来了，也不能拿你怎么样。”

苏暖蹙眉道：“你快让我出去，我可不想被他抓到我……”

凌言玺邪魅地一笑，打断了她：“你什么？偷情吗？”

苏暖瞪了他一眼，压低声音说道：“你快让我出去吧。”

凌言玺笑着低下头准备吻她。

苏暖见状，双手推搡着他：“你别这样了，一定要把事情闹大，你才满意吗？”

“暖暖……”

再次听到景轩的声音，苏暖神色一慌，推开凌言玺，走到卧室门边。

就在她准备拉开门时，随后追上来的凌言玺一把扣住她的手腕，将她的身子扳过来，再一次抵到门上。

“你……嗯……”

她刚要开口，凌言玺的吻就落了下来。

他像是有些生气，攫住她的唇后，吻得有些粗暴。

苏暖觉得自己的唇瓣都快被他吸掉了。

“暖暖……”

景轩的声音越来越近，苏暖听得心都快蹦到嗓子眼了。

她轻轻推搡着凌言玺，压低声音问道：“你……你闹够了没有？”

见推不开凌言玺，而景轩又已经到门外了，苏暖只得反咬凌言玺，不料凌言玺突地退开来。

他目光沉沉的，带着几分怒气，威胁道：“下次再因为别的男人推开我，我就不只是吻你这么简单，我会让那个男人求生不得、求死不能。”

听到这话，苏暖也有些生气：“疯子。”

“出去不许让他碰你，否则，我就让你看着他变成残废。”

“你真的无可救药了。”苏暖盯着凌言玺，深吸了一口气，才打开房门走出去。

出去后，她便将主卧的门关上了。

景轩见她从主卧里出来，并未怀疑家里还有其他人，走上前看着她问道：“你刚刚在里面做什么？我叫你，你怎么不应我？”

话音一落，他的目光便落在了她异常红润丰盈的唇上。

苏暖见他看着自己的双唇，心里一慌，连忙看向他身后：“我的东西都拿过来了吗？”

景轩收回目光后，看了眼身后的客厅，说道：“都拿过来了。”

苏暖掩下心底的慌张问道：“你怎么过去那么久？”

景轩深深叹了一口气，才看着苏暖说道：“刚才跟我妈吵了一架。”

苏暖闻言，心里越发愧疚了：“对不起。”

她知道景轩一定是因为她才跟他妈吵架的。

景轩眼含歉意地看着她：“该说对不起的是我，是我让你受委屈了。暖暖，对不起。”

“景轩，你别跟我道歉，是我对不起你。”他越道歉，她越觉得愧对他。

他或许是有让她失望的地方，可是比较起来，他比她好太多了。

他至少没有背着她跟别人卿卿我我，而她背着他和别的男人卿卿我我了……

想到这，她就愧疚极了。

苏暖啊苏暖，你必须和那个男人保持距离，你不能再对不起你的未婚夫了。

景轩看着紧蹙眉头的苏暖，说道：“暖暖，你再给我一点时间，等我处理好一些事情，我们就回国，然后我们结婚生子，好不好？”

苏暖闻言，咬了下唇，微微侧头看了眼身后，神色复杂地蹙紧眉头，深思了一会儿，才下定决心地看着景轩点头应道：“好。”

景轩见她答应，笑着上前拥住了她：“暖暖，谢谢你。”

他双眸湿润地含着笑意看着她，向她承诺道：“我会做一个好丈夫的，我会好好疼爱你的。”

在景轩说这番话时，主卧里传来了异响，像是什么东西被踢了一下。

听到声音的景轩神色微变，问道：“什么声音？”

苏暖的神色也变了一下，她不用想，就知道一定是里面那个男人踢了什么东西。

想到他之前说的那些话，她抬眸看着景轩说道：“景轩，你先过去安慰你妈，我先收拾下，一会儿……一会儿我再过去。”

因为有话要跟里面的男人说，也担心里面的男人真的会出来对付景轩，她必须先把景轩支开。

景轩闻言，看着她说道：“我帮你收拾，你一个人收拾太累了。”

“没……没事。景轩，你就让我自己来吧，你快过去安抚一下阿姨。阿姨本来就不喜欢我，现在你还为了我跟阿姨吵架，阿姨一定更加不喜欢我了。你快过去安慰她，我跟她的矛盾只有你能调解。”

景轩听她这样说，便说道：“那我先过去。”

“嗯。”苏暖看着他点了下头。

待景轩离开后，她便将房门反锁了。

她刚一返回到客厅，便对上了凌言玺那双盈满怒气、阴沉得有些吓人的眼眸。

“你要跟他回国？要跟他结婚？”问这话时，凌言玺在竭力压制自己心里的怒火。

虽然距离他还有一米，但是，苏暖感觉到了他身上散发出来的强烈怒气。

苏暖深深蹙眉，抬眸看着凌言玺说道：“我不能再对不起他了，我不想伤害他。”

凌言玺盯紧了她，眸底隐藏着一抹悲伤之色：“所以你就来伤害我？”

“对不起。”

凌言玺悲伤地一笑，眼眸又湿润了几分：“在你心里，还是他比较重要，我不如他，是吗？”

苏暖咬了一下唇，回道：“是。”

“苏暖。”凌言玺心中一痛，捏紧了双手，双眸发红地盯紧了她，“你再说一次。”

说这话时，他的心在沉沉地痛。

苏暖看着他，再次回道：“是，他比你重要，你对我来说，只不过是一个过客而已。之前的事，我们都把它忘了吧，就当我们从来没有遇见过。”

凌言玺闻言，盯着她：“苏暖，你一定要这样摇摆不定吗？”

“对不起，以后不会了。我不会再那么无耻、不要脸了。”

说完这话，她眼中含着泪水：“非常对不起。景轩和你，我只能选择景轩，他对我来说更加重要。他还是孩子的爸爸，我不希望我的孩子和他的亲生父亲分开，更不希望我的孩子以后生活在重组家庭里。”

“这些都是你的真心话？你都决定好了，绝不会后悔？”

苏暖眼眸含泪地深深看着他：“决定好了，绝不后悔。”

闻言，凌言玺悲凉地一笑，盈满泪的眼紧盯着她：“你这个傻女人，他根本就不值得你爱，你会后悔的。”

苏暖抬眸看着他：“即使真的会后悔，我也不会改变我的决定。我这辈子跟定他了。”

她顿了一会儿，才继续说道：“请你别再来打扰我了，我不想再因为你对不起景轩。”

说完这话，她沉默了一会儿，深吸了一口气，继续道，“你把钱退给景轩吧，我不租这里了。”

凌言玺听到这话，心痛的同时也快要气疯了。

他眼含怒气地盯着她：“苏暖，你就这么好哄吗？他随便说几句好话，就可以让你对他死心塌地吗？那我为你做的那些，还抵不过他的一句对不起吗？他随便为你做一点事，就可以感动你吗？我是不是为你死了，你也不会掉一滴泪？”

苏暖听完他的这番话，微垂眼帘，没有回答他。

凌言玺则盯着她，沉声道：“回答我。”

闻言，苏暖抬眸看着他，眼含怒气地说道：“你够了，你一定要逼我说出一些难听的话吗？你救过我，我就要对你以身相许吗？你救过我，我就要爱上你，抛弃我的未婚夫吗？我跟你只不过见了几次面而已，我跟景轩已经在一起几年了，我不可能为了你去伤害景轩，更不可能为了你离开景轩。在我心里，他就是比你重要。是，他随便为我做一点事情就可以感动到我，你做再多，我都没有感觉，我这样回答，你满意了吗？”

她的这番话字字如刀，一刀接一刀地在凌言玺的心里割下一道又一道伤。

他嘴角噙着悲凉的笑，心痛地道：“苏暖，你有种。我满意，我非常满意！”

最后一句话，他是怒吼出来的。

见他发怒，苏暖抿紧唇，什么都没说。

凌言玺眼睛发红地紧盯着她：“既然你这么爱他，这么害怕对不起他，这么想为他守身，我成全你，我走。”

凌言玺将他身上剩下的唯一一把钥匙拿出来扔掉后，与苏暖擦肩而过，径直离开了。

苏暖见状，虽然心里难过，但是道德伦理告诉她，她不能让他留下来。

她既然已经是景轩的未婚妻了，就不能和别的男人暧昧不清。

景轩进来后，见她站在客厅里，眼眶红红的、湿湿的，像是哭过，便担忧地问道：“暖暖，怎么了？”

听到景轩的声音，苏暖抬手擦拭了下自己的眼角，抬起头看着他说道：“没事。”

“那你怎么哭了？”景轩问完，拉起苏暖的双手，看着她说道，“暖暖，别伤心了，我妈已经答应我善待你了，她以后不会再针对你，所以，别难过了，好吗？”

闻言，苏暖点了下头，没有说话。

景轩抬手动作轻柔地捋了捋她额前的刘海，盯着她说道：“你还没吃早餐，我去给你做。”

苏暖摇了下头，说道：“不用了，我不饿。”

“不饿也要吃，你等我一会儿，我去拿些食材过来给你做。”

话音一落，他便要去吻苏暖的额头。

苏暖见状，下意识地往后退了一下。

景轩有些不解：“怎么了？”

“没什么，我先把行李提进去。”苏暖说完，提着自己的行李硬着头皮进了主卧。

她原本是想去次卧的，不过因为景轩在，她怕他怀疑什么，所以进了主卧。

卧室里似乎还残留着凌言玺身上的气息，苏暖进去后，心莫名地刺痛了一下，眼眶又红了，眼底氤氲起了水雾。

她将房门关上，靠在门上，任由眼中晶莹的泪滴顺着眼角滴落。

苏暖，你哪根筋不对了，人家走了，不是你想要的吗？

你难过什么啊？你哭什么啊？

才跟人家见了几面，你就喜欢上人家了吗？

你也太博爱、太花心、太不专情了吧？

你也太容易动心了吧？

她松开行李，顺着门滑坐到地上，眼含泪水地看着空荡荡的卧室，心里觉得孤寂极了。

她一定是糊涂了，才会被那个男人蛊惑到。

她坐在地上难过了一会儿，抬手擦了下泪水，站起来走到衣橱前，抬手将衣橱打开。

看见里面挂着男人的衣服时，她的眼眶又湿润了。

她轻轻咬了一下唇，将里面男人的衣服收拾了一番。

第六章

盛大的舞会

之后的两天，苏暖一直待在公寓里，哪儿都没去。

王秀英难得没有跑过来找她的麻烦。

这三天，苏暖做啥都提不起劲，当然也就没有心情做饭了。

不过，这三天一到饭点，就有人给她送饭来。

因为送饭的人没有说是谁让他送的，所以，她一直以为是景轩让人送的。

第三天晚上，苏暖洗完澡出来，就接到了快递员的电话，说是有她的快递到了。

苏暖打开门，快递员抱着一个大箱子进来。

苏暖见状，看着快递员问道："这里面是什么？谁让你送来的？"

快递员直起身后，看着苏暖回道："苏小姐一会儿打开看看就知道了。对了，苏小姐，请你在这里签字。"

快递员说完，递了一支笔给苏暖。

苏暖签完字后，快递员便离开了。

随后，苏暖带着疑惑将箱子打开。

箱子里面装着几个盒子，有一个盒子稍大，有一个盒子装着很漂亮的鞋子，一个盒子装着很漂亮的包，还有一个精致的大首饰盒。

看着这些，苏暖有些诧异。

她将那首饰盒打开，差点被闪瞎了双眼，里面是一整套首饰，其中有一条非常惹眼的花蕊形钻石项链。

项链上有一颗美丽的粉钻，项链底端还有一颗白色的梨形钻石如水滴般垂下。

耳环的设计遵从了艾伦芭莎珠宝首饰纯真、时尚可爱的风格。

耳环的小吊坠是一个萌萌的小动物——一条镶嵌着钻石的小鱼。

小鱼的头上镶嵌着一颗红宝石，既小巧可爱，又时尚夺目。

除了项链、耳环之外，还有一条非常漂亮的手链和一枚看起来就价值不菲的戒指。

看着这些首饰，苏暖在疑惑的同时也被惊艳到了。

她盯着那些首饰愣了好一会儿，才将那个稍大些的盒子打开。

盒子一打开，她就又被惊艳到了。

里面是一件非常漂亮的A形蓬蓬晚礼服。

礼服是淡粉色的，最外面是一层透明的薄纱，上面绣着花瓣，前短后长的不规则设计，显得礼服既独特高雅又仙气飘飘。

这件礼服很容易勾起一个女人的少女心，当然，苏暖的少女心也被勾起来了。

这几天她都过得很压抑，不过，此刻看见这么漂亮的礼服，她的心情好了很多。

好漂亮的礼服，是谁送的？

想到这，苏暖仔细看了下大箱子，发现上面没有寄件人的信息。

随后，她又在箱子里面找了找，也没发现任何卡片之类的东西。

礼服和首饰到底是谁送的？

是景轩吗？

心里这样想着，她又盯着礼服看了好一会儿。

她本想等景轩回来后问一下他，结果，她等到凌晨一点，他都没有回来，并且还打不通他的电话。

无奈，她只能将礼服和首饰先收起来，准备等明天他回来后再问他。

第二天一早，她就被电话吵醒了，打电话给她的正是景轩。

“暖暖，起来了吗？”

苏暖还有些困，迷迷糊糊地回道：“还没。”

“今天我要出席一个非常重要的酒会，需要带女伴。你快起来，我回去接你。”

“出席酒会？”听到这，苏暖清醒了许多。

随即，她问道：“是什么酒会？”

“你去了就知道了。对了，今天的酒会必须穿礼服，你有礼服吗？”

听他提到礼服，苏暖便想起昨晚快递员送来的礼服，问道：“昨晚的礼服不是你让人送来的吗？”

景轩也有些蒙：“昨晚的礼服？昨晚的什么礼服？我没让快递员给你送过任何东西啊。”

苏暖听到他的话，顿时完全清醒过来：“不是你送的，那会是谁送的？”

景轩沉默了一下，才问道：“没有卡片，没有署名吗？”

苏暖轻轻蹙眉，回道：“没有。”

“那你有其他礼服吗？”

苏暖再次回道：“也没有。”

景轩想了一下，才说道：“那你先把昨晚快递员送去的礼服换上，我马上回去接你。我先挂了。”

景轩说完就挂了电话。

苏暖在他挂断电话后，抬眸盯着衣橱愣了一会儿才起来。

她去浴室洗漱完出来，换上了昨晚快递员送来的礼服和鞋。

穿上后，她才发现礼服非常合身，鞋也非常合脚。

随后，她走到镜子前。

当她抬头看到镜子中那个清雅绝丽的小女人时，都有些不敢相信那是她自己。

她愣了一会儿，浅笑着在镜子前转了一个圈。

看着镜子中那个明艳动人的小女人，她觉得就像是在做梦一样。

还真是“人靠衣装，佛靠金装”。

以前的她不爱打扮，穿得也很随意，所以，到今天她才知道，原来穿上礼服，她也可以很漂亮。

看来，“这个世上没有丑女人，只有懒女人”这句话是对的。

她看着镜子中的自己傻傻笑了笑，才坐下来，拿出化妆盒，化了一个淡妆。

她不是很会化妆，所以没有画眼线，没有戴假睫毛，美瞳之类的。

化完妆，她便将头发盘了起来。

随后，她将昨晚快递员送来的首饰盒打开，盯着里面的首饰琢磨了好一会儿、犹豫了好一会儿，拿出来戴上。

她先戴的耳环，在戴项链时，才发觉她的脖子上还戴着之前凌言玺送给她的项链。

看着脖子上的项链，她的心像是被什么锋利之物刺中，猛地痛了一下。

她不自觉地红了眼眶，眸底氤氲起了水雾。

她不知道自己为什么难过、为什么伤心，只知道一想到那个男人，她就想哭。

泪水渐渐漫出眼眶，她看着镜子中的自己难过了一会儿，才抬手轻轻擦拭了下眼角。

随即，她将脖子上的项链取下来，放进了抽屉。

调整了下情绪，她才将项链、手链以及戒指戴上。

她将戒指戴在了右手中指上，代表名花有主。

弄妥一切后，她站了起来。

看着镜子中那个集高贵、清丽、秀美、优雅、端庄于一体的女人，她小小地自恋了一下。

苏暖，看看你，你并不是很丑嘛，以后可别像以前那么懒了，多花点时间打扮自己，免得人家说你邋遢。

想到邋遢，她的脑海中便突地浮现出凌言玺那副嫌弃她的样子。

一想到这个，她心里就有些气恼。

该死的男人，竟然敢说她邋遢，她早晚要闪瞎他的狗眼。

想到这，她又给自己补了一下妆。

随后，她将自己的手机等物装进昨晚快递员一起送来的那个镶嵌着钻石、一看就不便宜的包里。

因为不知道礼服、包、首饰等物是谁送的，所以，她心里总觉得怪怪的。

她本来不想换上这来历不明的礼服，但是想到景轩说要出席重要的酒会，她如果穿一般的衣服，一定会给他丢脸。

为了给景轩撑面子，她只能硬着头皮换上了。

她站在镜子前给自己打了一下气，便提着包包出了卧室。

赶回来的景轩正准备进卧室，在看到苏暖出来的那一刹就猛地怔住了。

他瞪大双眼看着苏暖，眼都看直了，眼底盈满了惊艳之色。

“暖暖……”他双眸一眨不眨，直直地看着苏暖，都有些不敢相信那是她。

如此高贵、优雅、端庄、美丽、明艳动人，太不像他所认识的暖暖了。

苏暖见景轩跟定住了似的，俏皮地一笑，动作优雅地在原地转了一个圈。

“漂亮吗？”

看着她那明艳迷人的笑容，景轩差点被闪瞎眼。

他一脸痴迷地看着她，魂都快没了。

“好美……暖暖……你好美……”

此刻，他觉得自己拥有她，无比幸运。

苏暖停下来，笑着走近他：“我们走吧。”

景轩看着她，觉得她就像是高高在上的公主，他都有些配不上她了。

“暖暖，你真美。”

苏暖笑着说道：“你现在才知道啊，我一直很漂亮，只是以前漂亮得不够明显而已。”

景轩笑着朝她伸出了手。

苏暖看了一眼他的手，将小手放在了他的大手中。

景轩紧握住，牵着她出了门。

两人出来时，王秀英正好也出来，看见苏暖时，也愣住了。

她差点没认出苏暖，愣了好半天，回过神来后，眼神带着几分气愤、几分嫉妒地看了眼苏暖，便转身进了公寓，“砰”的一声将公寓的门关上了。

苏暖见状，蹙了一下眉。

景轩侧头看着她，说道：“不用管我妈，我们先去参加酒会。”

“嗯。”苏暖抬眸看着他，点了一下头。

酒会是在一家富丽堂皇的城堡酒店里举行。

酒店的前身是二十世纪二十年代王公贵族修建的行宫，因此，它如宫殿一般奢华。

今天的酒会邀请的大多数是上流社会身份极其尊贵、极其富有且有头有脸、有权有势的大人物。

苏暖和景轩抵达城堡酒店时，酒店外壮阔、气派的超大广场上已经是名车云集了，同时，也是富商名流云集。

男人们都是西装革履，名媛们都穿着奢华昂贵的礼服，戴着耀眼的首饰，化着精致的妆容。

酒店非常大，所以，苏暖一下车就被震撼到了。

同时，看到那些穿金戴银、高贵不已的女人，她有些庆幸没穿自己的衣服来，否则，就丢死人了。

景轩在苏暖满眼震撼地看着四周时，说道：“我们进去吧。”

苏暖看着他点了下头，学着在场的其他女人，动作优雅地挽住了他的胳膊。

景轩看着她温柔地一笑，说道：“别紧张，有我在。”

苏暖看着他，笑着点了一下头，问道：“今天的酒会是谁举办的？”

景轩闻言，回道：“不清楚，反正能在这里举办酒会的人身份绝对不简单。”

说完这话，景轩看着她问道，“对了，暖暖，你会跳什么舞？”

闻言，苏暖有些不好意思地回道：“对不起啊，景轩，我什么舞都不会跳，今天可能要给你丢脸了。”

景轩笑看着她，安慰道：“不会的，你啊，这么漂亮，不会给我丢脸的。不会跳没关系，我教你。”

苏暖有些气馁地说道：“就怕我太笨，学不会。”

“没事的，那我们可以不跳。”景轩看着她说完，便带着她踩着红毯进入城堡酒店富丽堂皇的宴会厅。

而苏暖一进去就又被震撼到了。

入眼的便是宽敞、挑高约二十米的大宴会厅。

这第一层气势宏伟的大宴会厅足有一千五百多平方米，给人一种仿若室外空间般开阔的感觉。

站在宴会厅可以看到楼上三层。

整个大宴会厅富丽堂皇，犹如宫殿一般。

玫瑰金的地板上刻画着精美的鸢尾花图案，不断变化的自然光透过巨大的采光穹顶上融合了贝壳和鸢尾花的乳浊玻璃，洒向大宴会厅的每个角落。

同样是玫瑰金的餐台上摆满了精致的美食、美酒。

每一样餐具都是金色的、精致的，在灯光下闪烁着耀眼的光芒。

酒水区摆满各种名酒，看着就让人想品尝。

尤其是那些精致华美的美味佳肴，看着就让人食欲大增、直流口水。

大宴会厅里的宾客们个个衣着华丽，富贵异常，看着非常养眼。

苏暖从震撼中回过神来，忍不住感叹道：“哇，这里好……好气派。”

她都不知道用什么词来形容了，总之，就是太让人震撼了。

果然是富人来的地方，每一处都充满了奢华与贵气。

景轩看着她，笑了一下，问道：“饿吗？可以去那边拿点东西吃。”

苏暖看了看大宴会厅里的其他宾客，见没有多少宾客在吃东西，便回道：“还好，我不是很饿。”

景轩知道她是不好意思，便说道：“你没吃早餐，先去吃一点。来，我带你过去。”

话音一落，景轩便带着她走向美食区。

当他们在宾客中穿行时，苏暖吸引了不少男士的目光。

同时，也有不少贵族夫人以及名媛频频看向苏暖。

若问原因，除了苏暖是地地道道的东方女孩，身上有东方女孩的美以外，就是她那身从头到脚价值不菲的行头。

“哇哦，我的上帝，她那款包好像是拉娜马克思的扛鼎之作埃及艳后包。太羡慕她了，竟然拥有这么奢华名贵的包包。”

苏暖手里的包是用顶级美洲鳄鱼皮纯手工打造的，包上镶嵌着全球限量的珠宝，包身镶满了钻石，超优雅、超气质、超高贵、超豪华。

“她那条手链好像是世界知名珠宝设计师普仕曼的最新作品。”

“她身上那件礼服好像……”

两人一路上引来了名媛贵妇们的议论声和羡慕的目光。

因为苏暖的关系，有不少名媛恨不得成为景轩的女人。

而苏暖听到她们的议论声，接收到她们羡慕的目光，才知道她这身行头远比自己想象的还价值不菲。

她心中更疑惑了，送她这身行头的到底是什么人？

同时，也因为苏暖的关系，有不少身份尊贵的男宾客主动过来跟景轩攀谈。

苏暖则挽着景轩的胳膊站在一旁，面带微笑，听着他们交谈。

每一个主动过来跟景轩攀谈的宾客在与景轩交谈完，都会夸一下苏暖。

苏暖则被大家看得、夸得很不自在。

成为大家的焦点虽然挺有自豪感的，但她并不习惯。

到了美食区，景轩正准备帮苏暖拿些吃的，手机就响了。

因为手机铃声是特别为朱莉莎设置的，所以，他一听到铃声，就知道是谁。

他神色微变，看着苏暖说道：“暖暖，你先自己拿点吃的，我去接个电话。”

说完，景轩一边接电话，一边走开了。

“你又打电话来做什么？”

“我想你了，不行吗？”

景轩微微蹙眉，回道：“你别闹了，今天暖暖在。”

那头的朱莉莎回道：“我看见你们了，我在二楼，你上来。”

“我上去了，暖暖怎么办？她没出席过这样的场合。”

“我不管，你不上来，我就下去。到时候，我要是忍不住在你的暖暖面前乱说话，你可别怪我。”

景轩听朱莉莎这样说，转过头看了眼苏暖，才回道：“我马上上去。”

话音一落，他便挂断电话，然后走到苏暖面前。

他思索了一下，才说道：“暖暖，我有个生意场上的老朋友在楼上，他让我上去聚聚。我上去一会儿，你有事就给我打电话。”

苏暖闻言，抬头看了一眼酒店的第二层，然后对景轩点了一下头：“嗯。”

“那我上去了，有事记得给我打电话。”景轩说完这话，看到苏暖点头后，才转身通过宴会厅一侧奢华无比的楼梯上了第二层。

景轩离开后没多久，苏暖就被一群主动靠过来的名媛贵妇围住了。

因为是在英国，所以，这些贵妇大多是英国人。

她们过来后，先是夸赞苏暖长得漂亮，很羡慕她，然后就问苏暖身上的礼服、包包、首饰等是谁送的，价值多少，她的男朋友是做什么的、身价多高等。

她们都说着一口流利的英语，而苏暖的英语水平虽然也不低，不过有些词汇，她还是不太会说。

她回答她们的时候，有一点点吃力。

那些贵妇听不懂，就问道：“抱歉，我听不太懂你说的话。”

苏暖只觉得有些尴尬和丢人，心里暗自决定要提高自己的英语水平。

就在她调整好心态，准备用英语再回答她们时，意外发生了。

站在她身前的两名贵妇不知道怎的，突然失去重心，扑向苏暖。

苏暖见状，神色一变，下意识地转过身去，同时将手里的包挡在肚子前，护住了自己的腹部。

砰！

她被那两名贵妇撞到餐台上，惹得不少宾客侧目。

有同情她的，也有看笑话的。

餐台上有很多食物，而她整个人被撞得趴在餐台上，因此，她胸前的礼服沾上了美食，红一块白一块的，又湿又脏。

有宾客围了过来。

苏暖看到有宾客朝着她指指点点，觉得尴尬极了，也觉得有些丢人。

幸运的是，餐台没倒下来，她及时用包挡住了腹部，没有撞到肚子。

那两名贵妇见将她撞到餐台上，问道："发生什么事了？"

她们一脸惊讶地问完，连忙去扶眉头紧皱的苏暖。

"对不起，我不是故意的。"

"你还好吗？"

苏暖直起身，看着她们回道："我没事，谢谢您的关心。"

话音一落，她看见围过来的宾客们都看着她的胸前发笑。

随后，她低下头看了眼自己的胸口，发现胸前的礼服脏了很大一片，很是难看。

她皱了一下眉，看着她跟前的那些贵妇说道："我去下洗手间，失陪了。"

说完，她便用包包挡住自己脏了的胸部，一边往宴会厅的角落走去，一边寻找洗手间。

而刚刚撞到她的那两名贵妇则一脸疑惑地问道："刚刚发生什么事了？"

另一名贵妇回道："好像有人撞了我一下。"

在她们身后不远处站着两个年轻的女人。

而这两个年轻的女人盯着苏暖离开的方向，嘴角勾起了得逞的笑。

其中一个年轻女人说道："她好像去洗手间了，我们要不要跟去洗手间？"

另一个年轻女人回道："莉莎只让我们想办法弄脏她的礼服，让她在宾客面前丢脸，我们已经完成任务，不用理那个女人了。”

城堡酒店顶层，总统套房内。

穿着白色浴袍的凌言玺坐在奢华无比的长沙发上。

在他跟前的奢华茶几上放着一台笔记本电脑。

而电脑屏幕上正在播放的是刚刚城堡酒店第一层宴会大厅里发生的一些事情。

比如，苏暖被撞的那一幕。

此刻盯着电脑屏幕的凌言玺神情非常邪魅阴沉，犹如地狱修罗一般骇人，目光更是犀利似剑一般。

“去把那两个吃了豹子胆的女人给我带上来，顺便让人把那个傻女人也给我带上来。”

“是。”康德应了一声，带着套房里的两名保镖正准备出去，凌言玺低沉的声音又在他身后响起。

“再准备一套礼服。”

“是。”

康德和保镖离开后，凌言玺就将电脑关了。

苏暖这会儿已经从洗手间里出来了，她将礼服上脏了的地方洗了一下，现在那一块湿湿的，而且还有痕迹，比刚刚好看不到哪里去。

有一名女服务员正等在洗手间外面，见她出来，上前笑看着她，态度亲切地用中文恭敬地说道：“小姐，您的礼服脏了，而且湿了，不能穿了。我们酒店有备用的礼服，您跟我上去换一下吧。”

苏暖听她说有备用的礼服，有些惊讶：“你们酒店还有备用的礼服？”

“是的，小姐，请跟我上去换一下，您这样是没办法继续出席酒会的。”

苏暖闻言，看了眼自己湿湿的、脏脏的胸前，沉思了一下，才点了下头。

随即，她跟着那名女服务员通过专属电梯到达了顶层。

顶层比第一层更加富丽堂皇，上去后，苏暖就感觉到一股王者般的尊贵气息扑面而来。

“小姐，这边请。”服务员将苏暖带到顶层唯一的一间总统套房前。

随即，她将门推开，并看着苏暖说道：“小姐，请进。”

苏暖有些疑惑地看了眼那名服务员，便进去了。

进去后，她又被震撼到了。

若问原因，便是里面的奢华程度令人咂舌，犹如欧洲宫廷一般富丽堂皇。

震撼过后，她正准备打量这豪华无比的套房，目光就被站在落地窗前的俊朗身影吸引过去了。

看着那个背对着她、穿着浴袍、手持红酒杯、身材挺拔的男人，她心里一惊，顿时瞪大了双眸。

她眸底掠过一抹难以置信，同时，心也像被刺了一下，隐隐有些痛，情绪变得复杂起来。

虽然没看到男人的脸，可是她已经知道他是谁了。

她微微蹙眉，正要转身离开，男人已经转过身来。

见她欲离开，他蹙着眉，沉声问：“怕我吃了你吗？”

苏暖闻声顿住脚步。

凌言玺见她停了下来，将红酒杯搁下，看向那名服务员，沉声道：“出去。”

那名服务员看着他恭敬地颔首，出去将门给关上了。

苏暖见状，表情变了一下。

戴着面具的凌言玺走到豪华的沙发前坐下，看着背对着他的苏暖问道：“你打算一直背对着我吗？”

苏暖闻声深吸了一口气，才转过身去，看着他问道：“你怎么会在这里？”

凌言玺没回答她这个问题，而是盯着她的胸部说道：“看不出来，你还挺有料的。”

闻言，苏暖才发现他的目光落在她的胸前，神色一变，连忙将手里的包挡在自己胸前，又羞又恼地瞪着他，骂道："色狼。"

说完这话，她想到自己是被那个服务员骗上来的，便神情警惕地盯着凌言玺问："你……你让人把我骗上来，想干吗？我们上次不是说好了，你走你的阳关道，我过我的独木桥吗？"

凌言玺眉毛微挑，盯着她反问道："我们上次说过这句话吗？"

苏暖瞪着他："我是没说，但是，我就是那个意思，而且你也说要成全我了。"

凌言玺闻言，扬唇笑了一下，起身走向她。

苏暖见状，神色微变，一边往后退，一边一脸警惕地看着他："你别过来，我们不是说好了，要保持距离的吗？"

凌言玺看着慢慢往后退的苏暖，眉头微蹙："苏小姐，这话也是你说的，我什么时候说过要跟你保持距离了？"

说完这话，他逼近了苏暖。

苏暖见他走来，左右瞟了瞟，正想撒开腿跑掉，他突地疾步上前，眼明手快地一把箍住她的手腕，并顺势将她带进了怀里。

苏暖神色一惊，下意识地用手抵在了他的胸膛上："你又干吗？放开我，不要一言不合就搂搂抱抱的好不好？我又不欠搂欠抱。"

凌言玺垂眸，温柔地凝视着她，说道："我欠。"

苏暖抬眸看着他，有些气恼地道："我们说好了要保持距离的。"

凌言玺眼含淡笑地看着她："这话是你说的，我没有答应。"

闻言，苏暖眼含怒气地瞪着他："你……你要赖，你是没答应，但是你默认了，你说成全我，不就等于答应了吗？"

凌言玺目光温柔地看着她："真是个傻女人，我说成全你，只是暂时不逼你接受我，暂时不为难你而已，可没说从此退出你的生命，不再爱你，不再纠缠你了。"

"你……"苏暖对上他含笑的温柔眼眸，有些生气地说道，"我跟你是不可能的，你死心吧。"

之前见他那么生气，说离开就离开，她以为他再也不想见到她了，此刻听到他说的话，她心中的阴霾莫名地一扫而空。

凌言玺低头看着她，语气认真地道："该死心的是你，我是不会放弃你的。"

苏暖抬眸看着他："你一定要给我的生活造成困扰才满意吗？宁拆一座庙，不毁一桩婚，你一定要毁掉我和景轩，你才满意吗？你真的爱我吗？如果你真的爱我，就不要来破坏我的幸福。"

"幸福？"凌言玺眯眼盯着她，"你幸福吗？"

话音一落，他不等苏暖回答，接着说道："不要跟我说你幸福，我感觉得到，你并不幸福。"

苏暖蹙眉，说道："你够了，幸不幸福都是我的事，不需要你管。你别再纠缠我了好不好？你越是这样，我就越讨厌你。"

听到这话，凌言玺有些心痛。

他眼含悲伤地看着她，嘴角勾出一抹苍凉的笑，叹一声气，说道："我上辈子一定是做了什么十恶不赦的事，上天才会派你这个小恶魔来气我、折磨我。"

苏暖听他这样说，轻轻抿了一下唇，才抬头看着他，故意很没良心地说道："活该。"

听到这话，凌言玺的心又痛起来。

"是，我活该。"谁让他非要死乞白赖地纠缠她，就算是被伤得体无完肤，那也是他活该。

他嘴角勾出一抹自嘲的冷笑，垂眸悲伤地盯着她看了一会儿，便放开了她。

"去洗澡。"

闻言，苏暖有些警惕地看着他："洗澡干吗？你又想做什么？"

在她问这话时，门被推开了，康德抱着一个很漂亮的盒子走了进来。

他径直走向苏暖，笑着道："苏小姐，这里面是总裁吩咐我重新给你准备的礼服，你去换上吧。"

苏暖抓住了"重新"二字，看了一眼凌言玺，再看着康德问道："你说重新是什么意思？"

话音一落，她想到什么，又问道："你的意思是，我身上的礼服是你们准备的？"

康德抬头看了一眼凌言玺，才笑着回道："是的，苏小姐，你身上的礼服、鞋、包，还有首饰，都是总裁特意吩咐我为你准备的。"

闻言，苏暖有些惊讶，但很快就意识到一丝不对劲。

礼服是昨晚送的，他怎么知道她今天会来参加酒会？

她抬眸看向凌言玺，问道："你怎么知道我今天会来？"

凌言玺没回答她的这个问题，走到沙发前坐下来后，才开口说道："先去换礼服。"

"苏小姐，我先把礼服给你送进去。"康德说完，便将礼服给她送进了卧室。

他出来后，便很自觉地离开了。

苏暖还站在豪华的客厅里，凌言玺见状，目光深沉地看向她："还不去，在等我帮你换吗？"

苏暖闻言，看了他一眼，便进了卧室。

凌言玺在她进去后，一双美眉深蹙起来。

他为自己倒了一杯红酒，一边喝着酒，一边等苏暖出来。

将近二十分钟后，他见苏暖还没出来，便起身走向卧室，白皙的大手搭在门把上拧了一下，门竟然开了。

苏暖正在贴胸贴，而且还没贴好。

见凌言玺突然推开门进来，她吓得神色大变，连忙双手抱胸，惊慌又羞恼地瞪着他说道："你进来做什么？快出去。"

凌言玺没想到她还没有换好衣服，所以，在看见她的那一刹那，瞳孔一阵紧缩，猛地怔住了。

他一双棕色眼眸似黏在她那性感诱人的身子上，移不开了。

她羞恼极了："你看够了没有？"

看着面若桃花，又羞又恼的苏暖，凌言玺性感的喉结上下滚动，只觉得更加口干舌燥了。

他从里面将卧室的门关上，走向苏暖。

“你怎么还没穿好？”问这话时，他的嗓子就像是被沙子摩挲过，极其沙哑。

听到他的声音，苏暖害怕紧张极了，慌乱地看着他：“关……关你什么事，你别过来，别过来。你再过来，我喊非礼了啊。”

凌言玺闻言，灼热的目光落在她娇媚动人的脸上：“那你就喊，正好可以为我们助兴。”

他顿了一下，盯着她说道：“我给了你时间，是你自己没好好把握，所以，不管我对你做了什么，都是你自找的。”

说完这话，他便快步走向苏暖。

苏暖见状，神色一惊，正想逃进浴室，就被眼明手快、疾步上前的凌言玺一把拽进了怀里。

他的眸子变得与幽深无比，眸底似乎有一簇火燃烧起来。

苏暖对上他那灼热无比、蕴含着欲望的眸子时，害怕极了。

“你……你要干什么？”说完这话，苏暖都有些佩服自己了，这个时候，她竟然还能说出这样的话来。

凌言玺灼热的目光落在她身上，声音沙哑无比：“你觉得呢？”

听到这话，苏暖好想哭。

她一脸哭相地看着他：“你是个男人，是个顶天立地的男人，所以，你千万要控制住，千万不能乱来。麻烦你看清楚点，我长得跟如花一样丑，要什么没什么，我哪里诱人了？不带你这么眼瞎的。”

凌言玺看着快要哭出来的苏暖，眸中染上了几分笑意，语气宠溺地道：“傻女人，你哭什么？我像是那种会乱来的男人吗？”

听到这，苏暖很想说，你不像吗？

凌言玺抬手捋了捋她额前的发丝，继续说道：“好了，别担心，在今晚零点之前，我是不会乱来的。”

闻言，苏暖瞪大了双眸：“什，什么意思？那今晚零点之后呢？”

凌言玺紧紧搂着她，笑意盈盈地看着她，说道：“那我就不会像现在这么客气了。”

“你……”苏暖在他怀里挣扎了一下，见挣扎不开，便瞪着他说道，

"你现在哪里客气了？我的胸都快被你挤扁了。"

听她提到胸，凌言玺垂下双眸，目光落在她莹白如玉的胸前。

见那里比他想象的还要丰盈，比他想象的还要诱人，他瞳孔微缩，又极其不淡定了。

苏暖见他眼睛一眨不眨地盯着自己的胸，呼吸还变得急促起来，连忙抬手捂住自己的胸。

她又羞又恼，快要哭了："你这个色狼，看够了没有？你快放开我。"

她在他的怀里挣扎起来。

她越是挣扎，越是乱扭动身子，凌言玺越是控制不住自己。

他目光灼热无比地盯着她，气息都有些不稳了："你再乱动，我就不能保证我的行为了。"

听到他沙哑无比的声音，苏暖连忙停止了乱动。

随即，她欲哭无泪地看着他，说道："那你快点放开我，出去啊。"

凌言玺知道苏暖心里没有接受他，所以不再为难她。

"好，我出去等你。"他看着她说完，便转身出去了。

苏暖则在他出去后，上前将卧室的门反锁了。

随后，她将盒子里康德送来的那件礼服拿了出来。

她换上礼服出去时，正在品酒的凌言玺一看向她，就怔住了，随即目光更亮了几分，不自觉地放下红酒杯，站了起来。

他棕色的眼眸一眨不眨地盯着她，眸底闪过惊艳之色。

苏暖站在原地，见凌言玺眼睛一眨不眨地盯着她，她有那么一点不好意思地垂下了眼帘，唇边不自觉地浮出一丝她自己都没察觉到的浅笑。

而她这低眉浅笑的模样，在凌言玺看来美极了。

她身上浅紫色的齐地抹胸礼服裙勾勒出她曼妙的身姿，桃心形的抹胸、独特的高收腰设计，凸显出了她的胸部曲线和腰部曲线，可爱中带着性感与优雅。

齐地垂坠的一层层蓬蓬的薄纱，上面绣着花瓣，令她既高贵优雅，又唯美、仙气逼人。

凌言玺的棕色眼眸里塞满了她娇媚动人的样子，他走近苏暖，将站在原地的她一把带进怀里。

长臂揽住她纤细如柳的腰身后，他便垂眸凝视着她问道：“会跳舞吗？”

苏暖抬眸看着他，回道：“不会。”

“我教你。”凌言玺说完，便搂紧她的细腰，带着她跳了起来。

虽然没有音乐，但气氛出奇温馨、浪漫。

凌言玺一边带着她跳，一边教她怎么做。

苏暖按照他的话去做时，目光一直落在他戴着面具的脸上。

他们离得很近，苏暖能清晰地闻到他身上好闻的气息和那醇香的红酒味道。

不知为何，她有些迷醉，好像喝了酒一样。

渐渐地，她忘记挪动步子，就那样站在原地怔怔地看着凌言玺。

凌言玺也停下来，低声问道:“如果你没有未婚夫，你会爱上我吗？”

苏暖闻言，轻轻抿了一下唇，沉思了一下，才回道：“不知道。”

“那就是会。”凌言玺温柔地一笑，吻了一下她小巧的鼻尖，便要去吻她诱人的红唇。

苏暖见状，往后缩了下脖子：“我该下去了。谢谢你的礼服，酒会结束，我会把身上这些都还给你的。”

“我送出去的东西是不会再要回来的，你不喜欢就扔了。”

闻言，苏暖抿了一下唇。

这时，外面响起了敲门声。

凌言玺听到声音后，沉声道：“进来。”

苏暖见有人要进来，准备推开凌言玺，凌言玺却拥着她，在沙发上坐下来。

随着门被推开，康德先走了进来，随后，两名保镖带着两个女人进来。

那两个女人是朱莉莎的好友，之前苏暖被撞到餐台上弄脏礼服，就是她们两个的杰作。

当然，是朱莉莎指使她们这样做的。

那两个女人都是混血儿，长得一般，听得懂中文，也会说中文。

她们一边挣扎着，一边大喊道："你们做什么？放开我……放开我……"

苏暖看着被押进来的两个女人，有些诧异，随即看着凌言玺，问道："你……什么意思？这两个女人是什么人？你把她们弄来干吗？"

被押进来的两个女人听到她的声音，再看到她时，都很惊讶。

"你……你怎么会在这里？"

另一个女人问道："是你让他们把我们抓来这里的？"

"你们认识我？"苏暖见那两个女人认识她，也很诧异。

那两个女人没有回答她，而是看向坐在沙发上一看就不是普通人的凌言玺。

见他戴着面具，一看就是不好惹的大人物，两个女人都有些害怕。

其中一个女人问道："你……你是谁？你把我们抓来做什么？"

凌言玺目光冷冽地扫向她们，只回答了四个字："以牙还牙。"

两个女人闻言，越发疑惑了："什……什么意思？"

一旁的康德看着她们说道："你们之前是怎么对苏小姐的，我们就怎么对你们。"

两个女人闻言神色一变，看了眼苏暖，然后看着康德问道："我……我们怎么对她了？我们都不认识她。"

见眼前的两个女人不承认，康德笑了一下，说道："你们差点让苏小姐撞到肚子，还弄脏了她的礼服。"

苏暖听到康德这话，有些惊讶，看向康德问道："我撞到餐台上与她们有关？"

康德看着她回道："是的，苏小姐。"

苏暖闻言，想到刚刚的事，便眼含怒气地看向她们："我都不认识你们，你们为什么要那样做？"

如果刚刚不是她及时用包挡住自己的肚子，她肚子里的宝宝可能就没有了。

两个女人看着脸上带着怒气的苏暖，深思了一下，连忙说道：“对不起，我们……我们不是有意的，我们是不小心撞到站在你身前的那两个女人，没想到会把你撞到餐台上，真是对不起啊。”

“不是有意的？”凌言玺目光犀利地扫向她们，“敢在我的眼皮底下欺负我的女人，还敢在我面前撒谎，看来，你们这条命是不想要了。”

听到他这话，接收到他犀利阴沉、暗藏杀意的目光，两个女人都不禁打了个寒战，被吓到了。

穿着红色深V礼服的女人结结巴巴地说道：“我……我们没有说谎，我们真不是有意的。”

话音一落，她便看向苏暖：“苏小姐，对不起，我们真不是有意的。”

凌言玺眼神阴鸷地扫向她们：“我再给你们一次机会，谁指使你们的？”

能住在这顶层总统套房里的人身份一定非常尊贵，她们惹不起。

所以，两个女人看着浑身上下散发着冷寒之气的凌言玺，思索了一会儿，连忙说道：“您……您别生气，我们说，我们说，是奥宏企业董事长的千金朱莉莎指使我们去弄脏苏小姐的礼服的。”

“朱莉莎？”这个名字，苏暖是完全陌生的，她看了一眼身旁的凌言玺，然后看向那两个女人，问道，“她为什么要指使你们弄脏我的衣服？”

穿着红色礼服的女人回道：“她想让你在宾客面前出丑，其他的，我们也不太清楚。苏小姐，我们也是受人指使才会那样做，你大人有大量，就别跟我们计较了。”

另一个穿着蓝色礼服的女人点头附和道：“对对，苏小姐，你大人有大量，就别跟我们计较了。”

凌言玺微微沉下脸色，声音冷淡：“你们把该还的还了，我们就大人大量，不计较。”

两个女人闻言，神色一变，问道：“还什么？”

一旁的康德说道：“苏小姐之前的那件礼服价值千万，你们弄脏了，要原价赔偿。”

价值千万？苏暖被惊到了。

她也知道那礼服很贵，但是没想到这么贵。

那两个女人听到康德的话，神色一变，差点吓晕了。

“价值千万……我……我们怎么赔得起？”

那两个女人快哭了，连忙看向苏暖，求饶道：“苏小姐，我们错了，你饶了我们吧。”

苏暖闻言，侧头看了眼凌言玺，才说道：“抱歉，礼服不是我买的，你们要求饶就求他。”

两个女人闻言，连忙看向凌言玺：“先生，我们知道错了，你饶了我们吧。”

凌言玺眼神冷淡地扫向她们：“那就要看你们的表现了。”

两个女人听他这样说，连忙对着苏暖道歉：“苏小姐，对不起，对不起。”

两个女人向苏暖道完歉，便看向凌言玺，说道：“我们已经向苏小姐道歉了，您可以放过我们了吧？”

凌言玺扬唇邪魅地一笑，目光不带任何温度地盯着她们：“你们害得我的暖暖被嘲笑，只是道个歉就可以了吗？”

两个女人闻言，低声问道：“那您……还想我们怎么样？”

凌言玺沉声回道：“朱莉莎让你们怎么对暖暖的，你们就怎么对她。如果你们表现好，可以不赔偿，如果你们的表现让我不满意，就要按原价的三倍赔偿。”

听到他的话，两个女人差点被吓死过去。

随即，两人问道：“那……那我们要怎么表现，您才会满意？”

“你们让那个女人越惨，我就越满意。”

听到这话，那两个女人有些为难：“这……这……”

凌言玺目光冷厉地扫向她们：“怎么？有问题吗？”

两个女人接收到他骇人的不悦目光，连忙回道：“没问题，没问题。”

凌言玺见她们说没问题，便看了眼康德。

康德会意后，朝他恭敬地点了下头，便抬手拍了两下。

随后，两名服务员推着餐车进来了。

那两个女人见状，很是诧异和不解，又看向凌言玺，问道：“先生，您……您这是什么意思？”

凌言玺冷冷地回道：“把礼服弄脏就可以下去了。”

两个女人闻言神色一变，低下头看了看自己昂贵的礼服，再看了看苏暖，又看了看康德，才走向餐车。

随即，两个女人看了一眼餐车上的美食，把心一横，整个人趴在餐车上，还左右蹭了两下。

见胸前的礼服被蹭脏了，两个人才直起身来，并看着凌言玺问道：“先生，您看这样可以了吗？”

康德探过头去看了一眼两人胸前的情况，说道：“还不够脏，再蹭两下。”

两个女人闻言，很想哭。

她们只得把心一横，又弯腰趴在餐车上左右蹭了几下。

坐在沙发上的苏暖看见她们弯腰趴在餐车上，胸部蹭来蹭去时，差一点笑出来。

不过，她忍住了。

她现在才发现，她身旁的男人还挺会整人的。

那两个女人一脸哭相地蹭了几下，便直起身，看着凌言玺问道：“现在可以了吗？”

她们都是穿的深V礼服，由于餐车上有水果，此刻两人胸前的深沟上都多了一枚红色果子。

苏暖见状，一个没忍住，“扑哧”一声笑了出来。

康德也没忍住，笑了一下，不过没笑出声来。

他站直身子，回道：“差不多了。”

两个女人听他这样说，松了一口气，随即问道：“那我们可以……下去了吗？”

凌言玺眼神冷冷地盯着她们：“只要你们能让那个朱莉莎出丑，礼服你们可以不赔，不过，你们弄脏了我和暖暖的早餐，把单买了。”

两个女人闻言，神色又是一变，瞪大了眼："什么？那……那是你们的早餐？"

是早餐还让她们蹭，这个男人一定是故意的，简直就是个恶魔。

凌言玺沉声道："你们可以下去了。"

两个女人本来还想说什么，康德看向那两名保镖说道："把她们带出去。"

他又看向服务员吩咐道："把餐车推出去。"

待那两个欲哭无泪的女人被带出去后，他便也退了出去，还将门关上了。

苏暖则在他们都出去后，抬眸看了眼身旁的凌言玺，站起身来微微弓身，很郑重地道谢："谢谢你。"

凌言玺看着她温柔地一笑，将她拉进怀里。

苏暖见状，要从他怀里退出来，他凝视着她说道："再让我抱一会儿，就一会儿，我保证什么都不做。"

苏暖闻言，待在他的怀里没有再乱动。

凌言玺双臂一收，搂紧她后，低下头吻了下她的额头，才开口说道："今天会发生一些你意想不到的事，如果这些事让你难过、伤心了，你一定要记得你还有我，我会一直在。"

苏暖闻言，抬眸看着他问道："什么意想不到的事？"

"很快你就知道了。"说完这话，凌言玺再次低下头吻了一下她的唇瓣，才说道，"好了，你可以下去了。"

话音一落，他便松开了双臂。

苏暖深深看了他一会儿，起身往外走去。

走到门口，她转过身来看着他问道："你到底是谁？"

凌言玺扬唇一笑，说道："等到适当的时候，我会让你知道我是谁的。"

闻言，苏暖蹙了一下眉，拉开房门出去了。

站在门外的康德见她出来，朝她颔了一下首，便带着她走到电梯前。

他替苏暖按了电梯，笑看着她说道："苏小姐，我就不陪你下去了。"

苏暖看着他点了一下头，便进了电梯。

康德则在电梯门关上后，返回总统套房里。

凌言玺已经摘下面具，见康德进来，问道："都安排好了吗？"

康德看着他，点了下头。

凌言玺嘴角勾出一抹冷笑，起身进卧室去换衣服。

宾客们都到齐了，大宴会厅里这会儿非常热闹。

苏暖已经到大宴会厅里了。

没吃早餐的她快要饿死了，所以，她径直去了美食区。

大宴会厅里正放着悠扬动听的轻音乐，有不少宾客在跳舞。

苏暖在拿东西吃时，看到了刚刚被整的那两个女人。

两个女人胸前湿湿的，应该是去洗手间清理了一下。

她们走到美食区，端了一盘美食和一杯酒。

拿好这些后，两人对视一眼，便气冲冲地走到正在跳舞的宾客中。

苏暖见状，出于好奇，放下手里的餐盘跟了过去。

她没走几步，就看到一个熟悉的身影。

而看清那个熟悉身影的脸后，她有些惊讶地瞪大了双眸。

景轩？

他怎么搂着一个女人在跳舞？

这时，走在她前面的那两个气冲冲的女人停下来，大喊了一声："朱莉莎。"

听到"朱莉莎"三个字，苏暖神色微惊，顺着那两个女人的目光看向被景轩搂着的女人。

穿得十分暴露的朱莉莎听到有人喊她，便停了下来，转过身去。

"你去死。"

听到这话，朱莉莎还没看清怎么回事，脸上就"啪啪"挨了两巴掌。

周围的宾客见她被扇了两巴掌，惊叫道："天哪"

朱莉莎被那两巴掌给打蒙了，脸颊火辣辣地疼。

"啊——啊——"她尖叫了两声，还没反应过来是怎么回事，脸上就被泼了两杯红酒。

“啊——”

她再次惊叫起来，同样还没看清是怎么回事，脸上就被扣了一盘菜，胸前也被扣了一盘。

这一幕发生得太突然，朱莉莎根本就反应不过来，而这一幕也引起了周围宾客的注意。

宾客们围过来，见朱莉莎狼狈得不成样子，又惊呼道：“天哪！”

一旁的景轩见朱莉莎突然被扇巴掌、被泼酒等，也蒙了。

苏暖看着狼狈不堪的朱莉莎，眼中带着疑惑。

她对眼前的女人一点印象都没有，这女人为什么要整她？

景轩又是怎么认识这个女人的？他为什么会跟这个女人跳舞？

在她疑惑时，她的身后传来了两道惊讶疑惑的声音。

“发生什么事了？”

“莎莎，你这是怎么了？”

听到一男一女两道声音，苏暖转过头去，便看见一个约莫四十岁的中年男人和一个中年女人慌慌张张地走过来。

中年女人穿得很性感，虽然上了年纪，不过身材不错，保养得也不错，看起来要比实际年龄小很多。

她在看到满脸是点心等食物的朱莉莎时，眼中闪过一抹嘲讽之色，有些幸灾乐祸地笑了一下，才慌忙走向朱莉莎。

随即，她状似很关心地问道：“莎莎，你这是怎么了啊？你怎么弄得这么狼狈啊？”

中年男人也慌忙走上前，看着朱莉莎问道：“莎莎，你怎么了？发生什么事了？”

朱莉莎是奥宏企业董事长的千金，一向高高在上的，从来没在人前这么丢脸过，也从来没人敢这样对她。

此刻的她既委屈又愤怒不已。

被惊吓到的她缓过来后，抬手抹了下自己的脸，便怒气冲冲地看向对她泼酒、泼菜的那两个女人。

看清她们的容貌后，朱莉莎神色一惊，有些不敢相信地怒吼道：“你们疯了吗？”

“你活该，这是你自找的。”那两个女人看着朱莉莎说完，便跑掉了。

朱莉莎见状，气得直想发狂。

尤其是看到周围的宾客都用看笑话的目光看着她，并对她指指点点的，她只觉得丢脸死了，委屈得想哭。

那两个女人一定是吃错药了，才敢这样对她。

穿得很性感的中年女人正是孟茜的妈妈——孟芬。

她从包里拿出纸巾，正准备去帮朱莉莎擦擦脸，朱莉莎气恼地一把推开了她。

“假惺惺的，我不要你管。”朱莉莎气急败坏地瞪着孟芬说完这话，便哭着吼道，“你们都给我走开。”

哭着吼完，她推开挡在她身前的两名宾客，哭着跑向了洗手间。

“莎莎……莎莎……”中年男人正是朱莉莎的爸爸、孟茜的养父——奥宏企业的董事长朱昌。

他看着朱莉莎的背影唤了两声，转过身去看向愣住的景轩，问道：“景轩，到底发生什么事了？”

“不好意思，伯父，我也不清楚。”景轩在说这话时，余光瞥见了苏暖。

见她站在宾客中一脸疑惑地看着自己，他眸色微变，连忙看着朱昌说道：“伯父，我失陪一下。”

说完，他便走向苏暖。

苏暖见他走过来，转身走向了美食区。

见状，他连忙追上去，一把拉住苏暖，看着她问道：“暖暖，你怎么了？”

问完，他见苏暖换了一件礼服，疑惑地问道：“你的礼服什么时候换的？”

苏暖见她失踪半天他竟然不知道，心里有些失望，也有些生气。

原本她还很愧疚的，但是这会儿那种愧疚感被怒气冲掉了。

她甩开景轩的手，眼带怒气地看着他，问道：“你跟朱莉莎是怎么认识的？你们是什么关系？”

景轩闻言，深深地看着她，回道：“她是奥宏企业董事长的女儿，我的公司跟她爸爸的公司经常合作，所以我跟她认识。我们只是非常普通的朋友。”

说完这番话，景轩反问道：“怎么了，暖暖，你干吗问我跟她是什么关系？你以为我跟她是什么关系？我跟她既然是朋友，跳舞是很正常的，你也可以跟你的男性朋友跳舞，我不会介意的。”

苏暖听到他的最后一句话，心里有些失落。

其实，她倒希望他介意，有一个男人愿意为你吃醋，说明他在意你。

如果他说不介意，说明他不是很在乎你。

苏暖低下头，没有说话。

景轩见她不说话，便又问道：“你什么时候换的礼服？这礼服是哪儿来的？”

他不问这个还好，一问这个，苏暖就更火大了。

她失踪那么长时间，他不知道不说，还有兴致搂着别的女人跳舞。

这几年，他一直忽视她，她不是没感觉到，只是她不想去计较，可是他总这样，真的让她有些受不了了。

她有时候觉得她在他心里是可有可无的。

没有哪个女人不希望被自己在乎的男人放在心上，可是，景轩偏偏……

她越来越觉得景轩不了解她，不知道她想要的是什么。

她要的是他把她放在心上，她要的是他的在乎。

她心里有些失落和气愤，所以没有回答景轩。

景轩见状，误以为她是在生他和朱莉莎一起跳舞的气，便说道：“好了，别生气了，我保证，以后再也不和别的女人跳舞了。”

苏暖抬眸看了他一眼，没有说话，因为她现在不想跟他说话。

此刻她有些想哭，这个男人到底有多么不在乎她，才会如此不了解她？

景轩见她不说话，便看着她，语带歉意地说道：“对不起，暖暖，我错了，你别生我的气了好吗？我发誓，再也不和别的女人跳舞了。我们去拿东西吃好不好？”

说完，他便拉着苏暖走到美食区。

就在景轩准备替苏暖拿吃的东西时，他们身后突然传来一阵骚动。

苏暖转过头看去，见宴会厅里的不少宾客以及媒体记者都朝着一个方向围过去。

像是有什么重要人物来了，媒体记者们一窝蜂地拥过去拍照采访。

第七章

我的未婚妻

苏暖即使站在美食区，也能听到记者们按下快门的“咔嚓咔嚓”声。

由于现场太热闹，所以，她听不太清楚记者问了些什么，只听清一句，有记者在问：“凌总，你没带女伴吗？”

后面她就只听到“凌总”“凌总”什么的。

她没有多想，正准备转过身去拿吃的，她身旁的景轩出声说道：“好像是凌氏集团的总裁来了。”

“凌氏集团的总裁？”苏暖闻言，一时没反应过来，于是抬眸看着景轩，问道，“是谁啊？”

景轩垂眸看着她回道：“凌言玺。”

听到“凌言玺”三个字，苏暖神色一惊，像是没听清地问道：“你说谁？”

景轩再次回道：“凌言玺。暖暖，他是我这辈子的奋斗目标。”

听到这话，苏暖瞪大双眸，有些不敢相信：“他是你的奋斗目标？为什么？”

凌言玺那个暴发户有什么好的，景轩为什么要把他当成奋斗目标？

景轩笑看着她说道：“他权势非常大，势力遍布整个欧洲。如果我有他三分之一的权势和财富，我就可以让你过上好日子，让你当上阔太太。”

话音一落，他拉起苏暖的双手，深深地看着她，说道：“暖暖，你知道吗？我这辈子都是在为你、为我们而奋斗。”

苏暖闻言，看着他说道：“景轩，我并不想当什么阔太太，其实我们现在也挺好的，你别让自己太累了。”

“我想把最好的都给你，我现在苦一点、累一点，将来才能给你最好的。别的女人拥有的，我想让你也拥有，我不想让你过得比别人差，我不想你去羡慕别人，我想让你成为别人羡慕的对象。暖暖，你给我点时间，为了你，我一定会做到的。”

听完他这番话，苏暖心里没那么失落和生气了，还有些感动。

“景轩，谢谢你。”

“谢什么，你是我最爱的女人，我应该为了你而奋斗，也必须为了你而奋斗。”

在听景轩说这番话时，苏暖总觉得背后有一道冷飕飕的目光朝她射来。

她微微蹙眉，正准备转过身去，景轩的手机就响了。

手机铃声是景轩为朱莉莎特别设置的，苏暖这是第二次听到了，于是看着景轩问道：“又是刚刚你那个生意场上的朋友找你？”

景轩闻言，眸色微变，有些尴尬地看着她，点了下头，说道：“我……我先接一下电话。”

说完，他拿着手机又走到一边去。

苏暖见他每次接电话都要走开，蹙了下眉头。

景轩接完电话，朝苏暖走过来，看着她说道：“之前那个朋友找我，说有很重要的事，我上去一会儿，很快就下来。”

苏暖闻言，深深蹙起眉头，没有说话。

景轩见状，笑着说道：“我保证很快就下来。在这儿等我。”

说完，他便往城堡酒店的第二层走了。

苏暖看着他急急忙忙离开的背影，深深地叹了一口气。

景轩，在你心里，是不是任何人都比我重要？

在她眼神失落且悲伤地盯着景轩离开的方向时，有一群扛着摄像机的摄像师和拿着照相机的记者走了过来。

他们身后还跟着不少宾客。

他们像是在找什么，一见到女宾客，就让她们伸出右手。

苏暖看到后，虽然有些疑惑，但并没有多想什么。

她转过身，拿了一点点心吃，没有理会那些记者。

而她没吃几口，那群人就到达美食区了。

“打扰了，小姐，可以伸出您尊贵的右手吗？”他们一一问了在美食区的女宾客们。

如果遇到的是西方人，他们就用英文，如果是东方人，他们就用中文。

苏暖这会儿心思全放在食物上，没有理会周围发生的事。

直到一名记者的声音传进她的耳里：“小姐，打扰了，您可以伸出您尊贵的右手吗？”

听到记者礼貌的询问声，苏暖有些惊讶，下意识地转过身来。

见有几十名记者的照相机对准了她，她顿时惊得瞪大双眸，差点被噎住了。

记者问她时，她刚将一块点心塞进嘴里，还没吞咽下去，点心还有一半露在嘴外面，同时，她手里还端着一盘点心，小嘴被塞得跟包子一样。

这个形象实在是……够没形象。

见到一群记者的照相机对准了自己，苏暖羞死了。

她想将嘴里的点心吞下去，这才发现之前塞得有点多，一下子吞不下去。

而此时，那么多记者和宾客看着她，她也不好意思大嚼大咽，所以差点被噎住。

刚刚问话的那名记者再次问道：“小姐，可以伸出您尊贵的右手吗？”

苏暖左手端着餐盘，看了眼身旁的记者，下意识地伸出了右手。

然而，她纤细白嫩的右手一伸出来，离她不远的那名记者看到她手上戴的戒指时，神色一喜，大声说道：“找到了，就是她。”

听到这话，苏暖有些蒙，什么找到了？什么意思？

而其他记者听到那名记者的话都拥了过来，几乎每个人手里都拿着手机，而他们的手机上有同样一张图片。

图片上是一对价值不菲的情侣戒指。

他们拥过来后，看了看苏暖右手中指上的那枚戒指，又看了看他们手机图片上的戒指。

确定苏暖手上的戒指就是他们要找的后，他们对着苏暖便一阵猛拍。

其他记者与宾客也都被吸引过来。

苏暖是第一次被这么多人围着拍照，那闪光灯闪得她都快睁不开眼了。

她下意识地用手去挡。

记者们的问题一个接一个地砸向她。

“小姐，请问您就是凌总今天的神秘舞伴吗？”

“您和凌总是怎么认识的？”

“你们为什么戴着同款情侣戒指？”

“小姐，请问您能透露一下您的姓氏吗？”

“请问您和凌总是什么关系？”

记者们争先恐后地砸过来一堆问题，苏暖都被问蒙了，完全不知道发生了什么事。

这时，一道她有些耳熟的低沉声音突然响了起来。

“我的未婚妻胆小，你们一个接一个地追问她，会吓到她。”

未婚妻？谁啊？哪个？

听到这话，苏暖下意识地抬头看向发声处。

这时，挡在她身前的记者主动让开，一个身姿挺拔，一身纯手工高级定制西服的尊贵男人面带温润的笑走了进来。

他五官俊美异常，犹如艺术家的完美杰作，浓密的剑眉间藏着傲视天地的霸气，如苍鹰般锋利的棕色眼眸眼角微微上挑，妖冶邪魅，勾人心魄，让人不小心看一眼就容易深陷进去。

他嘴角噙着的那抹魅惑人心的淡笑，温润却又深不可测。

看着那张熟悉、俊美妖冶的面容，苏暖瞪大了双眸，有些震惊。

凌……凌言玺？他怎么过来了？

等等，他说谁是他的未婚妻？

她什么时候成他的未婚妻了？

他有毛病吧？

而记者们听到凌言玺说苏暖是他的未婚妻，也都震惊到了。

凌言玺一向很低调，想要挖到他的新闻几乎是不可能的。

而他的感情生活对外界来说一直是个谜。

外界只知道他有未婚妻，却不知道他的未婚妻是谁，所以，听到他的话，他们震惊过后，抓住机会对着他和苏暖一阵猛拍。

“凌总，您能透露一下您的未婚妻叫什么名字吗？”

“您能透露一下你们认识多久了吗？”

在记者们猛拍和提问时，凌言玺径直走向了苏暖。

走到苏暖身旁站定后，他很自然地与苏暖戴着戒指的那只手紧紧相扣。

苏暖见状，神色一惊，瞪大了眼，正准备挣脱开，凌言玺突地抬起另一只手，修长的手指轻轻擦拭着她嘴角的点心残渣，嗓音无比温柔、无比宠溺地道：“怎么吃得满嘴都是？”

他这一举动震惊了在场所有人。

“天哪！”有女宾客发出了惊叫声。

几乎所有女宾客都眼冒桃心，无比羡慕地看着这一幕。

“好温柔，好浪漫！”

记者们看到这一幕眼睛一亮，像发现新大陆一样，对着苏暖和凌言玺又是一阵猛拍。

之前那些记者之所以会让宴会厅里的女宾客伸出右手，是因为凌言玺一到宴会厅，记者们就围了上去，问他今天的女伴是谁。

凌言玺则告诉他们，他和他今天的神秘女伴戴着同款情侣戒指，如果他们能找到，他结婚的时候就邀请他们到场。

对于记者来说，能参加凌言玺的婚礼，那是一种至高无上的殊荣，并且还可以拍到重磅新闻。

所以，他们才找到了苏暖。

在苏暖的印象中，凌言玺是讨厌她、看不起她的，很不屑碰她，所以，在她看到以往高高在上、不可一世的凌言玺竟然当着这么多人的面这么照顾她，她被彻底震惊到了。

她差点以为眼前的不是凌言玺。

此时的凌言玺让她觉得很像那个戴着面具的男人。

但是，他身上的香水味跟那个男人身上的味道是不一样的，所以，她又否定了自己的想法。

她蒙了一会儿，回过神来，正要推开凌言玺，凌言玺突地将她拥进怀里，低下头准确无误地找到她的唇，将其封住。

现场的气氛变得沸腾起来，众人都震惊不已地看着这一幕。

挽着朱昌胳膊的孟芬看到这一幕，也震惊地瞪大了双眼，有些不敢相信。

凌言玺怎么有未婚妻了？什么时候有的，她怎么不知道？

凌言玺有未婚妻了，那她女儿怎么办？

被突然封住双唇的苏暖也是一脸震惊。

她想推开凌言玺，却根本推不开。

而有那么多人看着，她又不能挣扎得太厉害。

凌言玺的长舌强势地钻进她的嘴里，含着她的香舌纠缠。

她挣不开，也逃不掉，脸像充血一样红，气恼地瞪着凌言玺，正要习惯性地咬他，他突地退离了她。

记者们见他们停下来了，连忙抓住机会问道：“凌总，您能透露一下您的未婚妻叫什么吗？”

凌言玺单手揽着苏暖，看向问话的记者，回道：“你们可以直接称她凌太太。”

苏暖听到这话，惊得瞪大了双眸，用一种看怪物的眼神看着凌言玺，并用眼神问道：你是疯了，还是吃错药了？

凌言玺像是读懂了她的眼神，宠溺地淡笑，低下头在她耳旁低声说道："我没疯，也没吃错药，从今天开始，你就是我的凌太太。"

记者夸奖道："凌太太，您和凌总一个美、一个俊，就像你们手上的戒指一样，太般配了，简直就是天生一对。"

听到记者的话，苏暖下意识地看向她和凌言玺紧扣在一起的手，这才发现，她和凌言玺戴的是同款情侣戒指。

凌言玺戴的戒指上镶嵌的桃心是空心的。

而她的戒指上镶嵌的钻石桃心是实心的。

因为是情侣戒指，所以，如果将两枚戒指取下来重叠在一起，凌言玺的那枚男式钻戒上的空心桃心可以完全套住苏暖那枚女式钻戒上的实心桃心，一点空隙都不会有，非常吻合。

凌言玺的是空心，苏暖的是实心，寓意他套住她的心一辈子。

苏暖看着两人手上的戒指，震惊地瞪大了双眸。

如果男主角换成景轩，如果戒指是景轩送的，她会很感动。

因为在她眼里，她觉得这两枚戒指的意义太特别了——寓意着送戒指的人要牢牢套住她的心。

这是她所渴望的爱情。

她抬眸，愣怔地看了凌言玺一会儿后，才想到她手上的戒指是那个戴面具的男人送的。

既然这戒指有一对，那另外一枚戒指应该在那个男人手上才对，为什么会在凌言玺手上？

在她疑惑时，凌言玺低沉的声音突然响起："对，我跟我的凌太太非常般配、非常合适，尤其是那方面，我们就像这对情侣戒指一样，非常契合。"

他这话是对记者说的，而他的最后一句话暗示着什么，让记者们听得想入非非，女记者们都有些不好意思了。

苏暖听到他的话，想到什么，也震惊了，压低声音问道："你在胡说什么？”

凌言玺垂眸凝视着她，笑了一下，便拉着她走向宴会大厅中央的舞池。

当他搂着苏暖的纤腰，将她拉进怀里时，大宴会厅里又响起悠扬动人的舞曲。

苏暖见状，看了看四周，抬眸瞪着他问道：“你到底在搞什么鬼？”

此时，她和凌言玺成了全场的焦点，四周都是记者和宾客，所以她不好挣扎。

“搞鬼？”凌言玺俊眉轻挑，垂眸凝视着她，说道，“我明明搞的是你。”

“你……”苏暖有些气愤地瞪着他，“你到底想做什么？”

凌言玺扬唇一笑，低下头在她耳旁说道：“做你的男人。”

听到这话，苏暖惊得瞪大了双眸：“你……你一定是吃错药了。你快放开……”

凌言玺紧紧搂着她，垂眸凝视着她，说道：“从现在开始，我不会再放开你。”

听到这话，苏暖越发惊讶了：“你是不是脑抽了？凌总，您老看清楚，我是苏暖，是您最讨厌的苏暖。”

“我讨厌你？我什么时候说过我讨厌你了？”说完这话，他附到她的耳边说道，“我从来就没讨厌过你，以前不会，现在不会，以后更不会。”

苏暖看着他怔了一下，才问道：“那你干吗总是欺负我、折磨我？”

问完，苏暖抬头看了看四周，又看了看城堡酒店的第二层。

收回目光后，她才看着凌言玺低声说道：“凌总，您老快放开我，一会儿被我未婚夫看见了，我就跳进黄河都洗不清了。”

凌言玺紧盯着她的眼眸说道：“已经洗不清了，现在全世界都知道你是我的未婚妻了，也知道我们在那方面非常和谐。”

听到这话，苏暖变了神色，又羞又恼地瞪着他：“我跟你无冤无仇，你为什么要这样整我？”

话音一落，她想到戒指的事，便问道：“你手上的戒指是怎么来的？不要告诉我这只是个巧合。”

她不相信会有这样的巧合。

凌言玺跟那个戴面具的男人到底是什么关系？

为什么戒指会在他手上？

她抬眸仔细地看着凌言玺，发现他越看越像那个男人。

不同的是，他们的声音有些不同，还有他们身上的味道不同。

凌言玺看着满脸疑惑的苏暖，说道：“先陪我跳舞，跳完舞，我再慢慢告诉你。”

说完，他便带着苏暖转到了舞池中间。

男俊女美，他们又吸引了全场的目光。

有不少女宾客此刻都用羡慕嫉妒恨的目光看着苏暖。

也有认出苏暖的。

“怪不得她一身价值不菲的名牌，原来她的未婚夫是凌总，太羡慕她了。”

苏暖这会儿根本没有心情跳舞，看着凌言玺，说道：“我不会跳舞，你放开我。”

他刚刚当着媒体的面说她是他的未婚妻，她都不知道一会儿要怎么跟景轩解释。

想到景轩，她又四下看了看，却没有看到景轩的身影。

凌言玺见她四下张望，盯着她说道：“在我面前，不许想别的男人。”

他手臂一收，苏暖的身子就与他的身体紧紧地贴合在一起。

随即，他在苏暖耳旁说道：“想我放开你，就乖乖陪我跳完这支舞。”

苏暖闻言，抬眸瞪了他一眼，才心不甘情不愿地陪他跳。

凌言玺带她跳的是之前在顶层总统套房里教她跳的舞。

苏暖对舞步还有些印象，所以凌言玺带她跳时，她有些惊讶。

她抬眸怔怔地看着凌言玺，脑海中浮现出那个戴面具的男人的样子。

此时，凌言玺给她的感觉很像那个男人。

“你……你有没有双胞胎兄弟？”她很不相信凌言玺会是那个戴面具的男人，所以才这样问。

在她的印象中，凌言玺是不会对她这么好的，也不会对她这么温柔。

虽然此刻凌言玺对她也挺温柔的，不过，她就是不愿相信。

凌言玺知道她在怀疑什么，于是凝视着她说道：“跳完舞再说。”

苏暖闻言，很不悦地瞪着他。

她因为不太愿意跳，也没用心去跳，所以踩了凌言玺的脚好多次。

跳到后面，她自己都有些不好意思了，也就开始用心了。

一曲结束后，大宴会厅里安静下来。

站在舞池里的宾客们都在等下一支舞曲响起。

宴会大厅里安静几秒后，突地响起令人脸红心跳的声音。

所有人都震惊了，都在问怎么回事。

而苏暖听到女人的声音的刹那，也很惊讶，而当她听到后面的话时，犹如被雷劈中一样，瞪大双眸，怔怔地站在原地，脑子一下子蒙了，瞬间失去思考能力。

女人的娇喘声还在耳边响着，苏暖眼底溢满了震惊之色。

她身体里就像是被注入冰块一样，从头冷到脚。

凌言玺看着神色大变、脸色惨白、身体发寒发颤的苏暖，心疼极了。

宾客们纷纷议论起来，挽着朱昌胳膊的孟芬此刻也是一脸震惊和不敢相信。

她惊呼道：“天哪，老公，这……这声音……怎么听着那么像莎莎的啊？她……她跟景轩在干吗？怎么闹出这么大动静？”

孟芬说完，看了看四下议论的宾客，说道：“真是丢死人了，莎莎跟那个景轩在搞什么啊？”

朱昌也被惊到了，他这会儿只觉得老脸都要被丢光了。

他看了看那些正议论的宾客，擦了擦脸上的汗，还好，还好，只是听到了她女儿的声音，没看见人，要不然，他朱昌在这些上层人士面前脸都丢尽了。

“声音是从哪里传出来的？”孟芬问这话时，抬起头四下看了看。

而其他宾客觉得好奇，也在四下张望。

“景轩……你爱我……还是爱那个……贱人……”

女人的声音又响起来。

朱昌听到这话，只觉得丢人丢得想遁地。

他身旁的孟芬一脸不屑、嘲讽，幸灾乐祸地笑了笑，拿出手机偷偷打开了录音功能。

现场的宾客们也都和孟芬一样嘲讽起来，有的人也拿出手机开始录音，有的人还在寻找那女主角。

“她……好歹是我的未婚妻……你别这样……说她。”

“你爱我吗？你说你爱我。”

“我……我爱你……我爱你……”

男人的声音，苏暖再熟悉不过，听到他喘息着对别的女人说出“我爱你”，她顿时泪如雨下，身子承受不住地趔趄了一下，要不是凌言玺及时扶住她，她差一点就倒在地上了。

此刻，她的身体就像是被抽空一样，没有力气，站不稳了。

她的心也痛如刀绞。

凌言玺心疼地凝视着满眼泪水的苏暖，说道：“跟我走。”

话音一落，他便拉着像是没有了灵魂的苏暖进入宴会大厅的小门内，乘坐电梯上了城堡酒店的三楼。

从电梯里出来后，他拉着苏暖站在了一道房门前，那是特意为来参加酒会的宾客们准备的休息间。

凌言玺放开苏暖的手，垂眸凝视着她，说道：“进去吧，把你想说、想问的都说完。”

满眼泪水的苏暖抬眸看了眼凌言玺，站在门前抽泣了一会儿，才鼓起勇气，慢慢地抬起手抓住门把手。

她颤抖着小手，紧握住门把手，顿了一会儿，才鼓起勇气拧动门把手，推开门进去。

她进去后，映入眼帘的就是散落在地上的男人和女人的衣物。

房间里唯一的大床上，此时躺着两个人。

虽然刚刚在宴会厅里苏暖就确定了说话的男人是景轩，此刻进来休息间，看到床上的这一幕，她还是难以置信地瞪大了双眸。

泪水像开闸的洪水一样涌了出来，弄湿了她的整张小脸。

泪水顺着脸颊不断滑落，她差一点就支撑不住要跌到地上了。

她的突然闯入，惊动了床上的两人。

景轩回过头来，看到满眼悲伤、失望、难以置信，满脸泪水的苏暖时，吓得神色大变，慌忙从床上翻身下来。

因为太过惊慌，他差点翻滚到地上。

而朱莉莎看到苏暖进来，也很震惊，不过，她一点都不惊慌，拉过被子盖住了自己。

景轩满眼害怕地看向苏暖："暖暖……你……你怎么来了？你……你听我说……"

苏暖这会儿心痛得都快要窒息了。

她从来没像此刻这般失望、绝望过。

她的心，在滴血。

这是她一心一意爱着的男人啊，这是她愿意付出一切的男人啊，这是她这辈子最信任的男人啊。

他是她活下来的全部动力，他怎么可以如此无情地背叛、伤害她。

连他都不能相信了，这个世上她还能相信谁？

连他对她都不是真心的，这个世上还有谁对她是真心的？

她最亲、最信任、最爱的人都背叛她了，这个世上只剩下她一个人了。

她再也承受不起这种被背叛的痛楚。

"为什么？为什么要这样对我？"她伤心不已，将多日的委屈歇斯底里地哭喊了出来。

"为什么……连你……都要背叛我……"她失声痛哭，以至于声音都变得沙哑。

在外面的凌言玺听到她绝望的哭声，也心痛极了。

他双手紧握成拳，愤怒得红了双眸，很想冲进去搂着她，安慰她，但他知道还没到时候。

景轩看着此刻完全崩溃的苏暖，也心痛极了，自责极了。

他湿了双眸，满怀愧疚地说道：“对不起，暖暖，对不起，对不起……”

他不停地道着歉。

苏暖泪眼模糊地看向他：“这就是你爱我的方式吗？嘴里说着爱我，背着我却……你就是这样爱我的吗？你就是这样爱我的吗？”

景轩满眼愧疚地看着苏暖：“暖暖，对不起，对不起……”

朱莉莎见他一直向苏暖道歉，快要气死了，看了眼哭成泪人的苏暖，再看向景轩，说道：“好了，景轩，既然她都撞见我们了，你就把我们的关系告诉她吧。”

景轩闻言，眼底闪过一抹惊慌之色，有些不悦地看着朱莉莎，说道：“你别再刺激她了。”

“我就是要刺激。”

说完，朱莉莎愤怒地看向苏暖，说道：“苏暖，既然被你撞见了，那我就不瞒你了，我跟景轩在一起已经两三年了，我们很恩爱。他之所以一直没有甩了你，一是因为他把你当妹妹看待，觉得你无父无母很可怜，他怕甩了你，你会想不开。第二嘛，就是你还有点利用价值，虽然你每个月寄给景轩的那点钱还不够景轩给我买个包、买套化妆品，但是，有总比没有好……”

听到这里，苏暖越发心痛。

刚刚的她已经到了心死、绝望的边缘，此刻听完朱莉莎的话，苏暖心底生出一股滔天的怒火。

她不敢相信景轩竟然把她辛辛苦苦赚来的钱拿去给别的女人买包、买化妆品。

她心痛、失望的同时，感到无比愤怒。

她盈满泪水的双眸看向景轩，语带怒气和失望地问道：“你把我……寄给你的钱……全部花在了她身上？”问这话时，她指向了朱莉莎。

此刻，她的心在滴血，那种痛，是无法言喻的。

他怎么可以如此对她？

他怎么可以如此糟蹋她辛辛苦苦赚来的钱？

他怎么可以如此辜负她的一片真心？

这个男人还有心吗？

他还有心吗？

景轩看着苏暖，沉思了片刻，语带愧疚地回道：“对不起，暖暖，对不起，对不起……对不起……”

苏暖看着只会说对不起的男人，失望透顶。

“呵呵……我真可笑……”她失望、绝望地哭着。

心好痛，好痛……如果她可以马上死掉，那该多好，那该多好……

朱莉莎见苏暖伤心难过得像是快要死掉，心情大好地继续说道：“苏暖，你知道景轩为什么会选择我吗？因为我比你漂亮，比你有钱，比你有权，比你学历高。还有，我和景轩在某个方面契合度非常高……”

说到这，她得意地笑了一下，才看着苏暖，问道：“你知道景轩为什么离不开我吗？因为我懂得如何留住他的心。”

听到这，苏暖只觉得恶心透了，差一点就吐出来了。

而朱莉莎得意扬扬地继续说道：“总之，我样样比你好，样样比你强。你什么都没有，凭什么跟我抢景轩？你凭什么让景轩对你从一而终？景轩骗了你这么久才甩你，已经是仁至义尽了。你要是还要点脸，就别再纠缠景轩了。没有你，他会发展得更好，活得更好，你对他来说，就是一个累赘，一个他很想甩却甩不掉的累赘。”

听朱莉莎对苏暖说这番话时，景轩握紧双手，但是一句话都没说。

而门外的凌言玺双眸通红，眼神阴鸷得吓人。他已是气愤不已，恨不得进去将朱莉莎碎尸万段。

苏暖听完朱莉莎说的那番话，反而清醒了许多。

现在她知道了，也看清了，景轩就是一个彻头彻尾的骗子、人渣。

他利用她，一次又一次地欺骗她、背叛她，已经不是她所认识的那个景轩了。

他变了，变得她不认识了，变得恶心透了。

他说过什么话，她现在都不记得了，她心里的那个景轩死了。

她痛哭着，站直了身子。

景轩见状，慌忙弯腰拾起地上自己的裤子穿上，急忙走向苏暖。

他走近苏暖，满脸愧疚地看着她，说道："暖暖，原谅……"

啪——啪——

他话没说完，脸上就结结实实地挨了两巴掌。

景轩被扇得脸偏向了一边。

他心痛不已地转回头看着苏暖："暖暖……"

苏暖含泪的眸子里带着决绝的神色："我不会原谅你，这辈子都不会。"

朱莉莎见苏暖竟然打了景轩两巴掌，怒喊道："贱人，你凭什么打景轩？你以为你是什么东西……"

"敢骂我的女人，你又是什么东西？"阴沉的声音突然传了进来，紧接着，凌言玺走了进来。

他身后跟着没戴面具的康德和两名保镖。

朱莉莎听到声音，一抬头就对上了凌言玺那双阴鸷得骇人的眸子。

他的眼里似覆了一层冰，散发着寒气，让人害怕、心颤。

朱莉莎神色微变："你……凌……凌言玺，你……进来做什么？"

景轩看到凌言玺，也很震惊。

凌言玺没有理会朱莉莎，径直走向苏暖。

见她脸色惨白，满脸泪水，非常柔弱，仿佛风一吹就会倒下，他心疼极了。

他抬手替她擦了擦脸上的泪水，盯着她，心疼不已地说道："再等我一会儿。"

话音一落，他便转过身，眼神冰冷嗜血地看向景轩，一拳揍到了他的脸上。

"这一拳是替暖暖打的。"

被击中的景轩闷哼一声，倒在了地上，被揍的那半边脸立马肿了。

朱莉莎见状，连忙喊道："凌言玺，你住手……"

凌言玺盯着地上的景轩，目光一寒，上前又是一拳揍向他："这一拳也是替暖暖打的。”

再次中拳的景轩闷哼一声，倒在地上，鼻腔里溢出了血。

在凌言玺面前，他一点还击之力都没有。

“这是你欠暖暖的第三拳。”凌言玺眼神肃杀地盯着景轩，正要揍向他，苏暖的声音突然在凌言玺身后响起。

“不要弄脏了你的手。”

听到苏暖的话，凌言玺停了下来。

“暖暖……”景轩侧过头去看向苏暖，眼中盈满了泪水，无比愧疚地道，“对不起……对不起……”

苏暖目光有些空洞地看着他：“不用再说对不起了，你没错，错的是我，是我……你解放了，你的生命里再也不会有苏暖这个女人出现了……”

说完这番话，苏暖慢慢转身，像一个破碎的娃娃一样慢慢地往外走去。

“暖暖……暖暖……”景轩见状，哭喊着，心痛到了极点。

凌言玺见苏暖行尸走肉般往外走了，心头一紧，连忙起身快步追了出去。

苏暖出去后，没走几步，手里的包就掉到了地上，同时，她眼前一黑，往地上倒去。

“暖暖……”凌言玺见状，神色一变，连忙快步上前接住了她。

他垂眸看着怀里脸色苍白得毫无血色的苏暖，心疼极了，也愧疚极了。

“对不起……对不起……是我的自私害了你。”

此刻，凌言玺的双眸里也盈满了心疼自责的泪水。

他紧紧抱着苏暖，棕色眼眸中滑落的泪水一滴接一滴地滴在苏暖苍白的小脸上。

今天的一切都是他一手策划的，只为了让苏暖看清景轩的真面目，让她知道她爱的男人一直在背叛她。

因为他太想要她离开景轩，所以忽略了她对景轩的感情，忽略了景轩对她的重要性，忽略了景轩的背叛对她的打击伤害会有多大。

此刻，他后悔了，后悔对她这么残忍，后悔将她推入绝望、痛苦的深渊。

他害怕她从此一蹶不振，害怕她再也不像以前那么快乐了。

他将她横抱起来，疾步走进电梯。

随后出来的康德捡起地上苏暖的包包，和那两名保镖一起跟了进去。

他们进电梯没多久，城堡酒店第一层的宾客就一窝蜂似的拥上来了，跟着上来的还有记者。

那些记者走在最前面带路，像是知道景轩和朱莉莎在哪间房，直接冲了进去。

“啊——你们做什么？滚出去……”

朱莉莎见一群记者拥了进来，吓坏了，慌忙大喊起来。

而刚爬起来的景轩也被吓到了，连忙伸手挡住自己的脸，不让记者拍到。

记者们进去后，拼命地猛拍。

朱莉莎见状，一边用手挡住自己，一边怒吼道：“不许拍！不许拍！你们都给我滚出去！滚出去……”

记者们一边拍照，一边提问：“朱小姐，这位叫景轩的先生已经有未婚妻了，您为什么还要和他在一起？您的父母对此知情吗？”

听到这话，朱莉莎气恼地吼道：“我跟景轩是真心相爱的。都出去！”

“景先生，您背着您的未婚妻和朱小姐在一起，是看上了朱小姐的人，还是朱小姐的钱？”

为了保护苏暖，凌言玺在苏暖进入景轩和朱莉莎所在的这间休息室后，就给在控制室里的康德打了个电话，让他那边将城堡酒店第一层的音响等各种扩音设备关掉。

因此，苏暖进去后，景轩和朱莉莎说的那些话，宴会大厅里的那些人都没有听到。

也因此，记者会那样问。

不过，那些记者会带头冲上来，自然也与凌言玺的安排有关。

有人通知了记者。

景轩和朱莉莎所在的这间休息室是有监控、录音器等设备的。

从景轩和朱莉莎进入这间房开始，他们就被远程监控了。

这间房是特别为他们准备的。

随后跟来的宾客们一部分拥进了休息室，另一部分则站在外面对着朱莉莎和景轩指指点点，言语间都带着嘲讽。

而朱昌和孟芬也跟着上来了，两人站在房间外面的人群后面。

朱昌一直用手挡着自己的老脸，他已经没脸见人了。

孟芬伸长脖子往前看了看，看着朱昌说道："景轩和莎莎在里面，我们去看看。"

朱昌神情愤怒地说道："还看什么，还嫌不够丢脸吗，回去。"

朱昌气急败坏地说完，便又用手挡住自己的老脸，往一楼走去。

孟芬一脸坏笑，幸灾乐祸地看了眼休息室，也转身往楼下走去。

在往下走时，她还拿出手机打了电话。

电话接通后，她就对着电话那头的孟茜说道："茜茜啊，妈妈跟你说件事，你听完后，保证会乐坏。"

孟茜还在凌家，因为之前差点流产，她这几天都躺在床上静养，每天过着衣来伸手、饭来张口的大少奶奶的日子。

不过，这几天凌言玺都没回去，所以她在凌家快待不住了。

要不是医生说她必须躺在床上静养安胎，她早就离开凌家去找凌言玺了。

她这几天没有凌言玺的消息，也快烦透了，这会儿躺在床上听完妈妈说的话，兴致缺缺地说道："我现在只对言玺有兴趣，对其他事情一点兴趣都没有。"

"言玺？妈今天见到他了。"

孟茜闻言，连忙问道："他在哪里？他都好几天没回凌家了。妈，你不知道，这几天见不到他，我快想死他了。"

“他……”孟芬想到凌言玺今天在记者面前公开承认别的女人是他未婚妻的事，深思了一下，才说道，“他的事，妈一会儿跟你说。妈先跟你说朱莉莎那个贱人的事。”

孟茜兴趣不大地问道：“她怎么了？”

孟芬笑着说道：“她今天出了大丑……”

说完，孟芬便大概给孟茜讲述了一下朱莉莎是怎么出丑的。

孟茜听完后，有些惊讶，也有些幸灾乐祸：“被记者抓个正着，她真是活该。”

孟芬附和道：“就是，活该。自从我们进了朱家，她就处处针对我们，看不起我们，还给我们脸色看，现在总算遭报应了。”

孟茜也幸灾乐祸地笑着说道：“这个报应遭得好，出了那种事情，我看她以后还有什么脸、什么资本说我们出身卑贱。我看她还怎么嚣张，还怎么拿姐姐的身份来压我、欺负我。”

孟茜说到这，想到朱莉莎经常拿姐姐的身份欺压她、羞辱她，甚至打骂她的那些事，就恨透了朱莉莎。

她已经忍朱莉莎很久了。

孟芬听完她的话后，问道：“现在心情是不是好多了？”

孟茜还是不满意地说道：“只是被记者抓到她和有未婚妻的男人有染还不够，我要让她身败名裂！”

说完这话，孟茜又问道：“爹地现在对她是不是很失望？”

孟芬笑着回道：“简直失望透了。”

“呵呵……那就太好了。”

“茜茜，趁你养父现在对那个贱人失望透了，你好好表现，争取让你养父把你当亲生女儿看待，要是能让他分你一点财产，那就再好不过了。”

孟茜笑着说道：“妈，你放心，我会好好把握机会的。”

孟芬听她这样说，就放心了。

“对了，妈，你刚刚说你今天看见言玺了，他在哪里？”

“他……”孟芬沉思了一下，说道，“他今天也出席酒会了，还带了女伴。”

“女伴？”孟茜闻言，连忙问道，“他的女伴是谁？”

“妈也不知道是谁，他今天还当着记者的面，宣布那个女人是他的未婚妻。”

听到这话，孟茜很是惊讶：“什么？未婚妻？那个女人是言玺的未婚妻？”

“凌大少是这样宣布的，也不知道是真还是假，他们还戴着情侣戒指。”

孟茜闻言，快要气死了，说道：“我不相信那是言玺的未婚妻，这一定是假的。我相信言玺是在逢场作戏，他一定是故意气我，气我五年前离开了他。”

孟芬听她这样说，便问道：“你确定他只是在气你，只是在逢场作戏？”

孟茜很是肯定地回道：“我确定。他不会爱上别人的，如果他会爱上别人，早就爱上了。我离开他五年，他这五年身边一个女人都没有，我相信他心里还有我。只是我五年前伤害了他，他心里对我还有气，暂时不想见到我而已，我会努力让他回心转意的。”

孟芬说道：“你有信心，那妈就放心了。男人在外面逢场作戏，你睁一只眼闭一只眼就好了，要是言玺回去了，你要把握住机会好好跟他联络感情，可别跟他吵架。”

“我知道了，我会收敛一下性子的，我五年前能让言玺爱上我，五年后也一定能让他再次爱上我。”

城堡酒店第三层的休息室里，记者与宾客们这会儿已经离开了。

从来没有像今天这样丢人的朱莉莎正坐在床上哭。

那些记者和宾客都是被她赶出去的。

她这会儿头发凌乱，就像一个疯子一样，狼狈极了。

衣衫不整的景轩也像是受到了重大打击，坐在床上一言不发，看起来十分狼狈。

“暖暖……暖暖……”他双拳紧握，神情痛苦地呢喃着苏暖的名字。

正委屈愤怒的朱莉莎听到他的那两声“暖暖”，有些气恼地看向他：“景轩，你够了没有？苏暖她已经知道我们的关系了，她不可能再和你在一起了。没有了她，你还有我啊，你有必要因为失去她就这么难过吗？如果你选择的真的是她，刚刚我那样说她的时候，你就不会不吭声了。既然你选择了我，就把她忘了好不好？”

说到这，她爬到景轩身旁，看着他说道：“你现在该做的不是伤心难过，而是想办法解决今天的事情。我们的事被记者知道了，他们一定会乱报道出去，这对我和你都不利。你不是想出人头地吗？如果记者乱报道我们，你还怎么出人头地？”

景轩闻言，抬起头看了朱莉莎一眼，什么都没说，捡起地上自己的外套便径直往外走。

朱莉莎见状，连忙喊道：“景轩，你去哪里？你还要去找苏暖吗？她不会原谅你的，你们已经彻底结束了。”

景轩只是顿了一下，没有回答朱莉莎，径直离开了。

他还欠苏暖一个解释，他必须找到她，必须向她解释清楚，他是有苦衷的，他做的一切都是为了他们。

苏暖这会儿正在这城堡酒店顶层的总统套房里。

她因为伤心过度，出了休息室便晕倒在凌言玺怀里。

医生刚给她检查完，检查结果则是她因为情绪波动太大，有先兆流产的迹象，不过医生已经对她进行了保胎治疗。

躺在床上的苏暖还没醒过来，凌言玺坐在她身旁，满怀愧疚地看着她，心里快要后悔死了。

他应该一点一点地让她看清景轩的真面目，不应该让她一下子知道那么多。

他太急了，是他害了她。

好在母子平安，否则，他这辈子都不会原谅自己。

他紧握着她的小手，心疼且愧疚不已地看着她：“暖暖，对不起……”

一旁的康德见他眼眶红红的，很是愧疚自责的样子，叹了口气，说道：“凌总，您别这么自责，这也不能全怪您啊。苏小姐早晚会知道她未婚夫对她不忠的事，您早点让她知道，她才能早点看清她未婚夫的真面目，早点走出来。否则，她的未婚夫还会把她当成一个傻瓜，继续欺骗她，后面还不知道会发生什么事。您越晚让苏小姐知道，对苏小姐的伤害就越大。”

凌言玺紧握着苏暖冰凉的手，一双发红的眼睛紧盯着她的脸，只希望她能快点醒过来。

哪怕她醒过来跟他吵、跟他闹都可以，他只希望她能快点醒过来。

傻女人，你到底有多爱那个男人？

想到她为了那个男人如此伤心绝望，他的心就很痛。

她那么爱那个男人，他还能走进她的心吗？

他眼神沉痛复杂地凝望了她好一会儿，才开口问道：“暖暖被绑架的事，查清楚了吗？”

康德闻言，看了眼床上的苏暖，才颔首回道：“差不多了，可以确定的是，绑架苏小姐的是朱莉莎，至于那个景轩，目前还不确定他有没有参与，不过可以肯定的是，苏小姐被绑架是因为他。”

听康德说完，凌言玺神情冷淡，棕色的瞳仁中闪过一道寒气逼人的冷光：“果然是那两个找死的。”

他在震怒的同时，也心疼极了苏暖。

她爱上那样一个男人，如果他没有出现在她身边，她会被伤成什么样子？

她还能活到今天吗？

想到这些他眸中的心更疼了。

康德看了他一眼，继续说道：“苏小姐在被绑架的前一晚去过阿尔特酒庄。”

凌言玺闻言，棕色眼眸中闪过一丝讶异之色。

他抬眸看向康德，问道：“她什么时候去的？”

康德回道：“就在一个多月前，凌总您去阿尔特酒庄出席应酬那天。”

听到这，凌言玺有些震惊。

他没想到苏暖那天也去了阿尔特酒庄。

她一个女孩子，又不需要应酬，去那里做什么？

心里生出这个疑惑后，他便问道："有没有查出她去那里做什么？"

康德神情有些凝重地回道："还没有。酒庄里的监控坏了，所有数据都被删除了，连保存那些原始数据的硬盘都被彻底破坏，并且没有办法恢复，因此，没有办法调出苏小姐去酒庄那天的监控视频……"

说到这，康德顿了一下，望了眼床上的苏暖，才看向凌言玺继续说道："连……连那晚孟小姐是什么时候进入凌总您的房里的，也没有办法查到。"

听到孟茜的名字，凌言玺俊美邪魅的脸变得紧绷，眼神冷了下来。

康德看了一眼他的神情，才继续说道："不过，第二天一早，有两名服务员亲眼看见孟小姐从凌总您的房里出来，所以……所以，基本可以确定那晚和凌总您在一起的女人就是孟小姐。"

凌言玺听康德说完最后几个字，心沉了下去，同时，他的脸部线条变得凌厉冷硬，目光冰刃般犀利而又冷淡。

他周身笼罩着一层阴霾，抿紧的薄唇暗示着他的愤怒。

孟茜设计了他，他痛恨孟茜，但更痛恨自己。

如果他能管住自己，就不会被孟茜得逞了。

现在他觉得自己和景轩没什么两样。

他看向床上的苏暖。

虽然一个多月前，他和苏暖还没有瓜葛，但是，苏暖是他这辈子要定了的女人。

现在他一想到孟茜，就有点恼火。

他该如何赢得苏暖的原谅，如何让她接受他可能有过其他女人？

虽然不管孟茜肚子里的孩子是不是他的，他都不会接受、不会承认，但他知道，这件事一定会成为苏暖心里一根拔不掉的刺，她一定会因为这个不接受他。

此刻的他是痛苦的。

如果他的记忆能早点恢复，如果他能早点明白自己的心，或许就不会发生那样的事了。

他的记忆是在那晚之后完全恢复的。

或许是因为那晚房里点了熏香的关系，他过了几天才恢复所有记忆。

他眼神带着愧疚盯着苏暖看了许久，才开口问道："那天酒庄里没有人见过暖暖吗？"

康德回道："我特意问过酒庄里的服务员，他们之中有人见过苏小姐，但他并不知道苏小姐去酒庄做什么。"

凌言玺闻言，微微沉了脸色，忽而想到什么，问道："他们那天是不是也在酒庄？"

他指的是朱莉莎和景轩。

康德微微颔首："是的，凌总，他们是第二天离开酒庄的。苏小姐先离开，她是在离开酒庄后等车时被绑的。之后，苏小姐被囚禁在奥宏企业董事长朱昌名下的一栋私人别墅里。那栋别墅在郊外，苏小姐在那里被囚禁了一个多月才被放出来。"

听康德汇报完，凌言玺神情变得阴狠骇人，目光也变得狠厉起来。

他嘴角勾出嗜血的冷笑："很好，我会让他们都付出最惨痛的代价。"

康德看着他问道："凌总打算怎么对付他们？"

凌言玺紧盯着床上的苏暖，说道："这要看我的宝贝想怎么玩他们，她想让他们生不如死，我就让他们生不如死；她想让他们痛不欲生，我就让他们痛不欲生，一切由我的宝贝说了算。"

康德闻言，有些震惊，看了看床上的苏暖，再看向凌言玺，微微颔首，应道："是。"

能让他们高高在上、不可一世的大总裁、大少爷这样，这苏小姐也太厉害了。

他在心里给苏暖点了个赞。

第八章

不识庐山真面目

凌言玺不眠不休地在苏暖身旁守了一天一夜。

第二天早上，苏暖才醒过来。

虽然才过去一天，但是她醒来后有一种恍如隔世的感觉。

昏睡了一天一夜，她做了一个又长又可怕的噩梦。

梦里，她什么都没有了，她的信仰、她活下去的动力、她的快乐、她的自信、她的自尊、她的信任，还有那个在她心里像太阳一样温暖过她的男人也没了。

她只剩下了痛苦、悲伤、难过、绝望。

她醒来时，凌言玺正好起身到外面的客厅里接电话去了。

睁开双眸的苏暖看着处处透着欧式宫廷气息、无比豪华、犹如国王寝宫一般的卧室，除了觉得有些眼熟以外，完全无心去欣赏和研究她在哪里、为什么会在这里。

她看着头顶那无比奢华的纯金大吊灯，有一种这个世界很不真实、她还在梦中的感觉。

她双眼又酸又痛，盈满了泪水，无声地哭泣着，泪水顺着她的眼角滑落，滴落在枕头上。

凌言玺接完电话就立马进来了。

他走到床前，见苏暖醒了，又惊又喜，在她身旁坐了下来。

他眼含心疼地看着她，一边用修长的手指替她擦拭泪水，一边深情地安慰道：“别哭，你还有我，我会一直在你身边，永远不会离开你。”

苏暖闻言，抬起泪眼看向凌言玺，像是不相信他会对她说这样的话一样。她只是看着他，没有说话。

凌言玺的话让她想到了景轩。

景轩也曾说过：“你还有我，我会永远陪在你身边。”

可是，结果呢，结果他还是背叛了她，放弃了她，伤害了她。

她闭上双眸，任凭泪水滑落。

凌言玺见到她这副样子，十分心疼，同时，又有些气愤。

他突然伸手将她扶起来，两只白皙的大手紧扣住她纤瘦的双肩，含着心痛与怒气 的眼眸紧盯着她。

“苏暖，你给我睁开眼看着我，你看着我……”

说最后一句话时，他摇晃了一下苏暖。

苏暖像是没有听到他的话，没有理会他。

凌言玺见状，扣着她肩膀的双手加重了几分力度：“好，你不看着我是吗？你别后悔。”

话音一落，他改由双手捧住她的脸，低下头吻她。

呼吸一被夺去，苏暖就下意识地睁开了双眸。

凌言玺见状，并没有立即放开她。为了让苏暖的心活过来，为了激起她的愤怒，他重重地亲着苏暖的唇，用力而霸道，甚至带着几分粗鲁。

“嗯……”唇上和舌头上传来的疼痛感，令她蹙起了眉头。

她下意识地抬起双手抵在凌言玺的胸膛上，想要将他推开。

“痛……放开……嗯……痛……”

凌言玺没有放开她，闯进她嘴里的长舌似要穿破她的喉咙，吻得更加深入。

“嗯……放……”苏暖眉头紧皱，小手有些无力地捶打着凌言玺的胸膛。

“放开……我……”

由于凌言玺完全不给苏暖呼吸和换气的机会，所以，缺氧的苏暖出于本能，挣扎起来。

“放……嗯……放……嗯嗯……”

窒息感变得强烈，苏暖的挣扎也变得强烈起来。

“放开……我……放……开我……”

双眸中的泪水如断线的珠子一般滑落，她哭喊起来。

那咸湿的泪珠顺着苍白的脸蛋滑落到她和凌言玺的唇边。

尝到咸湿的味道，凌言玺的心像是被烫伤一样，痛了起来。

他眼含心疼地盯着满脸泪水的苏暖，慢慢退离她的唇瓣。

见她为了那个伤害她的男人如此痛苦，他的心，很痛很痛。

“你到底有多爱他？”他盯着她，“你这样不只是在折磨自己，也是在折磨我，你知不知道？他就那么重要吗？失去了他，你活不下去了是吗？为了他哭，为了他昏迷，为了他痛苦，为了他消沉，为了他放弃自己，苏暖，他为你付出了什么，值得你这样？”

听到他这番夹杂着痛苦和愤怒的话，苏暖的泪水掉得更加凶猛了。

她只是看着凌言玺，没有说话。

见凌言玺痛苦、心痛，她心里是不解、诧异、错愕的。

只是此时的她还处在悲痛中，所以忽略了这些。

凌言玺双手紧紧地捧着她苍白的小脸，湿润的眸子盯紧她的眼眸，以命令的口吻道：“为那种不珍惜你的男人，哭一次就够了。我不许你再为他哭、再为他伤心、再为他难过，我不许你绝望，不许你放弃自己。他不值得你这样，他不配……”

说到这，凌言玺很是心疼地替她擦了擦脸上的泪水，说道：“放下他，忘了他，振作起来。傻女人，你还有我，我会一直陪在你身边，守在你的左右。以后我就是你的天、你的地、你的依靠、你的避风港。下雨时，我是你的雨伞；天晴时，我是你的遮阳伞；遇到麻烦时，我是你的保护伞。总之，我愿意成为你的一切。你需要我是什么，我就是什么……”

听完凌言玺这番情真意切的话，苏暖虽然还没从悲痛中走出来，但她被他的话震惊到了。

她满眼泪水地看着他："你在……你在说什么？"

因为不知道凌言玺是那个戴面具的男人，而她一直觉得凌言玺是厌恶她的，所以听到凌言玺的这番话，她才会疑惑不解。

凌言玺深深地看着她："傻女人，你还能再傻一点吗？我在说什么，你真的听不懂吗？我说我要你，我爱你，这辈子都不会离开你。"

苏暖完全不信他的话，眼含泪水地看着他，摇了摇头："够了，凌言玺，你也想来耍我、欺骗我、玩弄我吗？不置我于死地，你就不甘心吗？"

凌言玺没想到苏暖竟然会这样误解他。

"玩弄？欺骗？在你心里，我就是这样一个人吗？到底要我怎么做，你才会相信我对你是真心的？到底要我怎么做，你才会相信我不是在玩弄你？"

苏暖满眼泪水地看着他，没有回答。

这会儿的她还沉浸在悲伤中，所以，她没有办法冷静下来思考其他，没有办法用心去体会凌言玺到底是真心，还是虚情假意。

凌言玺见她不出声，放开她，从一旁的床头柜里拿出他之前戴过的面具。

苏暖在看到面具的那一刹那，便惊到了。

凌言玺戴上面具后，湿润的双眸满含深情地紧盯着她震惊的小脸，问道："现在这样，你信我了吗？"

问这话时，他刻意变了一下声。

看着戴着面具的凌言玺，听到之前温暖过她、带给她安全感的熟悉声音，苏暖瞬间泪如雨下。

她有些不敢相信地看着凌言玺："你……怎么是你？救我的人……是你？"

或许是因为见到让她觉得有安全感的人，之前她只是落泪，但是此刻她哭出了声，情绪变得有些激动和难以控制。

凌言玺定定地看着她，一边替她擦拭泪水，一边回道："是我，一直是我。对不起，我之前对你太过分了，原谅我，原谅我……”

苏暖看着他摇了摇头，哭着说道：“凌言玺，凌总，你别再玩我了，我拜托你，你别再玩我了……”

凌言玺见她还是不信自己，目光悲伤地凝视着她，问道：“是不是只有我死在你面前，你才会信我？”

话音一落，他像变魔术似的从床头柜的抽屉里拿出一把枪来。

苏暖见状，瞪大了双眸，尤其是看到凌言玺将黑漆漆的枪管对准他的太阳穴时，她瞪大眼眸，震惊得都快说不出话来了。

“你……你……你疯了吗？”

凌言玺饱含深情地紧盯着她，他说道：“我说过，我已经病入膏肓。我这一生，有你就是天堂，如果没有你，我宁可下地狱。”

说完这话，他的食指便搭在了扳机上。

苏暖见状，神色一慌，连忙说道：“你……你别乱来……”

凌言玺目光悲痛地看着她：“如果我死了能换来你信我，我死而无憾。”

话音一落，他便闭上了双眸，修长的食指扣动扳机。

“不要……”苏暖见状，神色大变，慌忙扑向凌言玺。

啪——苏暖扑过去时，凌言玺已经扣动扳机，她听到了啪的一声响。

她全身一震，含泪的眼眸看向凌言玺。

见他拿开了枪，而他的太阳穴那里并没有中枪，她顿时神色一惊，有些蒙了。

她对上凌言玺那双含笑的温柔眼眸，愣了一会儿，才问道：“你……你怎么没中枪？这……这枪是假的？”

凌言玺笑盈盈地看着蒙了的苏暖，说道：“枪是真的，不过没有子弹。”

“什么？”闻言，苏暖再次抬眸对上他笑意盈盈的眸子，下一秒，她一怒，推开了他。

“你骗我……”

凌言玺垂眸凝视着苏暖，伸手将她拉进怀里，说道：“我不这样，怎么让你信我？”

苏暖瞪了他一眼，准备推开他。

凌言玺不给她机会，双臂一收，拥紧了她，深情地凝视着她，说道：“别再为他伤心，别再为他难过了，好吗？”

苏暖闻言，蹙起眉头没说话。

凌言玺见状，大掌扣住她瘦弱的双肩，变得犀利几分的目光紧盯着她说道：“我再说一次，你已经是我的了，你心里只能有我，只能想我，只能为我哭、为我笑。我会让全世界知道，你是我的凌太太，也会让全世界知道，我是你的苏先生。”

说最后一句话时，他投向苏暖的目光无比温柔。

而苏暖一开始听到他那霸道的话还有些不满，不过听到最后一句话，她的心莫名地被触动了。

她抬眸看着他：“苏先生？”

凌言玺扬唇一笑，目光温柔且宠溺地凝视着她，说道：“男女平等，你冠上了我的姓，我怎能不冠你的姓？从现在开始，我是你一个人的苏先生，这一辈子都是。”

说到最后，他的语气和眼神无比温柔宠溺，目光还无比炽热，看得苏暖有些害羞。她差一点就要沉迷，陷入进去。

男人认真起来，也太……太要人命了。

她低下头，不去看他那要溺死人的目光。

凌言玺见她垂下眼帘，笑着将她拥入怀里，低下头盯着她问道：“现在心情好些了吗？”

苏暖抬眸看了他一眼，蹙起眉头没有回答。

凌言玺则神色认真地看着她：“你现在要做的不是伤心难过，而是振作起来。你一定要比以前活得更好、更幸福、更精彩，这是报复不珍惜你的男人的最好方式，明白吗？”

凌言玺抬高她的下巴，迫使她抬起头来。

随即，他紧盯着她的眼眸，继续说道：“不要让亲者痛，仇者快。你越痛苦，想要看你不好过的那个女人就越满意。”

听他提到那个女人，苏暖这才想起朱莉莎，并想到了她说的那些话。

凌言玺见苏暖想起朱莉莎了，继续说道："你不讨厌那个女人吗？不想为自己出一口气吗？她一次又一次地设计陷害你，你就没想过要为自己讨回一个公道吗？他们拿走你的东西，你没有想过要拿回来吗？"

凌言玺的这番话让苏暖茅塞顿开。

对啊，她在做什么啊？

她竟然为了一个根本不值得自己这么伤心难过的人难过。

那个女人不就想看她难过吗？

而她竟然……

凌言玺说得对，她应该让自己活得更好、更幸福、更精彩。

她不能再让那个女人看扁她，更不能让景轩以为，她没了他就活不下去了。

凌言玺见她似乎想通了，扬唇一笑："想做什么就去做，想怎么对付他们，就怎么对付他们，想怎么为自己讨回公道就怎么讨，我会全力支持你。我的钱、权、手下，我的一切都是你的。谁欺负了你，你就连本带利地欺负回去，我的一切都由你支配，包括我。记住，我凌言玺的女人不需要忍，不需要害怕任何人，就算是天皇老子欺负了你，你也给我欺负回去，天塌下来，我顶着。"

听完他这番话，苏暖目光闪了闪，心里十分震撼。

天塌下来，我顶着……

女人需要的不就是一个能帮她顶着的男人吗？

她本就湿润的眼眸中又氤氲起一层水雾，那颗失落、迷茫、飘浮的心仿佛找到了一个依靠。

她怔怔地盯了凌言玺好一会儿，才问道："你……你是在开玩笑吗？"

凌言玺温声反问道："我看起来像是在开玩笑吗？我的话就这么不可信吗？"

苏暖闻言，微微低头，没有回答。

凌言玺突然间就变得这么好了，她还有些不适应。

他说的话，她确实有些不相信。

因为已经受过一次伤，她害怕再次被伤害、被欺骗、被玩弄。

她不想再做一个被男人玩弄于股掌之间的蠢女人了。

凌言玺像是看穿了她的想法，低下头，目光认真地盯着她，说道："我刚刚说的每一句话、每一个字都发自肺腑。你现在可以不信我，但你一定要给我机会向你证明，我能让你幸福。"

他顿了一下，才继续说道，"在你真心爱上我之前，我允许你利用我，允许你不把我放在心上。从现在开始，我就是你的摇钱树、出气筒、保护伞……"

说到这，他停下来，薄唇附到她的耳边，继续说道："还有，与你共眠的枕边人。"

苏暖闻言，看了他好一会儿，才伸手摘下他脸上的面具，并把双手伸到他俊美不凡的脸上。

她在他的脸上又搓又摸又抠的，像是在验证什么。

凌言玺被她弄得有些蒙，盯着她问道："你做什么？"

苏暖一边在他脸上搓着，一边说道："我检查下你是不是还戴了一层人皮面具。"

她怀疑她遇到了假的凌言玺。

真的凌言玺对她不可能会这么温柔，所以，眼前的凌言玺有百分之九十的可能是假的。

凌言玺扬唇一笑，说道："放心吧，我是真的，如假包换。"

闻言，苏暖看了他一眼，停了下来，并收回了双手。

凌言玺顺势握住她一双白嫩的柔荑，说道："你昨天一天都没吃东西，我让人送吃的进来。"

听他提到昨天的事，苏暖又想到了景轩。

红肿的双眸又一次被泪水模糊，她神情无比失落地问道："我是不是真的很傻？"

她把那个男人当成了依靠，当成了她活下去的动力，当成了她最亲、最信任的人，可是……他早已经背叛她了。

在昨天之前，她还傻傻地以为她是那个男人的唯一。

她现在觉得她真的好傻、好蠢。

凌言玺见她又陷入悲伤中，再次将她拥入怀里，回道："是，你很傻，傻得让人心疼……"

说到这，凌言玺捧住她被泪水打湿的小脸，说道："傻女人，记住，女人爱男人七分就够了，剩下的三分爱自己。"

苏暖闻言，眼含泪水地看着他，问道："也包括你？"

"对，也包括我。对我，你不用全心全意，你只要有七分爱我就够了。"

听完凌言玺的话，苏暖感动不已。

现在的她，非常脆弱，急需一个依靠。

凌言玺的话让她震撼，让她动容，也让她害怕。

她怕心动，怕沉沦，怕这又是一场欺骗。

她怕这是凌言玺设的圈套、陷阱，等她跳进去后，他再狠狠地伤害她。

她怕了，害怕再一次被欺骗、被伤害，那真的会让她生不如死。

凌言玺见她又伤心起来，拥紧她后，才说道："如果你害怕被伤害，就先别对我交出你的心，先把我当成你对付别人的工具。我不介意先被你利用，再被你爱上。"

苏暖闻言，抬起泪眼看着他，什么都没有说。

因为刚被狠狠伤害过的她没有办法在短时间内相信一个男人说的话。

虽然他说得很动听，可是，她还是没有办法百分百地相信。

凌言玺也知道，要让苏暖信任他需要时间，所以，他不强迫她。

他垂眸凝视着她，问道："你想知道你被绑架、被囚禁、被拍卖的幕后主使是谁吗？"

苏暖闻言，想到自己被绑架、囚禁、拍卖的事，眼中闪过一抹恨意。

她停止落泪，怔怔地看着凌言玺，问道："你知道？"

凌言玺轻点下颌，表示知道。

苏暖见状，情绪有些激动地问道："是谁？"

凌言玺目光微敛，回道："朱莉莎。"

他嘴里吐出这三个字时，他的神情和目光都变得冷冽了几分。

听到"朱莉莎"三个字，苏暖微惊，有片刻的诧异，但是，下一秒眼中就聚起了怒意和恨意。

同时，她的一双小手下意识地握紧。

听到是朱莉莎，她虽然有片刻的诧异，但并不意外。

她不用问就知道，朱莉莎为什么要那样对她——一定是因为景轩。

想到那个任由别的女人欺负她的男人，她的心还有些痛。

收起思绪后，她盯着凌言玺问道："那个男人知道吗？"

她指的是景轩。

凌言玺垂眸凝视着她，回道："这就要你自己去问了。"

闻言，苏暖有些诧异："你要我自己去问？"

凌言玺目光深邃，轻点头，说道："我相信他一定会对你说实话。"

听他这样说，苏暖深深蹙眉，看着他问道："你觉得我还会想见他吗？"

"不想见，也要见。"

闻言，苏暖越发诧异了："为什么？"

如果凌言玺之前所说的话都是真的，他真的爱上她了，那么，以他的性格，应该不希望她再去见景轩才对，他这样说，让她有些搞不懂他了。

凌言玺迎视着她疑惑的目光，说道："要放下，就要先面对。你太信任他了，如果你不亲耳听他说出你被绑架的真相，你是不会相信他会眼睁睁地看着你被折磨的。"

他顿了一下，才继续说道："你心里也一定还有很多话要对他说，有很多疑问想问他，我希望你一次性问清楚，我不想你以后一直耿耿于怀，对他念念不忘。"

他知道，如果不让苏暖去问清楚，那么以后她心里一定会想着景轩背叛她的事。

他不想以后她心里有那个男人。

所以，他允许她去见景轩，不是他大度，他是要她和景轩做一个了断，要她彻底看清景轩，彻底对景轩死心。

只有这样，他才能真正赢得她的心。

虽然已经对景轩失望透顶，但苏暖确实还有些话想问景轩。

只有问清楚了，她才能彻底死心和放下。

她抬眸看着凌言玺，问道："你什么时候变得这么了解我了？"

凌言玺目光深情地看着她，说道："从我明白我爱上你的时候，从我害怕失去你的时候，我就不敢不对你用心了。"

苏暖深深地看了他一会儿，说道："花言巧语，这些话你对不少女人说过吧？"

凌言玺语气认真地回道："你是第一个。"

"说得都炉火纯青了，我都不知道自己是第几千、几万个了。"

听到她这话，凌言玺嘴角勾起一抹笑看着她："你在吃醋？"

"你觉得可能吗？"说完这话，苏暖便从他的怀里退了出来，掀开被子，准备下床。

凌言玺见状，连忙按住她："别乱动，你现在需要卧床休息。"

苏暖闻言，抬眸看着他，问道："为什么？"

凌言玺看着她，俊眉微蹙。

从苏暖醒来后，他就一直避免提到孩子，因为他知道苏暖一定会因为孩子而伤心难过。

见苏暖问起来，他盯着她，深深地看了一会儿，才开口说道："你昨天伤心过度，对你肚子里的孩子造成了影响，所以，医生让你卧床休息。"

如凌言玺所担心的那样，他一提到孩子，苏暖便沉默了。

她一想到腹中的宝宝就很心痛，想到宝宝的爸爸就更心痛了。

凌言玺见状，心疼地将她揽入怀里，安慰道："别哭了，对你、对宝宝都不好。相信我，一切都会过去的，正如一切都会重新开始。"

苏暖抬起泪眼看着他："孩子不是你的，你真的不在乎？"

凌言玺垂眸凝视着她，说道："我当然在乎，但我更在乎你。你放心，你的孩子就是我的孩子。"

闻言，苏暖深深地看了他一会儿，神情认真地说道："凌总，你刚刚说的那些话，不管是真的还是假的，我都很感谢你，但是，我不能跟你在一起，你别把心思放在我身上了。"

凌言玺闻言，紧盯着她，问道："为什么不可能？"

"因为我跟你根本就不是一个世界的人，而且，我不想再开始另一段感情了，尤其是跟你。"

凌言玺棕色眼眸微眯："跟我怎么了？我不配吗？"

苏暖沉默了一会儿，才看着他说道："是我不配，我配不上你，我们不合适……"

说到这，她话锋一转："即使我们合适，我宁愿选猪、狗，也不会选择你。"

听到这话，凌言玺快被她气死了："你的意思是，我猪狗不如？"

苏暖看了眼他带着几分怒气的眼神，抿紧唇，没说话。

"苏暖，你给我听好了，你已经没选择了，我凌言玺看上的女人，天皇老子都不敢动。这个世上，除了我之外，没人敢要你。不管你爱不爱我、愿不愿意，你这一生一世都要跟我在一起。"

说完这话，凌言玺便起身打电话，让人送早餐进来。

苏暖则趁机下了床。

凌言玺见状，快速挂断电话，弯腰一把将她横抱了起来。

苏暖神色微惊："你干吗？"

凌言玺垂眸凝视着她："我抱你去。"

苏暖双手抵住凌言玺的胸膛："不需要。"

凌言玺目光沉沉地盯着她："再敢对我说一句不需要，我就对你不客气。"

苏暖闻言，震惊地看着他："你……你什么意思？"

"试试看？"

苏暖又羞又恼："你……"

凌言玺很满意她的反应，扬唇一笑，便抱着她进浴室去了。

两人洗漱完出来时，康德正站在卧室门口候着。

见凌言玺抱着苏暖，他问候了一下苏暖，便看向凌言玺，问道："凌总，早餐送来了，要推进来吗？"

凌言玺将苏暖抱到床上，正准备说推进来，苏暖先一步说道："不用了，我出去吃。"

她抬眸看向凌言玺，说道："我没你想象的那么虚弱。"

凌言玺闻言，抬眸看向康德，说道："那就听凌太太的，不必推进来了。"

苏暖听到他说凌太太，心想，这男人也太会占人便宜了吧。

"谁是你的凌太太。"看着言笑晏晏的凌言玺，苏暖真的觉得自己快要气饱了。

这个世上怎么会有像他这么浑蛋的男人。

凌言玺替她穿好鞋，又将她横抱起来，出了卧室。

豪华餐厅里的餐桌上已经摆满美食，餐桌两边各站着六名服务员。

他们见凌言玺抱着苏暖出来，便齐齐颔首，恭敬地喊道："凌太太早。"

苏暖见他们齐声叫自己凌太太有些尴尬，她根本不是凌太太。

随即，她抬眸看向凌言玺，压低声音说道："你让他们别乱叫，还有，放我下来。"

凌言玺没有将她放下来，而是抱着她径直走向摆满美食的餐桌。

站在餐桌最前端的两名服务员见状，上前一步，拉开了如帝王宝座一般奢华的座椅。

凌言玺将苏暖放到座椅上，然后在她的对面坐了下来。

那两名服务员再次上前，非常有礼貌地将餐巾布铺在了他们的腿上 。

随后，他们便恭敬地站到了苏暖和凌言玺身后。

苏暖将目光从他们身上收回来，看向豪华的餐桌。

见上面种类丰富的美食，她有些惊讶：“点这么多，吃得完吗？”

坐在苏暖对面的凌言玺淡淡扫视一眼豪华餐桌上的美食后，笑看着她说道：“挑你喜欢的吃，吃饱就可以了，不需要吃完。”

闻言，苏暖再次看了看那一桌的美食，问道：“那剩下的呢？倒掉吗？”

问完，她不等凌言玺回答，便接着说道：“你也太浪费了。”

凌言玺闻言，目光温柔地看着她，说道：“放心，你的苏先生最不缺的就是钱，浪费得起。”

听到这话，苏暖莫名有些气愤，瞪着凌言玺，说道：“节约是传统美德。”

“要美德做什么？”

说完这话，凌言玺立马转头看向康德，说道：“听见没有，凌太太说节约是传统美德，以后别这么浪费了，凌太太不喜欢浪费。”

康德见他上一秒还说要美德做什么，下一秒就变了，忍不住抽了下嘴角，随即恭敬地颔首回道：“是。”

他在回答时，心里暗忖着：凌总，明明是您吩咐我多点一些的啊，怎么就变成我浪费了？

苏暖见凌言玺左一句“凌太太”，右一句“凌太太”的，也忍不住抽了下嘴角。

逮着机会就占她的便宜，这男人真是够了。

餐桌上摆的几乎都是为苏暖准备的营养餐、孕妇餐。

苏暖看着，心里其实是很感动的。

她低下头吃了两口，抬起头看向对面的凌言玺，说道：“你以后不要这么破费了。”

凌言玺目光温柔地看着她，回道：“以后你说东，我不往西，你说南，我不往北，你说节约，我绝不浪费一分一毫，妇唱夫随。”

听到这话，苏暖低下头，闭上了嘴巴。

这时，站在她身后的一名女服务员一脸羡慕地看着她，说道：“凌太太，凌先生对您可真好。”

进来的六名服务员都能听懂中文，也会说中文。

女服务员的话音刚落下，凌言玺便出声纠正道：“是苏先生。”

“苏先生？”餐厅里的六名女服务员都有些诧异和不解。

康德则看着她们说道：“我们太太姓苏。”

六名女服务员闻言，立即明白过来。

原来，凌先生是冠上了凌太太的姓啊。

古往今来都是女人冠上男人的姓，可没几个男人愿意冠上女人的姓。

尤其像凌先生这样出身英国贵族、有权有势又有钱且高高在上的男人。

随即，她们更加羡慕地看着苏暖。

“凌太太，您真幸福，您的苏先生对您可真好。”

听到这话，苏暖很想回：一点也不好。

她给凌言玺面子，才没这样回。

随即，她看向坐在对面的凌言玺，说道：“你能不能不要总是占我便宜？”

凌言玺看着她回道：“不能，我又不是浑蛋。”

闻言，苏暖下意识地问道：“这跟浑蛋有什么关系？”

凌言玺笑盈盈地盯着她：“没听过有便宜不占是浑蛋吗？”

苏暖彻底无语。

吃完早餐，凌言玺又将苏暖抱回卧室。

她的手机一直处于关机状态，回到卧室后，她将手机拿出来开了机。

然而，她一开机，手机就“叮叮”地响个不停。

她神色微惊，仔细一看，全是短信，有好几十条，都是景轩发来的。

“暖暖，对不起，对不起，你原谅我。”

“暖暖，你在哪里？你在哪里？”

“暖暖，你回我电话好不好？我有话跟你说。”

“暖暖，我求你了，你让我见见你，你告诉我，你到底在哪里？”

“暖暖，我对你是真心的，我是真的爱你。”

…………

看着这些短信内容，苏暖虽然又红了眼眶，但神情和眼神变冷了。

虽然想到景轩的时候，还是会心痛，但她已经能承受了。

看到景轩说爱她，她就觉得可笑至极。

爱她他会背叛她吗？

爱她他会眼睁睁地看着别的女人羞辱她吗？

爱她他会欺骗她、利用她、伤害她吗？

如果这也算爱，那他的这种爱，她苏暖真的无福消受。

凌言玺见她眼眶发红地紧捏着手机，便问道：“他的信息？”

苏暖抬起头看了凌言玺一眼，正要回答，她的手机就响了。

电话正是景轩打来的。

苏暖见状，发红的眼眸中泛起一抹恨意。

凌言玺快步上前，在她身旁坐了下来，看了一眼她的手机，说道：“接吧，听听他说什么。”

苏暖闻言，抬眸看向凌言玺。

凌言玺凝视着她，温柔地一笑，便替她接了。

苏暖见状，微微惊了一下，下一秒，她就被凌言玺揽入了怀里。

电话已经接通，那头传来景轩带着哭腔且激动不已的声音：“暖暖，你终于肯接我的电话了，你在哪里，我们见一面好不好？我有好多话要跟你说……”

听完景轩说的话，苏暖眼神冰冷，并没有回答他。

而这时，将她揽入怀里的凌言玺突然不安分起来。

他火热的唇移到苏暖的耳后，湿热的舌尖技巧很是高超地吻着她的耳垂。

苏暖犹如触电一般，身子战栗着。

凌言玺满意地一笑，火热的唇舌移到她漂亮白皙的颈间，吻了起来。

他吻得有些用力，苏暖在感受到一丝疼痛的同时，也感受到了酥麻感。

她侧过头，看向凌言玺："你别……嗯……"

她刚一开口，就被从身后抱住她的凌言玺封住了双唇。

他霸道地撬开她的牙关，直接侵入，熟练地勾住她的香舌。

苏暖被他突如其来的吻弄蒙了。

这时，景轩的声音又传进她的耳朵里。

"暖暖，你在听我说话吗？你接了我的电话，为什么不说话？我们见一面好不好，我真的有好多话要跟你说。"

听到景轩的声音，苏暖这才回过神来。

她将手机放下，侧过身去。

凌言玺见她侧过身，顺势拥住她，吻得更加深入。

苏暖双手抵在他的胸前，一边推搡着他，一边说道："你……嗯……不是让我……嗯嗯……接电话吗？"

凌言玺顺势将她压倒在床上，一边吻着她，一边压低嗓音说道："我没让你回他。"

话音刚落，他便将苏暖放在一边的手机拿起来，打开了免提功能，然后将手机放在苏暖的耳边。

苏暖见状，惊得瞪大了双眸："你要干吗？"

这话她是下意识问出来的，忘记手机开了免提功能，因此，她说的话自然被景轩听到了。

景轩的声音又传进了她的耳朵里："暖暖，我不干吗，就是想见你，向你解释。不管你会不会原谅我，你至少给我一个机会，让我向你解释清楚好吗？"

听到景轩的声音，苏暖抬眸瞪向凌言玺，用凌言玺能听到的声音问道："你到底要干吗？"

凌言玺凝视着她，扬唇一笑，俯下了身。

双掌捧住苏暖的脸，他低下头，性感火热的唇沿着她的额头一路吻了下去。

他吻得轻柔、紧密、细腻，仿佛她是他捧在手中的珍宝。

或许是他太过温柔，又或许是他吻得太过柔情，苏暖被他吻得心跳加速起来。

他落下的每一个吻都会令她的心怦怦乱跳。

他的掌心有些烫，小脸被他捧着，苏暖只觉得脸蛋发热，有一种置身暖炉中的感觉，也有一种置身温泉中被倾泻而下的温暖泉水浇灌着的感觉。

这种感觉是舒适的，令她有些沉迷。

他们的鼻尖紧挨着，她能清晰地感受到他呼出的气息有多灼热。

鼻息间尽是他清冽好闻的男性气息，苏暖的呼吸一阵发紧，莫名变得急促起来。

她吐气如兰，低声问道："你……好了没？"

再被他吻下去，她觉得她会因为心跳加速而死掉。

"继续。"声音低哑地说这话时，凌言玺性感火热的唇来到了苏暖的唇边。

苏暖见状，轻喘着，抬手捂住自己的嘴巴。

她瞪着凌言玺，低声说道："你够了。"

这时，景轩的声音又响了起来。

"暖暖，为什么不回答我？暖暖……我求你了，你告诉我，你在哪里？我去找你好不好？"

再次听到景轩的声音，苏暖趁凌言玺不备，将他推开，坐了起来。

她拿起身旁的手机，深吸了一口气，才将手机贴近耳朵，语气冷漠地开口说道："不必了，我会回去，你有什么话，等我回去再说。"

说完，她便将电话挂断了。

她盯了手机好一会儿，才抬眸看向凌言玺，说道："送我回去。"

凌言玺闻言，眼含担忧地看了眼她的肚子，说道："你现在需要休息，明天再回。"

苏暖再次深吸了一口气，看着凌言玺说道："我不想等到明天，我今天就要跟他说清楚。我没事，你送我回去吧。"

凌言玺见她坚持今天回，深深地看了她一会儿，才说道："我让康德准备一下。"

说完，他便给康德打了一个电话。

苏暖则在他打完电话后，眼含感激地看着他，说道："谢谢你。"

"跟我不需要这么客气。"凌言玺说完，便将苏暖拉进怀里，低下头，目光温柔地盯着她说道，"下次想谢我的时候，可以直接吻我，比起那三个字，我更喜欢你用这样的方式来感谢我。"

苏暖闻言，抬眸看了他一眼，准备推开他。

凌言玺则收紧双臂，抱着她不放。

苏暖见推不开他，准备挣扎，他却神情认真地盯着她说道："别动，我有很重要的话要跟你说。"

他的语气难得非常凝重和认真，苏暖听到他的话，停止了挣扎，抬头看向他，对上他深邃、令人捉摸不透的眼眸，问道："什么话？"

凌言玺脸上的神情有一些复杂，沉默了一会儿，他才语气沉沉地开口："我……我在认识你之前，曾经对一个女人动过心。"

他说这话时，不忘观察着她的反应。

两个月前唐乔晚的表哥洛翊跟苏暖说过凌言玺以前的一些事，所以，听到凌言玺的话，苏暖并不觉得意外，反应很平淡："这个我知道，那个女人结婚了是吗？"

如果她没记错的话，当时洛翊是这样说的。

凌言玺听她说知道，有些意外："你怎么知道的？"

苏暖如实回道："你的表弟跟我说过。"

听到是洛翊说的，凌言玺的棕色眼眸眯了起来，他盯着苏暖问道："他还跟你说什么了？"

苏暖摇摇头，说道："没了，就这么多。"

她顿了一下，才问道："你说的有重要的话要跟我说就是这个吗？"

凌言玺紧紧地盯着她，沉声回道："不止。"

或许是因为凌言玺难得神情这么凝重，所以，苏暖有些感兴趣地问道："那还有什么？"

凌言玺深深地看了苏暖一会儿，接着说道："她并没有嫁人，一个多月前……"

说到这，凌言玺停了下来，神情越发凝重。

此刻他是有些紧张的，因为他怕苏暖听完他后面的话，会更加不愿意跟他在一起。

他和孟茜的事，他原本可以瞒着她，等她爱上他以后，他再告诉她，但他不想这样做。

如果等到那个时候他再告诉她，她一定会对他非常失望，还会非常伤心、难过、痛苦。

他不想像景轩一样欺骗她、伤害她。

苏暖见他欲言又止，便问道："一个月前什么？你们见面了？"

凌言玺目光紧紧锁住她的眼眸，回道："不算见面。准确地说，是她见到了我，我并没有见到她。"

苏暖闻言，有些不明白了："什么意思？你到底想说什么？"

凌言玺目光复杂，不知道要如何开口。

此刻的他心很痛，也很愧疚。

他从没有这样紧张和惶恐过，压力也从没有这么大过。

他心情复杂地沉默了一会儿，才开口问道："如果我说我一个多月前跟她在一起过，你会怎么样？"

苏暖闻言，问道："在一起过是什么意思？"

她没等凌言玺回答，接着问道："你的意思是，你跟她有过亲密关系？"

问这话时，苏暖觉得心莫名有些沉痛、失落、失望。

凌言玺紧紧盯着她 ，说道："某一晚，我确实碰过一个女人，但是不是她，我并不确定。"

苏暖闻言，看他的眼神变得复杂起来："不确定是什么意思？你碰过谁，你不知道吗？"

他以为她还没爱上他，现在向她坦白，是最好的时机。

这个世上没有不透风的墙，他就怕哪天她听到些什么会乱想，会更加不愿接受他。

所以，他自己说，或许结果会好一点。

“暖暖……”

此刻的苏暖有些心痛，也莫名有些难过。

她看着他，眸中凝聚起了泪水：“你别叫我，别叫我……”

她是吼出这话的，语气中夹杂着愤怒。

凌言玺注意到她情绪有些失控，连忙用双掌扣住她的肩膀，而后目光紧紧地锁住她的眼眸：“那晚，我喝的酒有问题，我房里还被人点了一种能使人神志不清的熏香……”

苏暖听他说到这，没等他说完便打断了他：“你是想说，你是在神志不清的情况下跟那个女人发生关系的？”

凌言玺语带愧疚地说道：“对不起，我没把第一次留给你。”

正伤心难过、愤怒的苏暖听到他这话，有些诧异，不敢相信地看着他：“第一次？你会是第一次？”

他怎么看都像是花心的男人，怎么会是第一次？

打死她都不信。

她心里莫名气愤、难过，有些想哭。

凌言玺见状，神色一慌，连忙抱住她：“对不起……”

苏暖一把推开他，含泪的眼眸带着怒意瞪着他，道：“你都跟别人上床了，说对不起有什么用？有什么用？”

一想到凌言玺和别的女人上过床，她的心就好痛。

这种心痛与她之前撞见景轩和朱莉莎出轨时的心痛是不一样的。

对景轩，她是失望，不想再与他有任何瓜葛了。

而对凌言玺，她是心痛得好希望那件事没有发生过。

她心痛得想失忆。

她接受不了，心里过不去，想不开。

凌言玺见她的反应比他想象中要激烈，在惊喜的同时，也更加担忧了。

他再次抱住她，棕色眼眸紧盯着她，问道：“傻女人，你爱上我了吗？”

苏暖这会儿正在气头上，听到他的话，就更气了。

她抬眸瞪着他，怒道："你少臭美，我爱猪爱狗，也不会爱上你这个……连自己下半身都管不住的人渣。别碰我。"

话音一落，她将凌言玺推开，瞪着他，冷冷地一笑，语带嘲讽地说道："连跟谁上床了都不知道，你跟畜生有什么区别？"

听到她的冷嘲热讽，凌言玺微眯了下眼，盯着她说道："你继续。"

苏暖紧紧咬了一下唇，发红的眼冷冷地看着他："人渣，败类，禽兽。"

凌言玺见她停下来，紧盯着她说道："继续，骂到你满意为止。"

苏暖闻言，便下了床。

她穿上鞋，把戒指、项链、手链等全部取下来扔到了床上。

随即，她还将自己的手机等物从凌言玺送给她的包里拿了出来。

她做这些时，凌言玺并没有阻止她。

就在她准备离开时，凌言玺用听不出喜怒的声音说道："你身上的衣服也是我买的，想离开就给我脱了，否则，你别想踏出这间卧室。"

苏暖闻言，转身看向他，快要气炸了。

"凌言玺，你不要逼我，狗急了还会跳墙，更何况是人。"

凌言玺的目光紧紧地锁住她，他说道："那你就学狗跳给我看看。"

苏暖听到这话，眼神充满怒意地看了他一眼，然后看向卧室里的落地窗。

"你以为我不敢吗？"说完，苏暖眼神决绝地走了过去。

凌言玺见状，不得不服输，连忙疾步追上去。

追上她后，他一把箍住她纤细的手腕，强壮的身体将她抵在了落地窗前的墙上。

苏暖见状，挣扎着喊道："你放开我。你不是让我跳吗？我现在就跳给你看。"

凌言玺箍住她的双手，将其固定在墙上后，才紧盯着她说道："我让你跳，你就跳？"

闻言，苏暖气极地看着他："你放开我，别碰我，你这个人渣，滚开。"

凌言玺紧紧地盯着怒气腾腾的苏暖，眼含愧疚地说道："对不起，原谅我好吗？”

听到他这番话，苏暖双眸中又盈满了泪水。

她在凌言玺面前毫无保留地哭了起来。

见她哭了，凌言玺心疼极了，愧疚极了，也后悔极了。

同时他也慌了，显得有些手足无措，不知道要怎么哄她、安慰她、开解她。

他索性抬手给了自己一巴掌。

啪——他下手并不轻，那一巴掌下去，他俊美的脸立即变得又红又肿，还印上了清晰的巴掌印。

苏暖被他的举动惊到了：“你做什么？”

“我该打，我浑蛋，我管不住下半身，我禽兽不如。”

听到他这样骂自己，苏暖是心疼的。

她眼眸含泪地看着他，说道：“我跟你又没有任何关系，你没有必要这样，刚刚……是我太较真了。你跟谁上床关我什么事，我有什么资格骂你、说你？你没有必要跟我道歉、让我原谅你，你又没有对不起我。”

凌言玺紧盯着她：“暖暖，到现在，你还想要撇清我们的关系吗？我已经认定你了，你是我的凌太太，今天是，明天是，以后都是，你逃不掉的。”

说完这番话，他便将满脸泪水的苏暖拉进了怀里。

紧紧拥抱住她后，他才在她耳旁接着说道：“我许你气我、怨我、恨我、讨厌我、打我、骂我、不爱我，但我不许你再撇清我们的关系。你怎么惩罚我、折磨我、伤害我都可以，我不许你离开我。”

苏暖闻言，抬起泪眼看向他，语带哭腔地问道：“我到底有什么好的，值得你这样？我不过是别人不要的女人而已。”

凌言玺双眼紧盯着她：“我不许你这样说自己，你跟其他男人有缘无分，那是因为你这辈子是属于我的。”

说完，他一边替她擦拭泪水，一边说道：“别伤心了，对孩子不好。”

苏暖闻言，眼泪掉得更凶了。

凌言玺低下头，心疼不已地吻住了她。

像是怕弄疼她、弄伤她，他吻得小心翼翼。

苏暖没有阻止，任由他吻，任由眼泪滑落。

泪水顺着脸颊滑到了两人的唇上，凌言玺尝到咸湿的味道，心像是被泪水灼伤了一样。

他拥紧她，吻得更加深情、深入。

或许是他吻得太深情投入，苏暖被他带动起来，有些情不自禁地回应着他。

看到她这样，他就一阵热血上涌，再也控制不住，将她一把横抱了起来。

而就在这时，卧室的门突然被推开，提着一个袋子的康德很不识相地走了进来。

“凌总，准……”

进来的康德话说到一半，看清里面的情况后，将袋子放下后就立马掉头奔了出去。

出去时，他将卧室的门关上了，还顺带拍了拍自己的胸脯，还好他反应快。

卧室里，因为突然被打断，苏暖清醒了许多。

她连忙放开凌言玺，瞪着他说道：“你放我下去。”

说这话时，她的声音带着几分沙哑，娇娇柔柔的，听得她直想咬掉自己的舌头。

她又羞又恼，不过恼的是自己。

她刚刚不是还很气他吗？

怎么突然就……

想到自己刚刚回应了凌言玺的吻，还紧靠着他，在他身上又蹭又那什么的，她就羞恼死了。

她推搡着凌言玺，低下头，再次说道：“你快放我下去。”

凌言玺见她低下头，很是不好意思、尴尬的样子，也低下头，在她的耳边，声音低哑地说道：“你刚刚好热情。”

闻言，苏暖羞恼地咬了咬唇，很想给自己一拳头。

她抬眸看向凌言玺，死不承认："没有。"

凌言玺就知道她不会承认，笑了笑，目光灼热地盯着她，继续说道："你还在我怀里蹭来蹭去的，我……"

苏暖知道他要说什么，下意识地抬手捂住了他性感的薄唇。

随即，她瞪着他说道："你别乱说，谁蹭你了？我是在推你，谁让你把我抱得那么紧的？"

"哦？"凌言玺俊眉轻挑，目光邪魅地盯着她，笑着说道，"那你用你的身体再推我一次。"

苏暖瞪了他一眼，便用手推着他："放我下去，快点。"

凌言玺抱着她在床上坐了下来，垂眸盯着她问道："现在心情好些了吗？"

苏暖闻言，垂下了眼帘，没有回答。

她沉默了好一会儿，才抬眸看着凌言玺，神情认真地说道："你放过我吧，我们勉强在一起是不会幸福的。"

说这话时，她心里是有些难过的。

凌言玺闻言，紧盯着她，问道："为什么不会幸福？"

苏暖轻轻咬了一下唇，抬眸看着他，说道："我和别的男人在一起过，你和别的女人在一起过，我们都不是彼此的唯一，勉强凑合在一起，就算现在不会出现隔阂和矛盾，将来也会。"

听她说完，凌言玺目光紧紧锁住她的眼眸，说道："照你这么说，二婚的都不会幸福了？"

苏暖深深地看着他："别人或许可以接受，但我不能。抱歉，我有处男情结，我不会跟你在一起，因为我没有办法接受你有过别的女人。如果我勉强跟你在一起，我不会真的幸福，你也不会，所以，你放过我吧。"

说完这番话，苏暖顿了一会儿，才继续说道，"你堂堂凌氏集团的总裁，怎么能娶一个像我这种没有身份、没有背景，还怀着别人孩子的女人？你适合更好、更优秀的女人，我一点都不适合你。还有，你今天不在乎我肚子里的孩子不是你的，不代表你将来不会在乎。凌总，放过我吧。”

听完苏暖的这番话，凌言玺只是目光深沉地盯着她，什么话都没有说。

他知道现在说什么都没用。

因为他还没给她足够的安全感和信任感。

原本他想把孟茜怀孕的事一并告诉苏暖的，但现在，他不知道该怎么跟她说了。他知道他说完后，她更加不会接受他。

他盯了她好一会儿，才说道：“我不会放过你，这辈子，你接不接受我，都要待在我身边。”

话音落地，他一只手揽着苏暖，另一只手拿起被苏暖取下来扔到床上的那枚戒指。

苏暖见状，看着他说道：“你干吗这么执着？这么贵重的戒指，你就不怕我把它拿去卖掉？”

“你去卖试试，看谁嫌命长，敢买我凌言玺老婆的戒指。”凌言玺盯着苏暖说完，便强势地拉过苏暖的小手，不容她拒绝地把戒指戴在了她左手的无名指上。

戴在那里代表着已婚。

苏暖见状，瞪大了双眸：“你，你别乱戴。”

凌言玺将自己手上的戒指换到左手无名指上，目光沉沉地盯着她，说道：“不许再取下来，否则，后果自负。”

说完，他便放开了苏暖。

苏暖则立即从他的身上下来。

随即，她气呼呼地去取手上的戒指，不过，她还没取下来，凌言玺阴沉且带着危险性的声音就传进她的耳里了。

“你敢取下来，我就让你这一辈子都只能躺在床上。”

闻言，苏暖抬眸看了眼凌言玺，见他神情阴沉、骇人，神色认真，不像是在说假话，她只得暂时放弃取下戒指。

凌言玺见她没有取下戒指，俊脸上的表情才变得柔和起来。

随即，他将康德之前提进来的袋子递给了苏暖，凝视着她说道："去换上。"

苏暖闻言，抬眸看了他一眼，不情不愿地接过袋子进浴室换了。

第九章

从此之后，再无我们

二十分钟后，他们离开了城堡酒店。

在回公寓的路上，凌言玺似乎很忙，一直在接电话，处理公事，没有理会身旁的苏暖。

苏暖则一直看着窗外，努力不让自己去想那些让她不开心的事情。

凌言玺接完一个又一个电话，他们也终于抵达苏暖所在的公寓了。

在下车时，凌言玺拿出一个小玩意儿给苏暖，并看着她，说道："戴上。"

苏暖看着他手里的小玩意儿，问道："这是什么？"

"窃听器。"说完这三个字，凌言玺便替苏暖戴在了耳朵上。

苏暖很是惊讶地看着他："你为什么让我戴这个？"

凌言玺目光温柔地看着她："保护你。"

闻言，苏暖有些不解。

不过，她也没有多问。

"谢谢你送我回来。"她看着凌言玺说完这话，便推开车门下车了。

她往前走了两步，回过头看向凌言玺，说道："你忙你的去吧，不用在这里等我。"

话音一落，她便转身往前走去。

景轩从昨天回来后，就一直没有离开过。

他以为苏暖昨天会回来，所以，一直等在苏暖所在的公寓门外。

此时，他正靠着公寓门，坐在地上。

在他身旁凌乱地摆着十几个空酒瓶，很显然，他喝了不少酒。

他的头发有些凌乱，衣衫不整的，看起来有些狼狈和邋遢。

他的手里还拿着一瓶没喝完的酒，满眼泪水地一边喝着，一边神情痛苦地唤着苏暖的名字。

"暖暖……暖暖……对不起……对不起……"

苏暖从电梯里出来时，看到的便是这样的情况。

见景轩坐在地上，非常颓废，似乎很痛苦的样子，她只是微微蹙了一下眉头，便站在原地，没有上前。

这时，王秀英从对面的公寓里走了出来。

她见自己的儿子还在喝酒，很是气愤地走上前，一把夺走了景轩手里的酒瓶："还喝，你想把自己喝死吗？你要是喝死了，你让你妈我怎么办？"

景轩把手伸向王秀英，神情痛苦地说道："妈，你别管我，你把酒给我，给我……没有暖暖，我宁愿喝死自己。"

王秀英本就在气头上，听他这样说，更气了："我王秀英聪明一世，怎么生了你这么个不开窍的儿子？那个女人有什么好的，要身份没身份，要身价没身价，长得又不是像天仙一样美，你有必要为了她把自己弄成现在这副样子吗？她不回来就不回来了，有什么大不了的，我还不稀罕她回来。"

苏暖听到王秀英这番话，这才知道，原来王秀英不是一般不喜欢自己，而是打从心底里就看不起自己。

此刻，她有些庆幸，庆幸她跟景轩不可能了，否则，她和王秀英早晚有一天会打起来。

"妈……"景轩抬头看向王秀英，正要说什么，余光就瞥见了苏暖。

他顿时有些不敢相信地瞪大了那双盈满泪水的红肿眼眸。

"暖……暖暖……"

他以为自己出现了幻觉，唤了一声“暖暖”，甩了甩头。

而王秀英听到他唤“暖暖”，转过头来。

看到站在不远处一身名贵衣着、气质怎么看怎么高贵的苏暖后，她先是一惊，随即气急败坏地走向苏暖。

“你这个不要脸的女人，你还知道回来，你看你把我们景轩害成什么样子了？”王秀英一边破口大骂，一边气冲冲地跑向苏暖，一副要打她的样子。

景轩见状，连忙喊道：“妈，你做什么？你不要打暖暖。”

说完，景轩连忙爬起来。

因为喝了酒，他起来时摇晃了两下，差点没站稳。

随即，他连忙走向王秀英和苏暖。

苏暖见王秀英发了疯似的朝着她冲过来，立即闪开了。

冲向她的王秀英见没能打到她，指着她气急败坏地怒骂道：“你竟然还敢躲，我打死你这个不要脸的。”

怒骂完，王秀英又冲向苏暖，手扇向苏暖的脸。

苏暖见状，连忙抬手抓住王秀英的手。

王秀英见状，怒骂道：“你个不要脸的，你敢跟我动手，你敢欺负我这个老婆子，你一定会遭天打雷劈、不得好死的，快放开我，你个小……”

苏暖眼神冰冷地盯着王秀英，冷冷地道：“你再骂我一句，就不要怪我对你不客气了。”

说完这话，苏暖便放开了王秀英。

而王秀英在她松手时一屁股坐到了地上，哭喊起来：“啊……这是什么世道啊。我上辈子造了什么孽，我儿子才会遇到你这么个不要脸的小……”

“够了。”景轩见他妈又哭喊起来，并且又要骂苏暖，没能忍住，怒吼了出来。

王秀英听到他的怒吼声，才停下来。

她看向神情有些吓人的景轩，像是不相信一向对她言听计从的宝贝儿子会吼她。

她只觉得心里委屈极了，呜呜地哭了起来。

景轩见状，神情痛苦地看着她，说道："妈，算我求你了，别再闹了行吗？让我跟暖暖好好说会儿话行吗？"

说完这话，他朝王秀英鞠了一躬，才慌忙看向苏暖，说道："暖暖，我们进去说。"

话音一落，他便一把抓住苏暖的手腕，拉着她往他们之前一起住的公寓里走。

苏暖见状，一边挣扎，一边看着他说道："你放开我，我自己会走。"

景轩没有放开她，强行将她拉进公寓，再拉着她径直进了她以前住的房间。

他放开苏暖，正准备去关门，就被苏暖阻止了。

"你要关门，我就不听你说了。"

景轩闻言，没有关门。

他转过身，神情痛苦地看着苏暖，说道："暖暖，我好想你，我以为再也见不到你了。"

说完这话，他便要去抱苏暖。

苏暖见状，退开一步，冷眼看着他，说道："你别碰我，你有什么话，赶紧说，我没有时间、没有耐心听你说这些让我非常恶心的废话。"

景轩见苏暖看着自己的眼神中带着从没有过的厌恶和冰冷，他的心，很痛，很痛。

"暖暖……"他又唤了一声，准备走向她。

苏暖见状，阻止道："我再说一次，你有话就快点说，你别过来，别碰我。"

景轩见苏暖不让他上前，眼神悲伤地看了她一眼，站在原地。

随即，他说道："暖暖，我和朱莉莎在一起，是有苦衷的，我并不爱她，我爱的是你。"

听到这话，苏暖觉得有些好笑，他因为苦衷，跟别的女人上床，她倒要听听是什么苦衷。

她冷眼看着神情痛苦的景轩，轻挑了下眉：“哦？有苦衷啊，是什么苦衷，你说来听听。”

景轩见她表现得很平淡，冷漠的语气中还带着几分轻蔑，心如刀割。

他神情痛苦地看着她：“暖暖，你不要这样对我好吗？我所做的一切都是为了我们。”

说完这话，他顿了一会儿，继续说道：“你还记得我昨天跟你说的话吗？我说，我想让你过好日子，我想让你和别的女人一样能够穿金戴银，我……”

苏暖没等他说完，便打断了他：“你直接说重点吧。”

她冷漠的态度令景轩的心又狠狠地痛了一下。

他目光悲伤地盯着苏暖看了好一会儿，才说道：“我是因为有把柄在朱莉莎手里，才不得不跟她保持那种关系的。”

苏暖闻言，扬唇冷笑了一下，冷眼看着景轩，没有说话。

她今天才知道她以前爱的男人有多么不像一个男人。

景轩见苏暖没有说话，便继续说道：“暖暖，我来这里创业，就是为了能让我们过上好日子。我刚来英国的时候，一个有权有势的人都不认识，在这里很难立足。一开始，我什么都做不了，直到我遇到朱莉莎，是她帮助我成立公司的……”

听到这，苏暖的眼眶湿润了，虽然她的表情很冷漠，但她心里并不是真的一点都不伤心难过。

景轩的话让她知道，他背叛她是因为她帮不了他，她没有钱、没有权、没有势。

被王秀英看不起，她不会有多么难过，但是，被自己以前信任、爱过的男人看不起，她心里不仅难过，还很伤心、失望。

苏暖调整了一下情绪，看着景轩说道：“因为她帮了你，所以你们就在一起了？”

景轩闻言，沉默了一会儿，才眼含愧疚地看着苏暖，说道：“暖暖，我跟她的第一次完全是个意外。那天，我心情不好喝多了，把她当成了你。后来，她就用这个威胁我跟她在一起，如果我拒绝她，她就会把我背叛你的事告诉你。我不想失去你，所以……”

听到这，苏暖算是明白了。

“所以，你们就一直保持着那种关系？这就是你所谓的有把柄在她手里？你的把柄真的让我觉得好好笑。”

说完这话，苏暖冷笑起来，笑出了眼泪。

景轩看着冷笑着的苏暖，心滴血般痛，连忙说道：“暖暖，你听我说完，我不只这一个把柄在她手里。我的公司，是她帮我成立的，她出资最多，如果我跟她解除关系，她就会要求撤资，而且我还要赔偿她。还有……”

说到这，他顿了一下，神情凝重地看着苏暖，继续说道：“我还有一个身份，那就是奥宏企业的副总，如果……”

苏暖没等他说完，便打断了他：“我明白了，你都是为了钱是吗？”

景轩对上她闪烁着泪花的眼睛，紧蹙眉头，说道：“暖暖，我是为了钱，可我也是为了我们能过上好日子。我不想你辛辛苦苦赚的钱付诸东流，我不想让你失望。你为我付出了那么多，我该用最好的成绩来回报你。我是犯了错，可我都是迫不得已的。我一直被她威胁，是因为我真的不想失去你，我害怕你知道我跟她的事，害怕你离开我。暖暖，你相信我，我对你的心是真的，你是我这辈子最爱的女人，即使我背叛了你，可我对你的心从来没有变过。”

听完景轩的这番话，苏暖只是用一种陌生、冷漠的眼神看着他，一句话都没有说。

她已经彻彻底底看清景轩了，他让她觉得恶心透了。

她的心，突然不那么痛了，她很庆幸，在嫁给他之前看清了他。

她很庆幸，没有为了他轻生。

她总算知道这个男人有多么不值得她爱了。

景轩见她不说话，慌忙走近她。

他一把抓住苏暖的双臂，湿润的双眸紧盯着她：“暖暖，人非圣贤，孰能无过？你再给我一次机会好吗？”

苏暖闻言，冷眼看着他，问道：“我给你机会，你能放弃你现在所拥有的一切吗？你能放下你的副总职位吗？你能放下那个伺候你三年的女人吗？”

景轩听到她的话，深深蹙着眉头，神情凝重，没有回答。

苏暖见状，心更冷了。

她扬唇冷笑了一下，抬手冷冷地甩开了景轩抓住她双臂的手，说道：“既然你放不下，你有什么资格要求我给你机会？就算你放得下，我也不会再跟你重新开始，我已经不爱你了。”

她现在一想到自己曾经爱过这样一个男人，就想狠狠地抽自己一耳光。

她爱猪爱狗，也比爱他好。

景轩听到苏暖说不爱他了，心痛无比地看着她，恳求道：“暖暖，你不要放弃我好吗？我所做的一切，都是为了我们能够过得更好。”

“呵呵……”苏暖冷笑着看着他，“景先生，抱歉，你用身体换来的好日子，我过着太恶心了，过不下去。你去找一个不觉得恶心的女人跟你过这种日子吧，拜拜，永不再见。”

说完这话，苏暖便越过他，径自走出卧室。

“暖暖……”景轩见状，连忙追了出去。

他一把拉住苏暖的手，连忙说道：“暖暖，我求你了，你原谅我，再给我一次机会好不好？我保证会跟朱莉莎断了关系。”

“不许断。”景轩话音落下，王秀英的怒吼声就传了进来。

冲进来的王秀英见景轩拉住苏暖，上前一把将景轩拉开，并怒气腾腾地命令道：“不许断，听见没有？莎莎多好的女孩子，又有钱又有权，还长得漂亮，你要是跟她断了，妈就死给你看。”

景轩见自己的妈这样说，害怕苏暖从中听出些什么来，眼神有些慌乱地看了眼苏暖，便看着他妈，说道：“妈，我在求暖暖再给我一次机会，你能不能不要捣乱？”

王秀英闻言，气恼地道：“什么捣乱？妈这是为你好。莎莎就是比这姓苏的好一千倍、一万倍，你娶了莎莎，才能为景家光宗耀祖，你娶了她，咱们景家才有面子。”

苏暖听到王秀英的这番话，明白了一件事，那就是，原来王秀英早就知道朱莉莎的存在，就她一个人一直被蒙在鼓里。

此刻的她有些想笑，也有些想哭。

她是想为自己哭，原来，她一直被当成一个傻瓜对待。

苏暖，你是有多蠢啊，才会一直被人当成傻瓜，还不自知。

她冷笑着看向王秀英："原来阿姨早就知道朱莉莎的存在了。"

虽说不爱了，可是她说这话时，心还是痛的。

被欺骗的滋味真的太难受了。

她好想哭，好想哭……

王秀英听到她的话，转过身，一脸得意地看向她，嘲讽道："姓苏的，你啊，比头驴还蠢，你是我老太婆见过的最蠢最蠢的女人。我们景轩说什么，你就信什么，活该被骗。"

景轩听自己的妈这样说，连忙喊道："妈……"

"你让我把话说完。"王秀英瞪了景轩一眼，然后转过头，看向苏暖，说道，"你说对了，我早就知道莎莎的存在。我会来英国，就是莎莎派人接我来的，这件事景轩也知道，他没告诉你而已。还有，莎莎接我来，就是让我帮她看着景轩，顺便再帮她把你赶出景家。"

苏暖闻言，总算明白王秀英为什么处处针对她了，原来，这是朱莉莎授意的，原来，他们一家三口早就串通一气了。

她还以为王秀英是景轩接来的，原来是朱莉莎接来的。

景轩什么都知道，竟然一直瞒着她。

这就是他所谓的爱吗？

他爱她，却能眼睁睁地看着别人伤害她？

呵呵……这种爱，鬼才稀罕。

景轩见苏暖的表情越来越冷，于是看向王秀英，语带哭腔地央求道："妈，我求你了，你别再说了。"

王秀英怒道："我就是要说。景轩，你就听妈的，好好跟莎莎过，她才能让我们过上好日子，她才能给你的事业带来帮助。"

她又看向苏暖，冷冷地说道："姓苏的，你要是还有点骨气，就别再缠着我们家景轩了。我们家景轩不是你这种女人高攀得起的。你要是再敢来破坏我们家景轩和莎莎的感情，我就对你不客气了。”

苏暖听她说完，眼神无比冷冽地看着她，说道：“你放心，我苏暖要的是这个世上最优秀的男人，你的儿子还需要一个女人来养，事事都靠女人，我闭上眼睛都看不上他，怎么可能缠着他？！”

景轩听到苏暖的话，有些不敢相信地看着她：“暖暖，你……”

此刻的他是很心痛的。

苏暖神情冷漠地看着神色痛苦的景轩，问道：“我被奥宏企业董事长的千金朱莉莎绑架、囚禁、拍卖，你都知情，对吗？”

景轩闻言，眼神复杂地看着苏暖，既没承认，也没否认。

苏暖见状，走近他一步后，眼神有些犀利地盯着他，问道：“我跟你都到这一步了，你还有什么好瞒我的？如果你对我多说几句实话，或许我会感激你。”

景轩看着此刻冷漠得让他快不认识的苏暖，心痛极了。

“暖暖，我……”

“废话少说，你直接告诉我，你知道还是不知道？”

景轩眼神复杂地盯了苏暖好一会儿，才语带愧疚地回道：“对不起，我……我没能救你。”

闻言，苏暖冷眼看着他：“也就是说，我被绑架、囚禁、拍卖，你都知道？”

景轩对上苏暖犀利的目光，神色复杂地沉吟了一会儿：“知道。对……”

啪——他正准备道歉，苏暖就一个巴掌扇向了他。

王秀英见状，被惊到了，看了眼景轩被扇红的脸，一脸怒气地看向苏暖：“小贱人，你凭什么打我儿子？我打死你这个小贱人。”

说完这话，王秀英便扬起手，准备打苏暖。

景轩见状，连忙抓住王秀英的手，眼含泪水地看着她，哀求道：“妈，我求你了，你不要再添乱了好不好？你一定要逼得暖暖离开我，你才满意吗？”

话音落地，景轩放开王秀英的手，然后看向苏暖。

他注意到苏暖身上的衣服价值不菲，想到什么，突然神情有些激动地抓住苏暖的双臂，问道：“暖暖，你告诉我，你昨天在哪里？你是不是和……凌氏集团的总裁凌言玺在一起？”

他抓得很紧，苏暖只觉得两只手臂疼死了，一边挣扎着，一边说道：“你放开我，我跟谁在一起，关你什么事。你放开。”

说完，她便奋力甩开了景轩的手。

景轩见状，很是心痛地看着她：“暖暖，你从昨天开始就一直跟他在一起，对不对？”

苏暖冷眼看着他，没有否认：“对，我跟他在一起，我不只昨天，今天跟他在一起，以后都要跟他在一起。”

景轩听到这话，既心痛又愤怒：“暖暖，你知道你在说什么吗？你跟他在一起，你凭什么跟他在一起？他是什么身份，你是什么身份，你以为他会看上你吗？”

苏暖听到他的话，是愤怒的，当然，也是心痛和失望的。

原来，他不是一点点看不起她，而是非常看不起她。

她将心里的痛压了下去，没有表现出来，只是冷冷地看着景轩。

景轩继续说道：“像他那种身份的男人，身边有一堆女人，你跟他在一起，是不会幸福的，他不会真心对你的，只会把你当成一个玩物……”

说到这，他深深地看着苏暖，很担忧地说道：“暖暖，我知道你是因为我伤害了你，一时气愤才会做那样的决定，我希望你冷静一点，不要做出让自己后悔的决定。你好好想想，以你的身份地位，你跟他怎么可能？！”

苏暖冷眼看着他：“我跟他可不可能，是我跟他的事，不用你管。”

“暖暖，你不要这么任性，你的任性会害了你自己，你知道吗？他除了能给你钱之外，什么都给不了你。你选择他，会伤得更重。你眼里不是容不下一粒沙子吗？他身边有一堆女人，你容得下吗？我们在阿尔特酒庄的那一晚，他还和一个叫孟茜的女人度过了一整晚，他如此随便，你觉得你跟他在一起，会幸福吗？”

原本苏暖并没有用心去听他说的那些废话，不过，听他提到阿尔特酒庄和孟茜，她便想到来之前凌言玺对她说过的话。

随即，她紧紧地盯着景轩问：“你怎么知道他和一个叫孟茜的女人在一起度过了一整晚？”

景轩眼中闪过一抹说不清、道不明的恨意后，才看着苏暖说道：“暖暖，你先别管我是怎么知道的，总之，你相信我，他不可能真心真意地对你。你跟他在一起，不会幸福，你会成为他的玩物。”

一旁的王秀英听他说这些话，都听得很不耐烦了。

她一脸怒气地看着景轩，说道：“好了，她爱成为谁的玩物就成为谁的玩物，关你什么事？景轩，你该关心的是莎莎，不是这个小贱人。”

说这话时，她指向了苏暖。

苏暖见状，冷冷地道：“你嘴巴给我放干净点。”

“哟，敢用这种语气跟我说话，看我不打死你。”

王秀英说完，便又扬起手，准备一巴掌扇向苏暖。

这时，一道阴冷如来自地狱的声音传了进来。

“你敢动她一下，我就让你跟你的儿子都死无葬身之地。”

听到这骇人的声音，王秀英心中一颤，停了下来，侧过头去。

看到脸色阴沉骇人的凌言玺，王秀英吓了一跳：“你……你是谁？”

凌言玺没有回答王秀英，神情阴沉地径自走向了苏暖。

景轩见他竟然来了，有些难以置信：“凌……凌言玺，你怎么来了？”

景轩看着凌言玺，眼神很冷，垂在身侧的双手紧握了起来，眼底闪过一抹恨意。

凌言玺没有理会他，慢慢走到苏暖跟前。

景轩看着凌言玺和苏暖，不知想到了什么，觉得刺眼极了。

他眼神一冷，突地疯了似的冲上去：“你不要碰我的暖暖。”

话音一落，他便要去抓苏暖的手。

凌言玺见状，一只手一把将苏暖揽入怀里，另一只手则稳稳地捉住了景轩的手，猛地一拧，将其甩开了。

“啊……”景轩惨叫一声，左手疼得发颤。

他皱紧了双眉，弯下腰去，脸色很是苍白。

王秀英见状，慌忙上前看着景轩，问道：“景轩，你怎么样？你别吓妈啊。”

凌言玺眼神阴鸷地盯着景轩，冷冷地道：“下次再敢碰暖暖，被废的就不只是你的手。”

王秀英闻言，转过身，怒气腾腾地看向凌言玺：“你……你是什么人？你敢这样对我儿子，我儿媳妇不会放过你的。”

“妈……”疼得出汗的景轩抬头看向王秀英，说道，“你别管我，你先回我的房里去。”

王秀英闻言，眼神愤怒地看了眼苏暖和凌言玺，转身进了厨房。

景轩则在他妈离开后忍着疼，直起身来，看着神色阴沉骇人的凌言玺，说道：“凌言玺，你不要以为你有权有势就可以乱来，暖暖是我的未婚妻，请你放开她。”

“未婚妻？”凌言玺眼神冷傲不屑地盯着他，“从你背叛暖暖的那一刻开始，你跟她就已经没有任何关系了。现在她是我的女人，我未来的妻子，谁敢染指，不妨试试……”

“你……”景轩闻言，气得脸都快绿了，怒道，“凌言玺，你不要太过分了，以你的身份，你要什么样的女人没有，为什么偏要跟我抢？”

苏暖听到这话，神情很不悦地看向景轩，先凌言玺一步回道：“景先生，你听好了，我不是被言玺抢过去的，是自愿跟他的，我爱上他了，就喜欢跟他在一起。”

听到她的话，凌言玺心底是震惊的，不过，俊美的脸上并没有表现出来。

景轩也被震惊到了，不敢相信地看着苏暖，情绪激动地说道：“不可能，不可能，你不可能爱上他，你们才见几面，你怎么可能爱上他？暖暖，你不要因为气我，就这样乱说好吗？你知道你的话让我多心痛吗？”

苏暖冷眼看着他，冷笑道："你心痛，关我什么事？景先生，你信也罢，不信也罢，总之，我就是爱上他了，跟他在一起，我很快乐，我这辈子都要跟他在一起。"

她说完这话，便感觉到腰上那只大手将她搂得更紧了。

景轩听到她的话，心痛极了，红肿的双眸盈满了泪水："我不信，我不信，暖暖，你别这样对我，别这样对我……"

苏暖不去看景轩，而是抬眸看向凌言玺，说道："我们走吧。"

这时，王秀英从厨房里冲了出来。

她端着一盆刚烧开的水，看着苏暖，怒骂道："小贱人，你去死吧！"

说完，她便冲上前，将盆里烧开的水泼向了苏暖的脸。

苏暖见状，神色一变，第一反应就是要推开凌言玺。

然而，她还没来得及动手，凌言玺就动作迅速地抱着她，一个快速转身，替她挡住了那盆泼过来的沸水。

整盆煮沸的水都泼到了凌言玺的后背上，疼痛袭来，他只是微微蹙了下俊朗的眉。

王秀英和景轩见泼到了凌言玺，都被惊到了。

在外面的康德连忙跑了进来，见凌言玺整个后背都湿了，还冒着热气，连忙走上前，满脸担忧地看着他："凌总，您怎么样？"

被凌言玺护在怀里的苏暖听到康德的声音，这才反应过来，连忙抬眸看向凌言玺，问道："你……你怎么样？有没有被烫到？"

凌言玺舒展开一双俊眉，垂眸看着她，神色轻松地回道："我没事，我穿得厚，没被烫到。你呢，有没有被烫到？"

说完，他便担忧地检查着她。

苏暖摇了摇头，说道："我没事。你真的没事吗？"

凌言玺目光柔和地凝视着她，回道："我没事，不用担心。"

"怎么可能没事？你赶紧去冲冲冷水。"苏暖神色担忧地看着他，准备拉他去冲冷水。

凌言玺则凝视着她，说道："我真的没事。"

话音一落，他便看向康德，朝康德示意了一下。

康德明白他的意思，神情愤怒地转过身，看向王秀英："我们少爷从小到大没人敢动他一根头发，你竟然敢用开水泼他，你知道你会是什么下场吗？"

王秀英闻言，看了看凌言玺，见他气度不凡，猜测他不是普通人，于是后怕地看着康德问："什……什么下场？"

康德盯着她冷冷道："最轻的下场，你跟你儿子，这辈子都只能在牢里度过。"

王秀英闻言，被吓到了。

她看了看凌言玺，继续问道："你……你们是什么人？"

"问问你的宝贝儿子就知道了，你问问泼伤凌氏集团的总裁以及全欧洲最富有、最有权势的凌家大少，会是什么下场？"

听完康德的话，王秀英神色大变，吓得双腿一软，跌坐到地上，她手里的盆也掉落到地上。

她坐在地上愣了一会儿，连忙看向凌言玺，说道："凌……凌大少，对……对不起，我不是故意的，你大人有大量，别跟我这个老太婆计较。你别……别让我的儿子去坐牢啊，他还年轻，还……还没结婚，不能去坐牢。凌大少，我求你了，你放过我跟我儿子吧。"

凌言玺眼神阴沉地盯着地上的王秀英，声音冷冽地道："我可以放过你们，不过，这要看你的表现。"

听到他说可以放过景轩他们，康德和苏暖都有些惊讶。

不过，苏暖现在非常担心凌言玺的背，被那么烫的水泼到，一定受伤了，可他怎么像个没事人似的？

王秀英听凌言玺这样说，连忙问道："什……什么表现？怎么表现？"

凌言玺眼神妖冶慑人地看着王秀英，声音冷厉地道："向我的凌太太道歉，你怎么骂她的，就怎么骂自己，还有，掌自己的嘴。"

苏暖见他为了替自己讨回公道而答应放过王秀英，心里是震撼的，也是感动的。

她看向凌言玺，说道："你不要因为我放过她，她伤到了你，你该为自己讨回公道。”

王秀英听到她的话，生怕凌言玺改变主意，连忙看向苏暖，说道：“苏小姐，对不起，对不起，我之前嘴贱，我不该骂你，你大人有大量，原谅我这个嘴贱的老太婆吧。”

说完，她看了眼凌言玺骇人的神色，又连忙一边掌自己的嘴一边骂道：“我才是老贱人、老婊子，我才不要脸。我嘴贱，我该打，我该打……”

说完这话，王秀英再次啪啪地打自己的嘴巴。

景轩见状，心里很恼怒，却又无可奈何。

他捏紧双手，神情痛苦地看向苏暖，语带哭腔地说道：“暖暖，你看见了吗？他就是这样一个不可一世的人，你跟他在一起，绝对不会幸福。”

凌言玺闻言，搂紧苏暖，眼神森冷凛冽地看向景轩，冷冷地道：“我本打算早点送你下地狱，不过，现在我改变主意了，我会暂时留着你这条命，让你看着我和暖暖是怎么幸福的。”

他垂眸凝视着苏暖，说道：“我们走。”

说完这话，他便拥着苏暖准备往外走去。

景轩见状，眼神痛苦地看着苏暖，说道：“暖暖，你会后悔的，你一定会后悔的。”

随后，他又眼神愤怒地看向凌言玺，说道：“她已经是我的女人了，已经跟我睡过，你不介意吗？”

听到景轩的话，苏暖气得双手紧握成拳，恨不得返回去给他一巴掌。她没想到，他竟然是这样一个人。

此刻，她想起自己被景轩碰过就无比反感，觉得恶心极了。

听到景轩的话，凌言玺也是非常气愤的。

他眸中闪过一抹肃杀之气，神情变得无比阴沉，周身都被一股暴戾之气笼罩着。

他转身，眼神犀利肃杀地看向景轩，声寒如冰地道：“你欺负暖暖这笔账，我会慢慢跟你算。”

说完，他便拥着苏暖出去了。

景轩见状，神色痛苦地哭着跪到了地上：“暖暖……暖暖……”

一出来，苏暖便看着凌言玺说道：“你的背一定被烫伤了，快跟我进去冲冲凉水。”

说完，她便将凌言玺拉到她租住的公寓门前，连忙从包里拿出钥匙开门。

凌言玺见她如此担心自己，心里非常激动和欣喜。

“我真的没事，你别担心。”

“没事才怪。”苏暖说这话时，已经将公寓的门打开了。

她看着凌言玺说完，拉着他进门。

凌言玺进去时，侧过头朝康德示意了下。

康德会意后，朝他点了下头，便拿出手机来打电话，并将公寓的门关上了。

苏暖拉着凌言玺进入公寓，再拉着他往卧室里的浴室走去。

“你先自己脱衣服。”苏暖放开他，连忙去打开花洒。

凌言玺见状，看着她说道：“已经凉了，不用冲了。”

苏暖闻言，转过身，走回他跟前。

“那也要看看伤得怎么样，还要擦药。”苏暖一边说着，一边抬手去替他脱衣服。

凌言玺见状，没有阻止她，棕色眼眸紧紧地凝视着她担忧的小脸，眼眶竟湿了几分：“暖暖，你要是一直这么关心我，我会幸福死。”

苏暖闻言，停下来看了他一眼，才继续为他解扣子。

她脱下他的外套，又连忙为他解开衬衫的扣子。

然而，在衬衫扣子解完后，她准备帮他脱下衬衫时，才发现背部早已和衬衫粘在一起了。

她绕到凌言玺的背后，发现他白皙的背部一片红肿，而背部中间伤得最重，那里的皮肤与衬衫粘在一起。

她试着扯了两下，见扯不下来，便红了眼眶。

凌言玺见状，大手绕到背后，抓住自己的衬衫，猛地扯了下来。

苏暖见状，被惊到了：“你疯了吗？你不怕痛吗？”

说完，她看向凌言玺的后背，发现之前和衬衫粘在一起的地方被扯掉了一小块皮，而且还出血了。

她看着都觉得很痛，更何况是当事人。

她看着凌言玺的后背，心疼得眼泪不受控制地漫出了眼眶，语带愧疚地道：“对不起，对不起……”

听到她的道歉，凌言玺转身看向她：“又不关你的事，不许跟我道歉。”

苏暖抬起泪眼看着他：“你怎么那么傻？”

“为了你，我愿意。”说完，凌言玺便走上前，修长的手指替她擦拭着眼泪，说道，“我没事，别哭。”

“整个背都成这样了，还说没事。”

她眼带心疼地看向凌言玺的背，说道：“烫成这样，会留疤的。”

“会留疤更好，这样，你以后看见我的背，就会多爱我一分。”

苏暖闻言，说道：“我去给你找件衣服，你穿上赶紧去医院。”

说完，她连忙走出浴室。

凌言玺见状，跟了出去。

苏暖慌慌忙忙地走向衣橱，在准备找衣服时，才想到他烫伤了，不能穿衣服，会感染的。

随即，她又连忙去找自己的包，准备拿出手机打电话叫医生过来。

凌言玺见她慌慌张张的，心里很是感动，走上前一把将她拉进怀里，垂眸凝视着她，说道：“我没事，你别担心。”

苏暖泪眼模糊地看着他，语带哭腔地说道：“你都伤得那么重了，怎么会没事？我不要你身上留疤，一点都不要。”

凌言玺紧紧盯着她含泪的眼眸，很是欣喜地问道：“暖暖，你是在为我哭吗？”

苏暖对上他带着惊喜的眼眸，眼泛泪光地看了他一会儿，才承认道：“对，你那么好看的背，被烫得那么严重，我心疼。”

见她承认了，凌言玺既惊喜，又有些不敢相信。

“暖暖……”他惊喜地低唤一声，低下头深深吻住了她。

此刻，他只想用深吻来表达内心的激动。

他激烈的吻如袭来的暴风雨般，苏暖被惊到了，也有些招架不住。

因为凌言玺背上有伤，她不敢抱他，将双手轻轻抵在了他的胸前，轻轻推着他：“嗯……伤还没处理……”

“不管。”说完这两个字，凌言玺就再一次深深吻住了她。

他的长臂搂紧了苏暖，吻得深情、投入。

他的吻太过来势汹汹，苏暖的理智已被挤出去一半。

就在另一半理智即将消失时，康德带着穿白大褂的医生走了进来。

“凌总，医……”

看见里面令人热血沸腾的情况后，康德立马闭上嘴，然后侧过头，看着跟他进来的医生说道：“Rich 医生，我们先出去。”

听到康德的声音，苏暖睁开了双眸，见医生来了，连忙轻推着凌言玺，说道：“医生来了，你先让医生给你看看。”

凌言玺闻言，垂眸凝视着她，问道：“医生看完后，你让我吻你吗？你答应我，我就让医生看，你不答应，我就继续。”

说完，他便又封住了苏暖的双唇。

苏暖见状，只得应道：“好，我答应你，你先让医生给你看看。”

凌言玺闻言，满意地一笑，这才放开她。

苏暖则在凌言玺放开她后，连忙看向医生，说道：“Rich 医生是吗？快看看他背上的伤，好像很严重。”

她又看向凌言玺，说道：“你快点坐下来，让医生给你看看。”

她拉着凌言玺坐了下来。

医生提着药箱走上前，看了一眼凌言玺背上的烫伤，连忙将药箱打开。

苏暖见状，看着医生问道：“有什么是我可以帮忙的吗？”

医生闻言，看向苏暖，正猜测苏暖的身份时，康德的声音响起。

“这是我们太太。”

医生闻言，连忙笑着说道：“凌太太，不用了，我一个人可以。”

说完，医生便戴上了消毒手套。

他先为凌言玺清洗了一下，然后为他上药。

苏暖则在医生上药时，一直观察着凌言玺，像是怕他会疼。

她要是看见凌言玺稍微皱一下眉，便会提醒医生轻点。

凌言玺听到她的提醒，则会用非常灼热、宠溺的目光看着她，一双妖冶迷人的棕色眼眸中充满了深情。

在医生替凌言玺上完专治烫伤的药膏，替他缠白纱布时，苏暖一边帮忙，一边看着Rich医生，神色担忧地问道："Rich医生，他伤得怎么样？会留疤吗？"

医生指着凌言玺的背部，说道："凌太太放心，凌总背上的烫伤只有这里达到了深二度，其他地方都是浅二度，不会留疤。"

苏暖看着医生指的地方，正是和衬衫粘到一起被扯掉一块皮的那一处。

她深深蹙了一下眉，问道："那……那里会留疤吗？"

康德见她一脸担忧，笑着说道："太太放心，Rich医生是全英国最擅长治疗烫伤、烧伤的专家，有他亲自为凌总治疗，再配上最好的烫伤药，凌总背上一定不会留疤的。"

苏暖闻言，看向Rich医生。

Rich医生看着苏暖点了一下头，说道："凌太太放心，我不会让凌总背上留下一点疤痕的。"

听医生这样说，苏暖放心多了。

那么挺拔、漂亮的背，她真不希望那上面留下一点疤痕。

医生为凌言玺缠好白色纱布后，拿出提前准备好的药，看向苏暖说道："凌太太，这几种药要按时给凌总吃，还有这两瓶药，一瓶是避免感染和消毒的，这瓶是帮助伤口恢复的，要按时给凌总用。还有，最近两天要注意凌总的体温，一旦凌总的体温升高，有发高烧的迹象，就要用冰袋或者水枕为凌总降温。"

说完这些话，医生还交代了苏暖一些事，苏暖都很用心地记了下来。

医生和康德离开后，苏暖正准备将那些药拿去放好，就被凌言玺一把拉进了怀里。

此时凌言玺还没有穿衣服，被他拉进怀里的苏暖很是不好意思地看着他：“我去给你把药放好。”

凌言玺紧紧搂着她的纤腰，深情地盯着她，问道：“你之前说的话是真的吗？”

苏暖一脸茫然地问：“什么话？”

凌言玺紧紧盯着她：“你说爱上我了，跟我在一起很快乐，这辈子都想跟我在一起。”

闻言，苏暖有些尴尬，不好意思地低下头，正想着怎么回答凌言玺时，凌言玺温柔低沉的声音在她的耳边响了起来。

“你是认真的吗？”

苏暖抬眸看了一眼神情温柔似水的凌言玺，这才说道：“当然不是认真的，我那样说，是为了气那个男人，你不会不知道吧。”

说完，她便准备从凌言玺的怀里出来，凌言玺则拥着她不放。

苏暖见状，看着他，说道：“你别这样。”

凌言玺的目光紧紧锁住她的眼眸，说道：“既然你心里有我，为什么就不能敞开心扉接受我？”

苏暖沉默了一下，才看着他说道：“谁说我心里有你了？凌言玺，我现在只是没有以前那么排斥和讨厌你了而已。我刚刚担心和心疼你，那是因为你是为了救我才被烫伤的，这不代表我心里有你。”

说完这话，她顿了一下：“别说我现在心里没你，就是有，我也不可能接受你。凌总，你清醒点吧，我跟你真的不可能。”

听完她这番口是心非的话，凌言玺二话不说，将她一把抱起，直接压倒在床上。

苏暖吃惊地看着他：“你又要干吗？”

凌言玺紧紧盯着她：“你忘了你之前答应过我什么了？”

苏暖点了点头，回道：“忘了。”

凌言玺就知道她会这样说，棕色眼眸微眯，盯着她说道：“没关系，我记得就行了。”

话音一落，他正准备俯下身，手机就响了。

苏暖听到手机响，趁他不备，一把将他推开，爬起来逃开了。

凌言玺目光沉沉地看了她一眼，才拿出手机来接电话。

电话是凌老爷子打来的，凌言玺像是知道凌老爷子为什么打电话来，接听后，不等那头的凌老爷子开口，便先一步说道："报纸上说的都是真的。"

凌言玺话音刚落，从电话里传来了凌老太爷气愤的声音："你……胡闹。"

凌言玺语气认真地回道："我是认真的。"

凌老太爷听到这话，气呼呼地说道："我管你是不是认真的，我不同意一个来历不明的女人嫁进凌家。"

凌言玺淡笑着回道："太爷爷，我的女人要嫁的是我，不是您，您不需要同意。"

"你……你个浑小子，少跟我贫嘴，马上给我回来。"

凌言玺目光柔和地看了眼苏暖，才回道："等我把您的准曾孙媳妇追到手了，我自会带她回去。"

"浑小子……我是让你给我回来。"

"曾孙媳妇还没追到手，没空回。"

"你……"那头的凌老太爷气得话都快说不出来了。

"太爷爷，我正忙着追您的曾孙媳妇，您没重要的事就别打电话过来了，我先挂了。"

凌言玺说完，便先挂断了电话。

他刚挂断电话，苏暖的手机就响起来。

电话是唐乔晚打过来的。

苏暖见是她打的，立即接听了。

"晚……"

她刚开口，电话那头唐乔晚惊讶的声音就传了过来。

"暖暖，你……你跟我大哥订婚了？你们什么时候订婚的？你们真的在一起了？"唐乔晚问这话时，还很激动。

今早她看到新闻时，差点以为自己眼花了，以为是她太希望苏暖成为她的大嫂，出现了幻觉。

她还找自己的亲亲老公龙御琛确认了好几遍，确定自己没有眼花，没有出现幻觉后，震惊了好一会儿。

苏暖还不知道，昨天在酒会上，凌言玺高调宣布她是他未婚妻的特大新闻已经被媒体刊登出来，并且上了头版头条，因此，她听到唐乔晚的话，有些蒙。

“我跟你大哥订婚？晚晚，你听谁说的？我跟你大哥怎么可能订婚？”

问完这话，苏暖看了眼凌言玺，想到什么，便眯起眼接着问道：“是不是你大哥跟你胡说八道的？”

“胡说八道？”听到她的回答，唐乔晚也有些蒙，试探性地问道，“你们没订婚，没在一起吗？”

苏暖看了一眼正在穿衣服的凌言玺，拿着手机走到落地窗前，压低声音回道：“我们当然没订婚，当然没在一起，你想想，我跟你大哥怎么可能啊。晚晚，你是从哪里听来的消息啊？”

唐乔晚听她这样问，猜测她可能还不知道她上了头条的事，便说道：“你和我大哥昨天在酒会上的事上了头版头条，我正好看见。”

“我和你大哥上了头版头条？”苏暖听到这话，很是震惊。

“现在凌家上上下下都知道你和我大哥的事了，我爹地妈咪已经往英国赶了。”

苏暖闻言，震惊了一会儿，才回道：“晚晚，这是个误会，我和你大哥没有订婚，我们也没有在一起。”

唐乔晚听她这样说，便说道：“暖暖，昨天你和我大哥在酒会上当众热吻，还戴上了情侣戒指，你说这是误会，你觉得谁会信？”

苏暖闻言，有些焦急地解释道：“晚晚，你帮我向你的家人解释，我跟你大哥真的……”

“宝贝，谁的电话？”苏暖正准备撇清她和凌言玺的关系，凌言玺低沉邪魅的声音就突然在她的耳边响起。

凌言玺说这话时，从背后搂住了苏暖的细腰，并且不知他是故意还是无意，凑到苏暖手里的手机旁边说的。

苏暖听到他的声音，神色一变，正准备伸手去捂住他的嘴，唐乔晚略带惊讶和试探的声音就传过来了。

“大哥？”

“不……”听到唐乔晚的声音，苏暖正准备说不是，凌言玺就笑着将她手里的手机夺了过来。

随即，他沉声回道：“是我。”

“把手机给我。”苏暖见状，正准备去抢手机，凌言玺却拿着手机走开了。

电话那头的唐乔晚听到确实是她大哥的声音，很惊讶地说道：“大哥，你……你在暖暖那里？你们……”

凌言玺淡笑着回道：“我们已经在一起了。”

苏暖听到他的话，扑了过去。

凌言玺顺势单手将她搂进了怀里。

苏暖挣扎了两下，见挣扎不开，便抬眸瞪着他，用口型说道：你别乱说话。

凌言玺手里拿着手机，怕被唐乔晚听到误会什么，苏暖不敢挣扎得太厉害，也不敢说得太大声。

电话那头的唐乔晚听到他大哥的话后，再次被惊到了。

“你们真的在一起了？那刚刚暖暖……”

凌言玺神情温柔地看着苏暖，回道：“你大嫂害羞，说的都是反话，我们不仅住在一起了，该做的都做过了。”

苏暖听到这话，神色一惊，狠狠地掐了一把凌言玺的腰，瞪着他说道：“你这个浑蛋，鬼才跟你做过了，把手机给我。”

说完这话，苏暖便要去抢手机，凌言玺跟电话那头的唐乔晚说了两句，就挂断了电话。

苏暖见状，将手机抢过来后，准备再打过去，凌言玺目光幽幽地盯着她，说道：“你敢打过去澄清，我现在就坐实我们的关系，我说到做到。”

苏暖闻言，有些气愤地看着他：“凌言玺，你能不能不要这样强迫我？你到底还要我说多少次，我不适合你，我不适合你，我不适合你……”

“适不适合，亲身经历了才知道。”凌言玺眼神凌厉地盯着苏暖说完这些话，便将她一把拉进了怀里，双手紧紧地捧住她的脸，低下头要吻她。

苏暖见状，神色一慌，双手抵在他的胸膛上，瞪着他说道：“你清醒一点好不好？我跟你，一个在天，一个在地，有着云泥之别，我们真的不合适。”

说这话时，她红了眼眶，眸底氤氲起一片水雾。

此刻，她心里是很难受的，他是高高在上的大总裁、大少爷，身家千亿，而她是什么？

她是一棵不起眼的小草，他们怎么可能在一起？

更何况，她还怀着别人的孩子。

凌言玺目光深深锁住她闪烁着泪光的眼眸，问道：“是不是我身无分文了，我们就合适了？”

苏暖闻言，意识到什么，朝他使劲摇了摇头，说道：“不是。就算你身无分文了，我们也不合适，你从头到脚都不是我喜欢的那种类型。”

凌言玺闻言，目光犀利深沉地紧盯着她：“不是又如何？我的眼里从来就没有合适不合适，只有爱不爱。我爱上的女人，除了做我的女人，让我爱一辈子，没有第二条路可以选择。苏暖，你不爱我没关系，我爱你就够了。还有，你想让我放手，除非我死了。”

对上他坚定不移的目光，苏暖深深蹙起了眉头。

她沉默了一会儿，才看着他说道：“凌言玺，你这样一意孤行，有没有想过，你的家人是不会接受我的。”

凌言玺轻轻拥住她的腰后，才垂眸凝视着她，问道：“是不是我的家人都接受你了，你就答应嫁给我？”

苏暖闻言，看着他，再次摇了摇头：“你别白费心机了，我是不会跟你在一起的。”

凌言玺垂眸，目光深情宠溺地看着怀里口是心非的女人，说道：“你放心，就算全世界都反对我们在一起，我也不会放弃你。凌家反对，我就与凌家为敌；世界反对，我就与世界为敌。总之，谁都不能阻止我们在一起。”

听他说完这番话，苏暖压下心底的感动，深吸了一口气，才盯着他回道：“我又没担心你的家人会怎么样，你跟我说这么多干吗？”

凌言玺闻言，笑看着她：“苏小姐，论这个世上谁最口是心非，你称第二，没人敢称第一。”

苏暖瞪了他一眼，低下头，没再说话。

凌言玺则盯着她说道：“去收拾东西吧。”

苏暖抬眸看着他：“收拾东西干吗？”

凌言玺反问道：“你还打算继续住在这里吗？”

苏暖闻言，蹙了下眉，才回道：“不打算。”

说完，她便去收拾了。

凌言玺跟了过去，帮她一起收拾。

待他们全部收拾好后，康德便带着两名保镖进来了。

他们进来后，朝着凌言玺和苏暖恭敬地颔首，便提着行李箱先离开了。

苏暖见状，抬眸看着凌言玺，问道：“他们准备把我的行李拿去哪里？”

“去了，你就知道了。”凌言玺说完，便拥着她出了卧室。

苏暖一脸疑惑地看着他：“你又在搞什么鬼？”

凌言玺一笑，便拥着她径自出了公寓。

出来时，苏暖没有去看对面。

她和凌言玺往前没走几步，身后就传来了景轩的声音。

“暖暖……你真的放得下我吗？你真的不爱我了吗？”

听到景轩的话，苏暖只是微微顿了下脚步，便拉着凌言玺快速往前走去。

“暖暖……”

景轩见状，正准备追去，却被康德和两名保镖拦住了。

康德神情冷漠地看着景轩，说道：“景先生，这里已经被我们凌总全部买下来了，他不希望你住在这里，你赶紧回去收拾东西搬走。如果半个小时后，你还在这里，我们的人可能会把你和你妈直接扔出去。”

景轩闻言，眼含怒气地看向康德：“你们不要太过分了。”

康德没回答他，只是看着他礼貌性地微微颔首，便转身离开了。

景轩见状，双眼发红，一拳砸到了墙上。

他双眸湿润地看着苏暖离开的方向，神情坚定地说道：“暖暖，你等我，我会把你抢回来的。”

凌言玺，你等着，我一定会把暖暖抢回来的，她是我的，是我的。

第十章

谢谢你，出现在我最需要的时候

康德下去时，苏暖和凌言玺已经坐进车里。

康德坐进车里，发动车子，离开了这栋五星级公寓大楼。

将近四十分钟后，他们抵达了目的地——海利尔城堡别墅。

该城堡别墅是凌言玺名下的产业，一共有五层，四十五个房间，外围有私人森林、牧场，城堡里有电影院、酒窖、图书室、马厩、网球场、健身房、早餐室、宴会厅、室内游泳池、花园等。

凌言玺的豪华座驾缓缓驶入城堡别墅后，苏暖察觉到不对劲。

她透过车窗，四下看了看，回过头看着凌言玺，问道："这里是什么地方？"

凌言玺侧眸看着她，回道："我们的新家。"

"什么？"苏暖闻言，惊得瞪大了双眸。

凌言玺握住她的手，目光宠溺地看着她，说道："在你答应嫁给我之前，我们暂时住在这里。如果我们结婚后，你还想住在这里，我们也可以继续住在这里。"

苏暖闻言，震惊道："谁要跟你住在一起了，我不要住在这里。"

住在这里，她怎么逃啊？

她刚进来的时候，可是看见这里面有不少保镖。

她想逃出这里，比登天还难。

凌言玺眼含笑意地看着她，回道："在你爱上我、嫁给我之前，一切都由我说了算，我让你住哪里，你就给我住哪里。"

苏暖将小手从他的手里挣脱出来，瞪着他说道："凌言玺，你能不能不要这么霸道、专横、不可一世？强扭的瓜不甜，你没听过吗？"

凌言玺目光温柔："不甜的瓜是没熟，你这颗瓜，我亲过、摸过、看过、睡过，已经很熟了，怎么扭都是甜的。"

听到这话，苏暖一口气噎在喉咙里吐不出、咽不下。

她本想再反驳他两句，但是转念一想，他不要脸的功夫已经到了登峰造极的地步，她怎么说都没用，还不如留点力气好逃走。

反正老虎都有打盹的时候，凌言玺再强，也会有看不住她的时候，到那时她就趁机逃得远远的。

苏暖这样想着，心情倒是好了很多，也有心情欣赏这欧式宫廷风格的城堡别墅了。

她长这么大，还是第一次踏入城堡，有一种在做梦的幻觉。

车子停下来，有两名西方面孔的男仆上前来拉开车门。

凌言玺先下车，随后将大手伸进车里。

苏暖见状，很想推开另一边的车门下去，但她见车外有男仆、女佣、保镖候着，便卖了一个面子给凌言玺，小手不情不愿地伸向他。

凌言玺笑着握住她的小手，将她迎下了车，牵着她走向会客大厅时，站在外面的一众男仆、女佣便齐声喊道："欢迎太太。"

这些仆人大多是英国人，不过中文说得很好，像是被训练过。

听到他们的欢迎声，苏暖目光微颤了一下，看向了众人。

这时，康德走上前，看着那群仆人中一个穿着黑色职业装、四十岁左右、将头发盘得一丝不乱的法国女人说道："太太，她的中文名叫罗桑，是这里的女管家，您以后有什么需要，可以直接跟她说。"

康德介绍完，脸上没什么笑容的罗桑便上前，朝着苏暖恭敬地颔首："太太好。"

苏暖看着眼前既严肃又恭敬的女人，又看了眼凌言玺，才挤出一丝笑容："你……你好。"

康德在苏暖说完这话后，又指着一个五十岁左右、东方面孔的大妈说道：“这是凌总特意为您请的月嫂，您叫她兰妈就可以了。”

康德话音落下，兰妈也上前朝苏暖恭敬地颔首，招呼道：“太太好。”

“您……您好。”

康德指着几名女仆继续介绍道：“太太，凌总不在的时候，她们几个负责您的饮食起居和陪您。”

听到康德说凌总不在，苏暖一时没反应过来，侧过头，看着凌言玺问：“你为什么会不在？”

凌言玺搂住她的腰，目光宠溺地凝视着她，说道：“如果你希望我二十四小时陪着你，我可以不去公司。”

苏暖听他这样说，就立即明白了，连忙说道：“不用，不用，你一定要去公司，别因为我耽误了公事。”

“不会耽误公事，我已经决定把我的办公室搬回家里了。”

苏暖闻言，惊得瞪大了双眸：“不会吧？那怎么可以？”

一旁的康德回道：“太太，这里距离凌氏集团也就几分钟的路程，别说把总裁办公室搬回来，就是把整个总裁办搬来这里也没问题。”

苏暖闻言，转过身，震惊地看向康德：“这里距离凌氏集团只有几分钟的路程？”

康德颔首回道：“是的，太太，正因为这里距离公司近，凌总才决定和您住在这里。”

听康德说完，苏暖连忙转过身，看着凌言玺说道：“既然这么近，那你就不要把办公室搬回来了。”

他要是二十四小时盯着她，她还怎么逃啊？

怕凌言玺还会提把办公室搬回来的事，她岔开话题问道：“我的房间在哪儿？”

“我们在一个房间。”凌言玺垂眸凝视着她说完，便拥着她走向城堡的会客大厅。

虽然已经想到里面会非常豪华，不过，进去后，苏暖还是被震撼和惊艳到了。

欧式风格的会客大厅，豪华大气，富丽堂皇的装修风格，处处充满了贵族气息。

无论是脚下的地毯，还是墙上名贵的挂毯、维多利亚时代的陶瓷壁炉、博古架上摆放着的无价之宝，都无比奢华和吸睛。

苏暖进去以后，目光就被吸引住了。

她双眸瞪得大大的，一边随着凌言玺往楼上走，一边打量着四周，眼底满是惊艳之色。

因为她怀孕了，不宜过多地爬上爬下，所以，凌言玺将主卧室设在了二楼。

他在带着苏暖上去时，便吩咐别墅里的用人们准备午餐。

二楼的主卧室很大，是比较复古的欧式宫廷风格。

无论是床、沙发，还是整个卧室的布局，都充满了古欧宫廷气息。

卧室里的墙上同样挂着名画，靠墙的博古架上陈列着各种无价之宝。

进入卧室后，苏暖的目光又被卧室里的所有东西吸引住了。

她惊奇地打量着卧室里复古豪华的设施，有一种穿越回古欧时期的错觉。

打量了好一会儿，她才收起惊艳的目光，抬头看向凌言玺，惊讶地道："这里会不会太气派了？"

"凌太太住的地方，怎么能不气派？"说完这话，凌言玺便又搂住苏暖的纤腰，眸含笑意地看着她，说道，"你好像对这里挺满意的。"

苏暖见他一言不合就搂住自己，伸手推了推他，说道："你能不能不要动不动就搂我、抱我啊？还有，你说错了，我对这里一点都不满意，我不喜欢这里。"

"你会喜欢上的。"凌言玺凝视着她说完这话，拉着她走向这卧室里的超大衣橱。

随即，他放开苏暖的手，打开了衣橱。

里面全是衣帽、鞋袜、包，并且全是女式的，春夏秋冬四个季节、各大品牌的都有，各占了一大格。

看着里面琳琅满目的衣帽鞋包等，苏暖是很震惊和震撼的。

不过，最让她震撼的是，这大衣橱的最后一格竟是一个特大号的首饰柜 。

这首饰柜有好几层，里面有头饰、耳环、项链、手链、手镯、各种衣链等。

这些首饰，有宝石款、水晶款、钻石款、白金款等，同样是各大品牌都有。

看着这些，苏暖愣住了。

她心底是感动的，眼眶又情不自禁地红了、湿了。

从来没有人如此待过她，所以，此刻的她很想哭，鼻头一酸，双眸中凝聚起了泪水。

她轻轻咬了一下唇，突地走上前，将衣橱的门都关上了。

随即，她转过身，抬起泪眼看着凌言玺，声音有些沙哑地说道：“你不要再对我好了，不要让我依赖你，不要让我习惯你的存在，不要让我爱上你好不好？”

她太怕习惯别人的好，太怕失去了。

她已经失去过一次，不想再失去第二次。

因为如果再次失去，她真的不知道自己还能不能活下去。

她知道她和凌言玺悬殊太大，他们是不可能的。

所以，如果注定会失去，她宁愿一开始就不要得到。

她泪眼模糊地看着凌言玺 ，难过地道：“我求你了，别再对我好了，我不想爱上你，我不想……”

凌言玺见她竟然哭了，心疼地将她拥进怀里。

随即，他垂眸看着她，一边替她擦拭泪水，一边问道：“傻女人，你到底在担心什么，害怕什么？你怕我是虚情假意的吗？你怕我只是跟你玩玩吗？还是你怕我们不会有结果？”

问这番话时，凌言玺紧盯着她的眼眸，像是要通过她那双含泪的眸子看穿她的内心。

苏暖只是看着他，没有回答。

凌言玺依旧目光深情地看着她，语气带着一丝恳求地说道："暖暖，在我身上赌一次好吗？我一定不会让你输。"

苏暖摇了摇头，语带哭腔地说道："对不起，我赌不起，输不起。"

如果在凌言玺身上赌输了，她会陷入万劫不复之地，这辈子都没有办法再好好活下去了。

她在谁身上都输得起，但是，在凌言玺身上，她真的输不起。

凌言玺知道她是因为被景轩伤害了，才会如此害怕失去，如此不敢再去爱别人。

目光紧紧地锁着她的眼眸，他深情地道："相信我，我负尽天下人，也不会让你输。"

"话说得这么好听，谁知道你办不办得到。"

凌言玺笑着，动作宠溺地捋了捋她的刘海，说道："你在我身上赌一把，不就知道了。"

话音一落，他便拉着苏暖走向那古欧风格的大床。

走近后，凌言玺从奢华的床头柜抽屉里拿出一个精致的小盒子，将那小盒子递给苏暖，说道："看看喜不喜欢。"

苏暖闻言，抬眸看了眼凌言玺，便将盒子打开了。

里面全是卡，各种顶级场所的VIP贵宾卡，每一张卡的可用额度都高得吓人，而且，每一张卡都非常奢华大气，且贵气十足。

苏暖瞪大眼看了一会儿，放了回去，说道："不喜欢。"

凌言玺目光宠溺地看着她："不喜欢没关系，一定要去消费。你不是怕输吗？那在输之前，你一定要狠狠地敲我一笔，这样，你才不会亏。"

苏暖闻言，抬眸看了他一眼，低下头，没有说话。

凌言玺笑着将她拥进怀里，垂眸凝视着她，继续说道："把你以前想要的、看上的、喜欢的、能用的、不能用的，统统买回来。不要怕花钱，老公有钱，嗯？"

苏暖抬眸看着他，问道："你以前也是这样宠那个叫孟茜的女人的？"

凌言玺眼含笑意地看着她，反问道：“怎么？吃醋了？”

苏暖白了他一眼，没有回他。

凌言玺则低下头，附到她的耳边，声音低沉地道：“宝贝，你是第一个，也会是最后一个。”

说完这话，他轻轻咬了一下她的耳垂。

苏暖的身子顿时触电般战栗了一下。

凌言玺对她的反应很是满意，正要去吻她敏感的耳后，别墅里的女管家罗桑就进来了。

她恭敬地颔首：“先生、太太，午餐已经准备好了，需要送上来吗？”

苏暖见有人进来，有些不好意思地从凌言玺的怀里退了出来。

随即，她看着凌言玺，说道：“我想下去吃。”

凌言玺起身看向罗桑，说道：“以后家里的大小事都由太太说了算，太太的决定就是我的决定。”

罗桑恭敬地点头，应道：“是。”

苏暖将目光从罗桑身上收回来，看向凌言玺，压低声音说道：“你不用这样吧。”

她顿了顿，接着说道：“我才懒得做决定，我又不是真正的凌太……嗯……”

凌言玺没等她说完，低下头惩罚性地咬了下她的唇瓣，才目光沉沉地盯着她说道：“我说你是我的凌太太，你就是，谁敢说不是，我就把谁弄死。”

苏暖闻言，对上他阴沉的目光，心微颤了一下。

随即，她试探性地问道：“那要是你爸妈说的呢，你也弄死？”

凌言玺眸含笑意地看她：“他们不会这样说，如果你再敢说你不是我的凌太太，我就要用非常手段惩罚你。”

最后一句话，他是贴近她的耳朵说的，说得无比暧昧。

苏暖听得耳根都红了，又羞又恼地瞪着他：“流氓。”

凌言玺凝视着她，扬唇笑了笑，拥着她出了卧室。

凌家，艾威利城堡。

凌言玺自从孟茜在凌家住下后，就一直没回过凌家，孟茜在凌家已经快要待不下去了。

尤其是看到今天的新闻后，她更加不淡定了。

若问原因，便是新闻上被凌言玺亲吻且宣布是未婚妻的女人，她看着很是眼熟。

照片上凌言玺看那个女人的眼神既温柔又宠溺，还很深情，她犹如被泼了一盆冷水，心顿时凉了一大截，既嫉妒、愤怒，又不敢相信。

她盯着新闻看，一双眼中充满了嫉妒。

“言玺，你怎么可以用这么深情的眼神看别的女人？你是爱我的，爱我的，你不可以爱上别的女人。”

情绪有些激动地说完这些话后，她连忙下了床，准备去找凌老太爷。

在她往外走时，有四名女佣正好给她送午餐进来。

女佣们见她急急忙忙往外走，便问道:“孟小姐，你的午餐准备好了，你去哪里？”

孟茜没有回复女佣们，径自出了客房。

正是午餐时分，凌家上下都在餐厅里用餐。

孟茜到了城堡一层大厅，径自去了餐厅。

“太爷爷……”进去后，她就语带委屈和哭腔地唤了一声。

听到她的声音，凌老太爷等人都抬头看向她。

孟茜则径自走到凌老太爷和凌老太太身边，将手机上的新闻展示给他们看，委屈地问道：“太爷爷，这上面说的是真的吗？这上面的女人就是凌家承认的曾孙媳妇吗？”

话音一落，她将手放到自己平坦的肚子上，低下头，委屈不已地问道：“言玺娶了别的女人，我和宝宝怎么办？”

凌老太爷闻言，看着她，说道：“那个女人，我们凌家还没承认，我是不会让一个来历不明的女人进凌家门的。”

孟茜闻言，心中一喜，连忙问道 ：“太爷爷，您……您说的是真的？”

凌老太爷看了眼她的肚子，神情严肃地说道：“凌家也不会让凌家血脉混乱，不是凌家的孩子，凌家不会认。”

孟茜闻言，神色微变，说道：“太爷爷，您放心，我肚子里的孩子是言玺的。”

凌老太爷并不太喜欢孟茜，之所以让她在凌家住下来，完全是因为不想凌家的子孙流落在外。

虽然还不十分肯定孟茜肚子里的孩子是凌家的骨肉，但为了避免凌家子孙流落在外的事情再次发生，即使没确定，他也只好接纳了孟茜。

他听完孟茜的保证后，只是轻嗯了一声，没说什么。

孟茜低下头沉默了一会儿，才抬头看着凌老太爷，问道：“太爷爷，您既然不同意那个女人进凌家的门，那您……会怎么处理这件事？”

问完这话，她停顿了一下，看了眼凌老太爷严肃的表情，才皱起眉头继续说道：“我相信言玺对我的感情，他应该只是暂时被那个女人迷惑了而已。”

她话音落下，一直没出声的凌言玺的三叔爷凌国荣看向她，说道：“茜茜，你放心好了，这件事，凌家会处理好的。”

说完，他看向他的大哥凌国康，说道：“大哥，你就言玺这么个亲孙子，将来他要继承的是整个凌家的产业，他的婚姻大事对凌家来说也是大事，你这个当爷爷的，该管管你的宝贝孙子了，不能让他再在外面胡来。茜茜的事他还没解决好，就在外面弄了个未婚妻出来，下次还不知道他会弄出什么来。”

说完这番话，他叹了一口气：“唉，言玺现在年少气盛，外面又有不少女人想嫁进凌家来；言玺又喜欢到处留情，这……以后还不知道他会让多少凌家子孙流落在外面。”

凌老太爷听完他的话，气得一把将筷子摔在餐桌上：“这浑小子是越来越荒唐，越来越不把凌家的脸面放在眼里了。他想跟谁在一起就跟谁在一起，也不看看人家跟他在一起有什么目的。我绝不允许一个心术不正的女人嫁进凌家，更不会允许凌家的子孙再流落在外面。”

话音一落，凌老太爷看向脸色同样不是很好的凌国康说道：“言玺和那个女人的事，务必给我解决好，趁现在那个女人肚子里还没凌家的骨肉，赶紧让那个女人离开言玺。这浑小子气死我了，到处留情，一点都不像他的爸爸。”

凌老太爷话音落下，他的小女儿，也就是凌言玺的小姑婆凌彩琴便说道：“爸，这话您可就说错了，言玺现在就跟他爸爸结婚以前一个样。您忘了，他爸爸结婚以前也定不下心来，遇见陌陌以后，才定下心的。要我说啊，您想让言玺定下心来，就赶紧让他把婚结了。”

孟茜听他们说完，看向凌老太爷，说道：“太爷爷，您放心，我会让言玺把心定下来的。我跟言玺已经有五年的感情了，我相信他会为了我把心收回来的。”

保养极好的小姑婆凌彩琴看向她，问道：“你跟言玺已经认识五年了，为什么现在才来找他？”

孟茜闻言，沉默了一下，才抬眸看着小姑婆回道：“我跟言玺之前有些误会，然后我们就分开了。这几年，我一直在找他，但是一直没有找到。直到一个多月前，我去阿尔特酒庄遇见他，然后我们就在一起了。”

说完这话，她顿了一下，才继续说道：“我相信言玺心里还有我，所以，你们放心，我会让言玺把心收回来的。”

凌彩琴听她这样说，便说道：“你要是真能让他把心收回来，那你也算是凌家的功臣了。”

“我会做到的。”孟茜眼神坚定地说完这话，然后看向凌老太爷，“太爷爷，我来凌家好几天了，想回去一趟，可以吗？”

凌老太爷闻言，没有反对，当即安排凌家的管家亲自送孟茜回朱家。

朱家别墅位于切尔西区，距离凌家三十几分钟的路程。

抵达朱家后，凌家的管家和司机在孟茜下车后就离开了朱家。

她进入朱家的大厅时，朱昌、朱莉莎以及孟芬都在。

朱昌和朱莉莎的脸色都很不好，父女俩像是在吵架。

孟芬正在一旁劝架，拉住气急败坏的朱昌劝道：“好了，老公，别生气了，免得气坏了身体。”

孟芬说完，伸手替他拍背顺了顺气，然后看向同样气急败坏的朱莉莎，劝道：“莎莎，你要跟你爸借钱就好好说嘛，你看你把你爸气成什么样了。你爸心脏可不好，你这么气他，就不担心你爸的身体吗？”

正在气头上的朱莉莎闻言，没有回答孟芬，而是气冲冲地看着朱昌，说道：“那一千万，你借也得借，不借也得借。”

孟茜听朱莉莎说完这话，出声问道：“发生什么事了？姐姐，你又找干爹借钱做什么？”

后面一句话，她是问的朱莉莎。

朱莉莎听到她的声音，转过身。

见她回来了，朱莉莎有些惊讶，语气不悦地问道：“你怎么回来了？”

孟芬也看向孟茜，很惊讶地问道：“茜茜，你……你不是在凌家吗？你……你怎么回来了？你回来做什么？”

“我想你们了，所以回来看看你们。”孟茜说完，便走向朱昌，满眼关心地看着朱昌，说道，“干爹，妈说得对，您别生姐姐的气了，免得气坏了身子。姐姐找您借钱，一定是有很重要的事，您……”

她话没说完，朱昌就冷哼道：“她哪是有什么重要的事，她是要把钱拿去给那个景轩买房。”

孟茜闻言，有些惊讶，转过头看向朱莉莎：“姐姐，你要给景副总买房，是准备搬出去吗？”

朱莉莎没有回答孟茜，而是看着朱昌说道：“你不借给我也行，那我就让景轩搬进来。还有，从现在开始，景轩不再是奥宏企业的副总，而是总裁。”

说完这话，她便转身径自往楼上走去。

朱昌气恼不已地看着她的背影，怒道：“你胡闹，公司的事，什么时候轮到你做主了？”

朱昌说完后，见朱莉莎没有停下来，继续说道：“你们昨天闹出那么大的笑话，我这老脸都被你们丢尽了，我没解雇他，已经算是对他仁至义尽了，你还想升他的职，你做梦。”

正上楼的朱莉莎听完他的话，转过身来看着他，威胁道：“你不升景轩的职，我一定会让你后悔，不信，咱们走着瞧。”

说完这话，朱莉莎便转过身，径自上楼去了。

朱昌被她气得都快喘不过气来了：“你这个不孝女，不孝女，我朱昌怎么生了你这么个不孝女？”

“老头子，快别气了，别气了。”孟芬一边替朱昌顺气，一边劝他。

随即，她看向孟茜，说道：“茜茜，快帮忙扶你干爹坐下来。”

孟茜闻言，连忙上前扶着朱昌在沙发上坐下来，一边替朱昌顺气，一边劝道：“干爹，您别气了，您要是气坏了身体，我和妈都会很担心、很心疼的。姐姐只是不懂事，您别跟她计较了。”

朱昌闻言，抬头看向她，脸色和悦了几分：“你姐姐要是有你一半听话和懂事，我这辈子就心满意足了。”

说完这话，他深叹了一口气：“都怪我，把她宠坏了。”

他的原配妻子死得早，那时朱莉莎才两岁多，是他唯一的女儿，所以，朱莉莎从小就很受宠。

他对她舍不得打，舍不得骂，朱莉莎要什么，他就给什么，几乎没让朱莉莎失望过，以致把她惯坏了。

孟茜笑看着他，说道：“干爹，您别想太多了，我相信姐姐会成长起来的。您以前那么疼她，事事依她、顺着她，她已经习惯了。您突然不依着她，她当然要跟您吵、跟您闹。所以，干爹别生姐姐的气了，如果干爹想改善您跟姐姐的关系，就要像以前一样先顺着她、依着她，慢慢让她听您的话。”

朱昌听完这话，点了下头，拉起孟茜的手，说道：“茜茜，还是你贴心，你要是我的亲生女儿，那该多好。”

他话音落下，孟茜便笑看着他说道：“干爹，只要您愿意把我当成您的亲生女儿，那我就是您的亲生女儿。”

一旁的孟芬附和道：“对对，老公，只要你愿意，茜茜就是你的亲生女儿，她会把你当成亲生父亲一样孝敬的。”

说完这话，孟芬便看向孟茜，说道：“以后别叫干爹了，叫爹地。”

孟茜闻言，看着朱昌试探性地问道：“干爹，我……我可以直接叫您爹地吗？”

朱昌笑着回道：“当然可以，你都来朱家几年了，早就是朱家的一份子了。从现在开始，你就是我朱昌的亲生女儿。”

孟茜闻言，笑着说道：“真的吗？谢谢爹地。爹地放心，我一定会好好孝敬您的。”

朱昌听到这话，笑得合不拢嘴。

先上楼的朱莉莎这会儿正站在二楼的楼梯口，见楼下其乐融融的，不悦地看了眼孟芬和孟茜母女俩，转身回了自己的房间。

朱昌在大厅里待了一会儿，接到公司打来的电话后，就离开了。

孟茜和孟芬则在他离开后，回了房里。

一关上门，孟芬便神情凝重地看着孟茜，问道：“怎么回事？你怎么突然跑回来了？”

她是孟茜的妈，所以了解孟茜，压根就不相信孟茜是因为想他们了才回来的。

坐在床上的孟茜看了她一眼，问道：“言玺高调地宣布别的女人是他未婚妻的新闻，你没看到吗？”

孟芬坐下来，看着她回道：“看到了，你不是说他只是逢场作戏吗？”

孟茜闻言，回道：“你之前跟我说的时候，我还以为是别的女人，谁知道竟然是……”

说着，孟茜眯起眼，眼中充满怒意和妒意。

孟芬见她欲言又止，便问道：“竟然是什么？”

孟茜看着孟芬说道：“她就是那晚在阿尔特酒庄那晚跟言玺在一起的那个女人。”

孟芬闻言，有些惊讶：“你确定她是那晚跟凌大少在一起的女人，没认错？”

孟茜摇了摇头，很是气愤地说道：“没认错，就是她。她破坏了我的计划，她化成灰我都认得。”

孟芬听她这样说，便问道：“茜茜，那晚你又不在凌大少的房里，怎么知道她跟凌大少一定在一起了？”

孟茜闻言，看着孟芬，回道："那晚我下的是猛药，言玺抵抗不住的，而且，第二天我去言玺房里时，言玺没有穿衣服。我看到他的后背上有牙印，他们一定……一定做过了。"

说到最后，孟茜恨恨地双手紧握成拳。

孟芬看着一脸恨意的孟茜，说道："做过就做过了，这有什么。以凌大少的身份，他身边怎么可能只有一个女人。你别计较太多，睁一只眼闭一只眼就过去了。"

孟茜闻言，抬头看着她，说道："言玺要是不宣布那个女人是他的未婚妻，我就忍了，现在我忍不下去了。妈，言玺是我的，这辈子待在他身边的女人只能是我，我一想到他碰了那个女人，就心痛死了，她怎么不去死呢？"

孟芬听她这样说，神色一惊，说道："茜茜，你可别乱来，杀人可是犯法的。"

孟茜神色痛苦："妈，你是没爱过人，你要是爱过，就会知道，当你心爱的男人和别的女人在一起时，你心里是什么滋味了。"

"谁说妈没爱过，妈也爱过，你的感受，妈懂。不过，现在对我们来说，钱才是最重要的。"

孟芬说完这话，问道："你知道那个女人是谁，叫什么吗？妈去帮你对付她。"

孟茜回道："我不知道她叫什么，只知道她是景副总的未婚妻。"

孟芬闻言，有些惊讶："什么？她是那个景轩的未婚妻？"

孟茜看着她，点了下头。

"那朱莉莎知道景轩有未婚妻的事吗？"

孟茜再次点头回道："知道。真不知道那个景轩有什么好的，朱莉莎还把他当成宝。"

孟芬笑着说道："你管她呢，她越是乱来，你干爹对她越是失望。等你干爹对她失望透了，就会把希望寄托在你身上，把你当成亲生女儿看待。到时候，朱家的财产就是我们母女的了。"

孟茜点点头，看着孟芬，问道："那我现在该怎么办？言玺一直不回凌家，我根本就没有机会让他原谅我，重新接受我。”

孟芬听她说完，神情有些凝重地看着她，问道：“凌大少有没有怀疑过那晚跟他在一起的女人不是你？”

孟茜回道：“他应该没有怀疑过。”

孟芬闻言，继续问道：“那晚跟他在一起的女人不是你这件事，还有谁知道？”

孟茜想了一下，才回道：“朱莉莎的那个相好景轩知道，朱莉莎应该也知道。”

孟芬闻言，有些疑惑地问道：“你怎么知道他们知道？”

“妈，你现在该关心的不是这个，而是帮我得到言玺的心。”

孟芬看着她，说道：“妈还有一件事要问你，那个女人知不知道她自己跟凌大少那晚在一起的事？”

孟茜扬唇一笑，说道：“这个妈可以放心，她不知道，她的未婚夫骗了她。”

“你怎么知道得这么清楚？”问完这话，孟芬想到什么，又神情凝重地问道，“能证明那晚跟凌大少在一起的女人不是你的那些证据，你都销毁了吗？”

孟茜回道：“这个妈也可以放心，我还没来得及动手，就有人帮我销毁了。”

孟芬听她这样说就放心了。

随即，孟芬看了眼孟茜的肚子，满脸愁容地说道：“那你这肚子怎么办？你肚子里这孩子始终不是凌大少的，你早晚会穿帮。”

孟茜低头看了眼自己的肚子，抬头看着孟芬说道：“你放心吧，我不会让这个孩子顺利出生的。”

说这话时，她的眼神变得有些狠厉。

孟芬看了她一眼，说道：“孩子的事一定要处理好，别让人抓住什么把柄。”

孟茜应道：“嗯，我会处理好的。”

从孟芬的房里出来后，孟茜就径自走到朱莉莎的房门前。

朱莉莎的房门没关，是虚掩着的。

孟茜轻轻敲了一下门，便推开房门进去了："姐姐。"

朱莉莎正在打电话，见孟茜进来，说了两句就挂了，不悦地盯着孟茜问道："你来做什么？"

孟茜笑着回道："不做什么，就是来看看姐姐你。"

朱莉莎不悦地扫了眼孟茜，语气冷淡地说道："你不是去凌家享福了吗？怎么跑回来了？凌家人不欢迎你，把你赶出来了？"

孟茜回道："不是的，我是想你们了，所以就回来了。"

朱莉莎闻言，扬唇不屑地冷笑了一声，瞥向了孟茜的肚子，问道："对了，忘记问你了，你肚子里的孩子真是凌言玺的？"

孟茜看着她，点了点头，神情认真地回道："当然是他的。"

说完，孟茜还面带笑容，一脸温柔地轻轻抚摸着自己的肚子。

朱莉莎见状，冷声说道："你有了凌言玺的孩子有什么用，还不是留不住他的人。"

孟茜闻言，看着朱莉莎，有些不解地问："姐姐，你这话是什么意思？"

朱莉莎冷笑着，眼带讥讽地看着她："不要告诉我，你不知道凌大少和别的女人上头条的事。"

昨天朱莉莎和景轩被媒体撞个正着，她还以为今天她和景轩会上头条，然而让她意外的是，今天的头条竟然是凌言玺和苏暖的新闻。

她和景轩的事并没有被报道出来，这让她非常疑惑。

孟茜听完朱莉莎的话，蹙了下眉，才抬眸看着朱莉莎，说道："我看见了，但是，我相信言玺，他不会爱上别的女人的，我相信他只是在逢场作戏。"

朱莉莎闻言，冷哼一声，不屑道："你还真是够蠢的，你的男人都和别的女人睡过了，你还认为他只是在逢场作戏。"

孟茜听到这话，故作惊讶地问道："姐姐，你在说什么啊？"

朱莉莎见自己说漏嘴了，便继续说道："我是说，你的凌大少背着你和别的女人在一起睡过了。”

孟茜闻言，故作不知地问道：“姐姐说的是哪个女人？”

朱莉莎看了一眼孟茜的表情，像是故意要气她，便接着说道：“就是和凌大少一起上头条的那个女人。顺便告诉你一下，凌大少从昨晚到现在一直和那个女人在一起。”

孟茜咬了一下唇，眼露悲伤地看着朱莉莎问道：“姐姐怎么知道的？”

朱莉莎看了一眼神情悲伤的孟茜，说道：“你别管我是怎么知道的。看在你叫我姐姐的分上，我可以告诉你，那个女人叫苏暖，没钱、没势、没学历、没亲人，什么都没有……”

说到这，朱莉莎顿了一下，看了眼低下头一脸愁容的孟茜，接着说道：“换作是我，谁要是敢抢我的男人，我一定不会放过那个女人。那个叫苏暖的女人抢了你的凌大少，你不会打算就这样忍下去吧？”

孟茜听完朱莉莎的这番话，便明白过来了。

朱莉莎反常地跟她说这么多，原来是想借刀杀人，想借她的手去对付那个叫苏暖的女人。

她抬头看着朱莉莎，神情悲伤地问道：“姐姐，那我应该怎么做？”

朱莉莎见孟茜上钩了，眼神一冷，语气有些狠厉地说道：“当然是让那个女人离开你的凌大少，或者让那个女人消失。”

说完这话，朱莉莎走近孟茜，眼神有些阴狠地盯着她，说道：“自己的幸福要靠自己去争取。你想嫁进凌家，想得到凌大少，就要先把那个叫苏暖的女人除掉。”

孟茜闻言，皱着眉看了看朱莉莎，回道：“我知道了，谢谢姐姐。”

朱莉莎看着她笑了笑 ，说道：“需要我帮忙的时候，可以找我。”

孟茜眼底浮现一抹冷意，却仍装作一脸感激地看着朱莉莎说道：“姐姐，谢谢你。”

朱莉莎继续说道：“你是我的妹妹，我应该帮你。”

第十一章

凌家不认你这个儿媳妇

海利尔城堡别墅。

吃完午餐，苏暖在凌言玺的陪伴下，在城堡别墅里逛了一小会儿，就一直在别墅里大得惊人的图书室里待到了晚上。

而凌言玺一个下午不知道在忙什么，难得没有去打扰她。

不过，他安排了兰妈在图书室陪着苏暖。

到了晚餐时分，罗桑带着两名女仆走了进去。

“太太，先生让您下去用晚餐。”

苏暖看书看得正起劲，不想吃饭，于是抬头看了一眼罗桑，说道：“去跟那个男人说，我还不饿。”

罗桑闻言，顿了一下，继续说道：“今晚的晚餐是先生亲自下厨做的。”

听到这话，苏暖抬起头来看向罗桑，有些惊讶：“晚餐是他做的？那岂不是很难吃？”

话音一落，她摆了摆手，满怀歉意地对罗桑说道：“不好意思，让你白跑一趟了，麻烦你跟你们家先生说一声，我真的很饱，我不吃了，让他自己慢慢享用。”

罗桑听她这样说，蹙了一下眉，才说道：“太太，今晚的晚餐先生准备了一下午，您要是不下去吃，就辜负先生的一番心意了……”

说到这，罗桑看了眼苏暖，才继续说道：“先生知道自己厨艺不好，特意让 Henry 厨师教了他一下午。为了保证做出的每道菜都合太太的胃口，先生每道菜都做了很多遍，不合格、不好吃的都倒掉了，直到有 Henry 厨师觉得合格的菜才留下来。Henry 先生是英国顶级大厨和美食品尝师，对厨艺的要求非常严格，品位也非常刁钻，能让他觉得合格和满意，并不容易。”

苏暖听罗桑这样说，看到凌言玺难得这么用心和勤快，这才合上书，起身随着罗桑下去。

晚餐准备在了花园里。

苏暖跟着罗桑走向花园时，远远就听到非常动听的钢琴曲。

今晚的花园被精心布置过，花园四周的树枝上都挂着欧式水晶玻璃瓶烛台。

这些烛台非常漂亮，并且颜色是不同的，有红、黄、紫等。

花园中间的长餐桌上已经摆好精致美味的提拉米苏、鹅肝、松露、鱼子酱、草莓蛋糕等，还有娇艳欲滴的玫瑰花。

餐桌上是非常漂亮的欧式复古琥珀色大烛台，跳跃的琥珀之光，绚丽耀眼。

餐桌旁边摆放着一架非常华丽、一看就价值不菲的三角钢琴。

而坐在钢琴前的男人一身裁剪得当的纯手工深色昂贵西服，有着俊美无俦的容貌、尊贵不凡的气质，正是凌言玺。

他修长好看的手指正在黑白琴键上舞动，姿态优雅迷人，从他指尖下流出的音乐，轻柔舒缓，让人听着舒服极了。

苏暖随着罗桑走近后，震惊地瞪大了双眸。

她没想到，凌言玺弹琴竟然这么好听。

跳跃着的美丽烛火照在凌言玺那俊美白皙的脸上，为他那冷厉狂狷的俊美脸庞增添了一抹柔和之色。

夜色下，他越发显得高雅俊美，浑身上下充满了迷人的气质，尤其是那张脸，充满了魅力，深深地吸引着苏暖的视线。

不得不说，认真弹着钢琴的凌言玺帅呆了，俊美高雅极了。

苏暖看着他，一不小心就进入花痴状态。

她呆呆地站在原地，痴痴地看着他，都忘了挪动脚步。

站在苏暖身旁的罗桑见她双眸一眨不眨地看着凌言玺，轻轻唤了两声："太太，太太……"

听到罗桑的声音，苏暖这才回过神来，意识到自己正对着凌言玺犯花痴，尴尬极了，也觉得丢死人了。

她侧眸看着罗桑，有些结巴地问："有……有事吗？"

罗桑指着餐桌的方向，恭敬地说道："请太太先坐下来。"

苏暖闻言，没忍住，侧过头再看了一眼凌言玺，才走向餐桌。

罗桑替她拉开了座椅，她礼貌地说了声"谢谢"，坐了下来。

随即，她双手托着小巧的下巴，眼带欣赏地看着对面正认真弹琴的凌言玺。

看着烛火下他那张迷人的脸，苏暖嘴角带着淡淡的笑，又一不小心看痴了。

她双眸清澈，太过专注，以致没有发觉自己看凌言玺的目光中多了一抹柔情和爱慕。

凌言玺一直专注在琴键上，一曲结束后，他才抬眸看向苏暖。

对上她带着爱慕的目光，凌言玺棕色眼眸中的笑意深了几分，目光也变得越发柔和、宠溺。

而苏暖见他看向自己，莫名有些做贼心虚，这种感觉就像是趁人家不注意在偷盗什么东西，被人家逮了个正着。

她连忙收回目光，垂下了眼帘。

凌言玺将目光从她身上收回来，走了过去，在罗桑为他拉开座椅后，姿态高雅地坐了下来。

苏暖在他坐下来后，抬头看向他。

不知是不是因为烛火的关系，今晚的凌言玺，那双妖冶的棕色眼眸带着不可抗拒的吸引力，她只需望一眼，就会被吸进去，沦陷其中，无法自拔。

尤其是那张脸，俊美如斯，邪魅妖冶，凌厉霸气。

苏暖看他一眼，都要呼吸随之发紧，气息有些不稳。

她暗自调整了一下，才看着他，语气平静地说道："没想到，你还会弹钢琴，不过，弹得真心不咋样。"

凌言玺闻言，扬唇优雅地一笑，目光炽热地盯着她在烛火下越发娇俏迷人的小脸，说道："看来，你已经爱上我了。"

苏暖瞪着他，问道："你从哪里看出来的？"

"我弹得不咋样，你还对着我发花痴，这不是爱我的表现吗？"

听到这话，苏暖像被踩到尾巴的猫一样，急忙辩解道："谁对你发花痴了，我有吗？"

知道她喜欢口是心非，凌言玺没再多说，瞥了眼餐桌上他花了一下午时间准备的美食，才说道："不饿吗？还不动筷？"

苏暖闻言，也看了眼餐桌上的美食，问道："这些都是你做的？"

凌言玺目光温柔宠溺地看着她，淡笑着回道："是，特意为你做的。"

明明是很简单的一句话，但是苏暖听在耳里，心湖犹如被飞石击中一般，泛起一层层涟漪，心里最坚硬的地方渐渐变得柔软起来。

她拿起刀叉，正准备动手切她跟前那一小盘牛排，凌言玺便提醒道："已经切好了。"

苏暖怀孕了，不适合吃太生的东西，也不能吃多，所以，她那盘牛排是全熟的，而且分量不多。

苏暖听到他的话，仔细一看，发现确实已经切好了，还切得很小块。

她叉起一小块，尝了一口，有些惊讶地看向凌言玺。

"这真是你做的？"她的语气中透着一丝不敢相信。

她不知道这牛排在其他人嘴里是什么样，不过，她吃起来觉得还蛮好吃的。

凌言玺眸含笑意地看着她："你是在变相地夸我做得好吃吗？"

闻言，苏暖将一小块牛肉塞进嘴里，有些口齿不清地说道："嗯，一般般啦。"

说这话时，她又叉起一小块肉。

凌言玺见状，看着她，语气宠溺地提醒道："你怀孕了，牛排属于热性食物，热量高，孕妇不宜多吃，你再尝尝其他的。”

因为牛排是热性食物，所以，他还给苏暖准备了清热饮品。

凌言玺说完，便将酸奶草莓蛋糕推给了她：“听说孕妇都喜欢吃酸的东西，这个你应该会喜欢。”

苏暖闻言，目光落在了那造型精致的酸奶草莓蛋糕上。

她微微顿了一下，便叉起一小块蛋糕尝了一下。

凌言玺见状，问道：“怎么样？合胃口吗？”

苏暖尝了一口后，眼眶就不受控制地红了，眼底氤氲起一层薄雾。

从来没有人这么关心过她，从来没有人为她做过这些。

她想起曾经的自己，不禁有些伤感。

凌言玺见她眼中含了泪水，慌忙问道：“怎么了？很难吃吗？是太酸了？”

苏暖吸了下鼻子，抬起泪眼看着他：“你好像我爹。”

不，她亲爹对她都没他对她好。

如果他是真心的，如果他可以一直这样，那么，她挺愿意被他这样宠着、爱着。

可是，她又好怕等她认真、用心了，他就会抽身离开。

凌言玺目光温柔宠溺地看着她，说道：“那你就当我是你爹。”

苏暖闻言，眼眶更湿了。

凌言玺拉开座椅，起身走向她，弯下高大的身躯，抬手替她擦拭着泪水。

苏暖盈满泪的眼深深地看着温柔无比的凌言玺，过了一会儿，才问道：“你对我……是真心的吗？”

凌言玺闻言，停下了动作，轻柔地吻了下她的额头，才目光深情地盯着她问道：“你告诉我，我欺骗你能得到什么好处？”

苏暖深思了一下，才摇头说道：“什么好处都得不到。”

凌言玺扬唇一笑，凝视着她说道：“所以，我没有必要骗你，我对你是认真的。”

对上他深情真挚的目光，苏暖的心被感动了。

她紧盯着他深情妖冶的棕色眼眸：“我真的可以相信你吗？”

凌言玺低头覆上她的唇瓣，声音低沉地说道：“相信我，我会是这个世上最值得你信任的人。”

话音一落，他便吻住了她。

她的唇舌软软的，有一股奶油的味道，他很喜欢，喜欢到恨不得将她一口吞进肚子里。

他用一只手扣住她的后脑勺，吻得深情投入。

苏暖在被他吻住的那一瞬，心就跟着颤抖了一下。

她第一次认认真真地去感受他的吻。

他的吻是那么令她心动，心动到不想阻止、不想抗拒。

她试着去回应他的吻，有几次都想搂住他的脖子，但是，她又有些不好意思和不敢，几次抬起手，又都放下了。

最后一次，她准备放下时，被凌言玺一把抓住，拉着她的小手缠到了他的腰上。

凌言玺原本只是想浅浅地吻她一会儿，但一碰到她柔软的唇，就一发不可收拾了。

他不断加深这个吻，两人的气息都变得有些喘。

越是这样吻着她，他越想得到更多，简单的吻根本就不能满足他。

他的大手有些情不自禁地抚摸着她的身子。

苏暖察觉到他的身体越来越烫，气息越来越不稳，意识到什么，连忙移开了自己的唇。

她脸蛋红红的，有些不好意思地看了眼不远处的仆人后，才收回目光，瞪着他说道：“有人在，我们……”

她话没说完，凌言玺便打断了他：“我让他们马上消失。”

闻言，苏暖将自己的目光投向餐桌上的食物，说道：“我饿了，我要用餐了。”

凌言玺低下头，在她的耳旁声音沙哑地道：“我现在好想吃你。”

话音刚落，他扳过苏暖纤瘦的身子，目光灼热地盯着她。

听到他这么直白的话，苏暖脸一红，瞪大了双眸。

她现在有些庆幸她肚子里有个小宝宝。

想到孩子，她的眉头蹙了起来。

孩子不是他的，他真的会将其当成亲生的看待吗？

如果将来他们有了孩子，他还会疼现在她肚子里的这个吗？

当知道景轩背叛她，她在伤心绝望之时，想过将孩子打掉。

因为她不想将来孩子出生后，没有亲生父亲疼爱，不想孩子和她一样像个孤儿，有一个不完整的家庭。

然而，想到孩子是她在这个世上最亲的人，是她身上的一块肉，与她血脉相连，她又不忍心打掉他。

凌言玺见她皱起眉头不出声，深深盯着她的眼眸，问道："在想什么？"

苏暖抬眸看着他，深思了一下，才半开玩笑半认真地说道："我在想，我接受你之前，是不是应该去把孩子打掉。"

凌言玺见她开始替自己着想，心里既高兴又感动，不过，他不赞同她打掉孩子。他目光深深锁住她的眼眸，说道："听说第一个孩子会很聪明，打掉太可惜了。而且打孩子伤身，我不希望你打掉他……"

说到这，凌言玺顿了一下，才目光深情地看着她，继续说道："还有，你的就是我的，你的一切我都爱，我很期待这个孩子的出生，这是我们的第一个孩子，我不希望他离开我们。相信我，我会做一个合格的好爹地的。"

苏暖听他说完，抬眸深深地看着他："你好傻。"

"哪里有你傻，还想为了我去打孩子，真是个傻女人。"凌言玺双眸中满是深情。

她开始为他着想了，说明他离她的心更近一步了。

苏暖见他一直用溺死人的目光看着自己，觉得呼吸都快要不顺畅了。

她微垂眼帘，低声问道："我们还要不要吃饭啊？你再这么看下去，菜都凉了。"

凌言玺闻言，低头吻了她一下，这才回到自己的座位上去。

接下来，苏暖用餐时，一直有一双炽热的眼眸紧盯着她，害得她都不好意思吃得太快，以免太没形象了。

这顿饭，两人吃了很久，气氛难得温馨、和谐、浪漫。

吃完后，凌言玺还带着苏暖跳了两支慢舞，帮助消化。

将近晚上十一点的时候，他们才回二楼主卧室。

如果换作以前，苏暖一定会想办法拒绝和凌言玺进一个卧室睡觉，不过今晚的她，心里像是已经接受凌言玺了。

她像是在不知不觉中已经进入凌太太这个角色，所以，凌言玺带她上来时，她没有反抗或者拒绝。

进了卧室后，凌言玺就进浴室去给苏暖放好了水，并给苏暖找好了睡衣。

他将睡衣递给苏暖，看着她说道："水已经放好了，你先进去洗。"

苏暖看着他手里非常可爱的卡通小兔睡衣，有些惊讶："我还以为你会给我选一些奇怪的睡衣。"

凌言玺将睡衣给她，一把搂住她的纤腰，令她柔软的身子紧紧地贴着他的身体。

随即，他垂眸笑意盈盈地看着她，性感的薄唇附到她的耳边说道："放心，我不会让你失望，等你生完孩子，你想穿多奇怪的睡衣，我都会买回来给你穿。"

"你才想穿奇怪的睡衣。"苏暖说完，便推开他进了浴室。

苏暖进去后没几分钟，凌言玺的手机就响了，电话是他的爷爷凌国康打过来的。

凌言玺不用问就知道是什么事，电话接通后，只说了一句话："有什么事，明天再说，我会给您老人家一个完美的解释。"

说完，他便挂断了电话。

苏暖洗完出来，他灼热的目光在她身上扫视了一圈，才说道："去床上等我。"

话音一落，他便拿着给自己特别准备的睡衣往浴室走去。

苏暖见状，想到他背上有伤，便叮嘱道："你背上有伤，记得不要碰到水。”

凌言玺闻言，转过身来，凝视着她说道：“你进去帮我擦浴？”

苏暖闻言，想到他会脱光光，小脑袋就摇得跟拨浪鼓一样。

凌言玺见状，笑看着她，说道：“我逗你的。”

说罢，他便进了浴室。

苏暖暗自松了一口气，转过身看向卧室里唯一的一张大床。

她盯着那张床思索了好一会儿，才决定躺上去。

她知道，以凌言玺的性格，是不会让她睡在沙发上的，他一定会强行让她睡到床上去。

所以，既然注定会睡床，她索性也就不往沙发上躺了。

她躺上床没多久，凌言玺就出来了。

当看到凌言玺身上的睡衣时，她被惊到了 。

凌言玺身上穿的也是卡通小兔的睡衣。

他身上的睡衣跟她身上的是同款，情侣睡衣。

他堂堂大总裁、大少爷，却穿着可爱的卡通小兔睡衣，如果不是亲眼所见，她都不敢相信。

凌言玺见苏暖瞪大眼，一脸惊讶地看着他，一边走向她，一边问道：“怎么？我穿着不好看吗？”

苏暖闻言，笑着道：“很好看，还让你看着像小了十几岁呢。”

话音刚落，她又问道：“你确定你没穿错睡衣？”

见苏暖自己乖乖地上床了，凌言玺心里是非常惊喜和意外的。

他知道她终于不再排斥他了。

凌言玺躺上床，拿起放在床头柜上的手机，打开了拍照功能。

苏暖见他的长臂伸过来揽住了自己，还打开了拍照功能，有些惊讶地问道：“你干吗？”

凌言玺深不可测地一笑，低下头吻上她的唇。

“咔嚓”——在这一刻，苏暖听到了手机拍照的声音。

离开苏暖的唇瓣，凌言玺又吻上她的额头，同时，他按下了拍照键。

“咔嚓！”又是一声响。

苏暖见状，疑惑地问道：“凌言玺，你到底在干吗？你拍照片干吗？”

凌言玺没有回答她的问题，而是垂眸凝视着她说道：“吻我。”

话音一落，他指了指自己俊美的脸，说道：“吻这里。”

闻言，苏暖正准备拒绝，凌言玺便扣住她的后脑勺，目光深情地凝视着她，说道：“就一下。”

苏暖看了一眼他的手机，思索了一下，才慢慢将自己柔软的唇凑过去。

凌言玺见状，自己将脸贴了过去。

苏暖的唇碰到他的脸的那一刹那，他就快速地拍了一张照片。

随即，他快速低下头，含住苏暖的唇瓣，又拍了一张照片。

苏暖不明白他为什么拍这些照片，等他拍完后，她看向他的手机，便看到他竟将他们刚刚拍的那几张照片全部上传到了一个非常大的社交平台上。

图片一发出去，立马就有人点击阅读了，而且，阅读量、点击量涨得还有点快。

苏暖见状，被惊到了：“你、你……你干吗？”

凌言玺眸含笑意地看着她：“秀恩爱，秀老婆，让全世界知道我们有多幸福。”

苏暖闻言，白了他一眼：“凌言玺，没想到你会做这么幼稚的事情。”

她嘴上这样说，不过心里还是蛮高兴的。

现在没有几个男人会在自己的圈子里上传自己和老婆或者女朋友的合照了。

凌言玺的举动让她觉得她得到了他的重视和在乎。

有一句话说，如果一个人不把自己的爱人介绍给自己的朋友和家人，那就说明不够爱对方。

此刻的她心里像吃了蜜一样，甜甜的。

在景轩那里没有得到的重视和在乎，她在凌言玺这里都得到了。

她开始相信真爱可以改变一个人，开始相信凌言玺会是一个非常合格的老公。

因为他懂得怎么哄自己的女人，懂得怎么让自己的女人感受到他的爱和重视。

凌言玺垂眸，目光温柔深情地看着她，说道：“为了你，我什么事情都做得出来。只要能让你爱上我，只要能让你幸福快乐，我可以毫无底线、毫无尊严、毫不要脸。除了不爱你、放弃你，我什么都愿意为你做，什么都做得到。”

苏暖闻言，深深地看了他一会儿，才说道：“你确实很不要脸。”

凌言玺靠近她，声音低沉地问道：“那你爱上我这个不要脸的男人了吗？”

话音一落，他便又低下头吻了吻她的唇瓣。

苏暖没有回答他，但没有躲避他的吻，甚至还有回应他的趋势。

凌言玺见状，双手捧住她的小脸，再一次深深吻住了她。

这一次，苏暖乖乖地闭上了双眸，青涩地回应着他，让他知道，她开始接受他了。

第二天，苏暖是被手机铃声吵醒的。

打电话来的是唐乔晚。

苏暖摸到手机接听，迷迷糊糊地问道：“喂，谁啊？”

那头唐乔晚只回了一个字：“我。”

半梦半醒的苏暖听到唐乔晚的声音，闭着眼说道：“我什么我，说名字。”

唐乔晚听到她像是没睡醒，还很累的样子，猜测她昨晚可能做了什么体力运动，便试探性地问道：“暖暖，你昨晚跟我大哥是不是那什么了？你们已经那个了吗？”

听到这话，苏暖清醒了许多。

她看了眼手机，见是唐乔晚打来的，才一边揉双眼，一边说道：“晚晚，原来是你啊，你刚刚说什么那个？”

唐乔晚以为她是不好意思，才故意装听不明白，便说道：“你说什么那个。我都看见了，你昨晚和我大哥躺在一张床上，你们还穿着情侣睡衣。”

听她提到情侣睡衣，苏暖才想起昨晚的事，彻底清醒过来。

随即，她有些尴尬和不好意思地问道：“你……你看见你大哥发的那几张照片了？”

唐乔晚笑着回道：“恭喜你们，又上头条了。”

闻言，苏暖抓了抓自己的头发：“不会吧。”

唐乔晚在那头笑了笑，才说道：“我以后是不是该改口叫你大嫂了？”

苏暖越发尴尬和不好意思了：“别，八字还没一撇呢。”

“你们都那什么了，是有名有实的夫妻了。”

苏暖见唐乔晚误会了，连忙说道：“晚晚，你别误会，我跟你大哥只是住在一起而已，我们还没那什么。”

唐乔晚以为她是害羞才这样说，便说道：“暖暖，我又不是别人，你不用觉得害羞，不用隐瞒我。”

“我没害羞，也没隐瞒，我跟你大哥真的是什么事都没有。”

说完这话，苏暖顿了一会儿，才语气凝重地说道：“晚晚，还有一件事，我没告诉你。”

“什么事？”

苏暖思索了一会儿，才说道：“我怀孕了。”

唐乔晚闻言，有些惊讶：“真的怀了？”

话音一落，她想到什么，便问道：“是……是景轩的？”

苏暖轻轻应道：“嗯。”

听到她的回答，唐乔晚倒抽一口气，随即语气有些凝重地问道：“我大哥知道吗？”

苏暖回道：“他知道。”

“他不在乎孩子不是他的，对吗？”

苏暖再次应道：“嗯。”

“这说明我大哥很爱你。”

苏暖闻言，眉头深锁，沉默了一会儿，才问道：“晚晚，你觉得我和你大哥真的合适吗？我怀着别人的孩子，已经是不洁之身，你觉得我配得上他吗？”

“当然配得上，这普天之下，能让我大哥三更半夜穿着睡衣拍照，还上传到社交平台的，就只有你一个，没人比得上你。在我大哥眼里，你就是独一无二的。所以，你千万别多想，两个人在一起幸福快乐才是最重要的。还有，爱情里没有谁配不上谁，只有爱不爱。”

听到这话，苏暖嘴硬地回道：“我又不爱你大哥。”

“是吗？那是谁说和我大哥绝对不可能，结果，当晚就和我大哥躺在一张床上的？是谁三更半夜和我大哥穿着情侣睡衣拍合照秀恩爱的？”

苏暖闻言，有些尴尬，想了想，说道：“你又不是不知道你大哥的性格，穿情侣睡衣和拍合照，都是你大哥逼我做的。”

唐乔晚知道她喜欢口是心非，于是不再跟她争辩，笑着说道：“暖暖，你什么都不用担心，也不要乱想，放心大胆地和我大哥谈恋爱，天塌下来，我会替你顶着。我今天就准备回英国了，到时候，我们好好聚聚。”

苏暖闻言，应道：“嗯。”

挂断电话后，苏暖就起来了。

她正准备去浴室洗漱，兰妈就带着四名女仆进来了。

“太太早。”

“兰妈早。”苏暖向兰妈打完招呼，这才意识到她起来后没见到凌言玺。

于是，她看着兰妈，问道：“那个……你们的凌先生去哪儿了？”

见她问起凌言玺，兰妈恭敬地回道：“先生一早起来就去公司了。”

苏暖闻言，点了下头：“嗯，知道了。”

“太太，早餐已经准备好了，我们伺候您洗漱吧。”

苏暖闻言，连忙说道：“不用了，我自己来就可以了。”

话音一落，她便进了浴室。

兰妈让两名女仆留下来整理床铺，她则带着另外两名女仆进了浴室。

她是怕苏暖摔倒什么的，才一直跟着。

洗漱完，穿戴好后，苏暖就随着兰妈下楼了。

今天的早餐是Henry厨师亲自做的。

苏暖坐下来开吃时，管家罗桑拿着两本册子过来了。

她将那两本册子搁到苏暖跟前，恭敬地向苏暖说道："太太，先生怕您无聊，特意让我给您准备了这个，这里面有全世界最珍贵的宠物信息，您看您喜欢哪种宠物，选中了，先生会安排人用最快的速度送来别墅。不过，先生说了，您现在怀孕，不宜接触任何宠物，您选中的宠物送来后，您只能看，不能接触。"

苏暖闻言，打开了册子，入眼的是一只雪白色的小型博美犬，小小的、毛茸茸的、白白的，看得苏暖心都快化了。

她忍不住夸道："好可爱。"

"太太，后面还有。"

苏暖闻言，这才往后面翻，不看不知道，一看吓一跳。

往后翻看，苏暖才知道她所知道的宠物种类实在是太少了。

那上面能把女人的心萌得化了的宠物，她大多数见所未见、闻所未闻，几乎每一种都很喜欢。

她今天才发现，一边吃早餐，一边看各种宠物的照片也是一种乐趣。

凌氏集团，总裁办。

"我再问你一次，你跟那个女人……"

凌言玺不等凌国康说完，便打断了他："我也再说最后一次，我的婚姻大事，我自己做主。我想跟谁在一起，就跟谁在一起，我想娶谁就娶谁。这辈子我要定暖暖了，谁都不能改变我的决定，太爷爷不能，爷爷您也不能。"

"你……"凌国康闻言，要气死了，"那个女人到底有什么好的，值得你为了她跟我翻脸？"

凌言玺看向他，说道："全天下只有她能带给我幸福，这就是她最好的地方，有这点就足够了。"

凌国康被凌言玺气得话都快说不出来了。

"你太爷爷不会同意你娶一个来历不明的女人进门，我也不会同意，你趁早跟她断了，否则，你别怪我翻脸无情，不认你这个不孝孙。"

气冲冲地说完这些话，凌国康在管家的搀扶下站了起来，有些气急败坏地看了眼凌言玺，便往外走去。

康德见状，恭敬地颔首："老爷慢走。"

"哼。"凌国康冷哼一声，离开了办公室。

康德在他出去后，转过身看向凌言玺："凌总，老太爷和老爷都不同意您娶苏小姐，您……"

凌言玺微眯眼，看着他说道："我会让他们同意的。"

凌国康从凌言玺的办公室出来后，刚乘坐专属电梯刚到一楼就遇到了孟茜。

孟茜看见他，有些惊讶："爷爷……"

凌国康见到孟茜，也有些惊讶："你怎么来了？"

"我……"孟茜蹙了一下眉，说道，"我来找言玺，有话要跟他说。"

她顿了一下，看着凌国康问，"爷爷也是来找言玺的吗？是为了那个女人的事吗？"

她一提起那个女人，凌国康本就不好看的脸色变得更难看了。

"他在上面，你自己上去找他。"凌国康说完这话就准备离开。

孟茜见状，像是想到了什么，喊住了他："爷爷，等等。"

凌国康停住脚步后，转过头来看着她问道："还有什么事？"

他也并不是很喜欢孟茜，所以并不想与她多说。

孟茜蹙了一下眉，走到凌国康跟前："爷爷，有些话，我不知道该不该跟您说。"

凌国康神情严肃地问道："什么话？"

孟茜深思了一下，才看着凌国康说道："就是关于那个女人的。"

凌国康闻言，深深地看了孟茜一眼："说吧，关于那个女人的什么事？"

孟茜看了下四周，说道："这里说话不太方便，而且爷爷年纪大了，也不能一直站着，要不，去爷爷的车里说吧。"

凌国康闻言，没有反对。

待司机将车从公司地下车库里开出来，凌国康和孟茜便先后坐了进去。

先坐进车里的凌国康侧过头看了眼随后坐进来的孟茜，说道："现在可以说了吗？"

孟茜闻言，侧过头看了眼凌国康，从自己随身带的包里拿出了一份资料。

她看着资料，眼底闪过一丝冷意，将那份资料递给凌国康，说道："这是那个女人的全部资料，她叫苏暖，是一个以写作为生的网络作者。她的父母离异后，就各奔东西抛弃了她，她等于是个孤儿。她除了未婚夫之外，就没有其他亲人了。"

凌国康听到孟茜说苏暖还有未婚夫，一张老脸绷得更紧了，有些气愤地说道："她还有未婚夫？"

孟茜看了眼凌国康绷紧的脸，暗自得逞地一笑，才回道："是的，她和她未婚夫已经认识几年了，而且，他们还一直保持着同居关系。"

"什么？"听到这，凌国康气得脸都快黑了。

孟茜看着处于震怒边缘的凌国康，继续说道："也就是说，苏暖和言玺在一起的同时，还和她的未婚夫保持着非常亲密的关系。"

凌国康听她说完，气得头顶都快冒烟了。

他握紧双手，怒气腾腾地说道："这个不要脸的女人，实在太可恶了，我凌国康死都不会让她进凌家的门。"

孟茜见他气得都快上气不接下气了，连忙说道："爷爷，您消消气，别气坏了身体。"

凌国康已经气到极致，神情愤怒地看着孟茜问："她的未婚夫是谁？”

孟茜闻言，蹙着眉从包里拿出一张照片递给了凌国康。

照片上，苏暖和景轩拥抱在一起，两人看起来很亲密。

凌国康一看到照片，就气得脸色铁青，脸上笼罩着阴霾。

他认出照片上的景轩了，怒气腾腾地问道：“这不是你养父公司的副总吗？”

孟茜看着他点了下头，回道：“是的，他就是我爹地公司的景副总。”

说完，她停顿了一下，才继续说道：“这个景副总不仅是苏暖的未婚夫，同时还是我姐姐的男友。”

凌国康闻言，有些震惊地看向孟茜。

孟茜看了眼凌国康的表情，低下头道：“家丑不可外扬，这本是家事，我不该给爷爷您说，但是事关言玺、事关凌家，我就不能不说了。这个景副总是因为钱才跟我姐姐在一起的，不知道他给我姐姐灌了什么迷魂汤，我姐姐明知道他有未婚妻，也知道他的目的，但就是不肯跟他分手。为了这事，我爹地跟我姐姐不知道吵过多少次……”

说到这，孟茜叹了口气，停顿了一会儿，才又道：“那个景轩最近好像缺钱，昨天他还教唆我姐姐向我爹地借一千万，不过，我爹地没有同意。还有，他的未婚妻苏暖之前一直在用各种途径帮他赚钱。所以，爷爷，我觉得那个叫苏暖的女人接近言玺一定是为了钱。这很有可能是苏暖和她未婚夫景轩设下的一个圈套，他们说不定是想吞掉凌氏集团。”

凌国康听到她说到这，脸色变得十分阴沉吓人，那犀利的眼中都快喷出火来了。

他异常愤怒地道：“我不会让他们得逞。”

话音一落，他便看向司机，吩咐道：“去海利尔城堡。”

“是。”司机应了一声，立即发动车子。

孟茜见状，问道：“爷爷，我也去吗？”

凌国康侧过头看向她，说道：“你就以凌家曾孙媳妇的身份去，务必让那个不要脸的女人知道，你才是言玺的妻子，你才是凌家的曾孙媳妇。”

孟茜听到这话，很是惊喜，满脸笑容地应道：“是。”

此刻的孟茜心里乐坏了，嘴角勾出得逞的笑。还好她早有准备，资料和照片是她今早出门的时候，一个她不认识的人给她的。

虽然不知道是谁给她的资料和照片，但是只要能把那个女人从言玺身边赶走就行了，她才不在乎是谁在帮她。

她原本是要拿着资料和照片去给凌言玺看的，不过遇见了凌国康，就索性先给凌国康看。

听到凌国康说让她以凌言玺妻子的身份去见苏暖，她快兴奋死了，一路上嘴角都带着得逞的笑。

凌氏集团距离海利尔城堡别墅只有几分钟的路程，所以，他们很快便抵达目的地了。

这里虽然是凌言玺名下的房产之一，不过凌家人都知道。

昨天白天，凌国康就特意调查过凌言玺这几天的行程，所以知道凌言玺和苏暖都住在海利尔城堡别墅里。

凌国康并不是第一次来这里，所以，别墅里的保镖和仆人都认识他。

保镖们见是他的座驾，便直接放行了。

孟茜是不知道这里的。

车子顺利驶进城堡别墅后，她目光惊讶地看了看四周，便侧过头去看向脸色依旧铁青的凌国康，问道：“爷爷，言玺和那个叫苏暖的女人住在这里吗？”

凌国康这会儿正在气头上，没有回答孟茜。

孟茜也没继续问下去，收回目光后，透过车窗看向车外，忍不住气愤起来。

她眼神发狠，胸腔里燃烧起了怒火，双手紧紧地捏了起来。

她嫉妒死了，她都没住进这里来，那个叫苏暖的贱女人凭什么住进来！

想到凌言玺金屋藏娇，而那个“娇”还不是她，她就气得要发疯，嫉妒得要发疯。

要不是凌国康坐在她旁边，她必须保持千金小姐的淑女形象，不然她早就发起疯来了。

言玺，你太过分了，五年前你欺骗我，隐瞒你的身份也就算了，五年后你还是这样对我。

你可以给别的女人富裕的生活，为什么不给我？

你让别的女人住进这里，为什么不让我住进来？

你为什么要这么不公平？

此刻的孟茜恨死苏暖，也嫉妒死她了。

而吃完早餐的苏暖这会儿正在图书室里。

她挑的一公一母两只小宠物，还没被送来别墅。

凌国康的专属座驾在别墅大厅外停下，有两名男仆立即上来拉开车门。

孟茜见状，掩下心里的气愤和悲伤，先下了车，弯下腰，将双手伸了进去："爷爷，我扶您。"

凌家的老管家也下了车，和孟茜一起将凌国康扶下了车。

这时，别墅里的管家罗桑走了出来，见是凌国康来了，有些惊讶。

她走上前，恭敬地颔首，问道："老爷，您怎么过来了？"

凌国康看了眼罗桑，问道："那个叫苏暖的女人在哪里？"

"苏暖？"罗桑抬头看向他，"老爷说的是太太吗？"

站在凌国康身旁的孟茜听到罗桑竟然称苏暖为太太，有些震惊地看着罗桑："太太，你叫她太太？！"

凭什么？那个不要脸的贱女人凭什么被称为太太？

她有什么资格？

那个贱货有什么资格？

此刻的孟茜又快要气疯了，掐紧了手心，身体发颤，就差发狂了。

她心里怒吼道：言玺，你太过分了，你太过分了。

罗桑有些疑惑地看了眼孟茜，回道："是的。"

话音一落，她便又看向凌国康，回道："太太在图书室。"

凌国康闻言，竭力压下怒气后，才说道：“把她给我叫出来，我有话跟她说。”

“是。”罗桑应了一声，便有些疑惑地站到一边，给凌国康让路。

待凌国康进去，在富丽堂皇的会客大厅里坐好，罗桑安排了女仆招呼凌国康和孟茜，才去三楼的图书室。

孟茜坐下来，打量了下这处处透着奢华与贵气的会客大厅。

她想到苏暖住在这里，享受着用人们的服务，过着锦衣玉食的富太太生活，就嫉妒得要疯掉了。

这一切本该属于她的，她才是这里的太太，一切都是她的，包括凌言玺。

图书室。

一身高定 A 字形蓬蓬公主裙的苏暖这会儿正在选书。

罗桑走进去，恭敬地说道：“太太，老爷来了，让您下去。”

“老爷？”苏暖闻言，转过身看向罗桑，有些疑惑地问道，“是谁啊？”

罗桑见她不知道，深深地看了她一眼，才回道：“就是先生的爷爷。”

闻言，苏暖神色微变，拿在手里的书差点掉到地上。

不会吧，凌言玺的爷爷竟然来了，他……他老人家来做什么？

不知为何，她心里有一种不好的预感，脑海中闪过电视、电影、书里的某些戏码。

罗桑见她不出声，再次说道：“太太，老爷让您下去。”

苏暖闻言，将书放回书架，看着罗桑说道：“我知道了，我这就下去。”

说完，苏暖便先走出了图书室。

罗桑、兰妈以及两名女仆，都跟在她身后。

苏暖带着忐忑的心情到了一层的会客大厅。

见会客大厅里的豪华沙发上果然坐着一个气度不凡、浑身上下散发着贵气与冷然之气的老人，她心里更加紧张了。

坐在沙发上的老人虽然上了年纪，但是保养得很好，身体看起来很健壮，眉宇间一股震慑人心的王霸之气，一看就是那种不管在哪里都能纵横四方的翘楚和领导者。

苏暖一到大厅里，目光就落在气场强大的凌国康身上，都忽略了坐在他身旁的孟茜。

而孟茜的目光正落在苏暖身上。

看到苏暖的那一瞬，她的目光就没离开过苏暖一下。

她一眼就看出苏暖身上的衣服是高级定制。

只有皇室贵族或者上流社会地位和名气非常高、非常有钱的名媛贵妇才有资格穿，也才穿得起。

她恨恨地眯起双眼，掐紧了手心，竭力压制着自己的怒气和妒意。

苏暖走近后，目光才落到孟茜身上。

她没有见过孟茜，不知道孟茜是谁，不过心里生出了一丝疑惑。

她暗自吸了一口气，面带微笑，恭敬地看向凌国康，礼貌地打着招呼："凌爷爷，您好。"

凌国康此时也在打量苏暖，一身高级定制 A 字形蓬蓬公主裙的苏暖高贵、大气、清丽、温婉，要比他想象中有气质多了。

他之前没仔细看照片，听完孟茜的话，还以为苏暖是那种全身上下散发着狐媚气质、不三不四的妖艳女人。

不过，此时亲眼看见苏暖，他是有些意外和惊讶的。

如果只看苏暖的外形，他完全想不到眼前这身上散发着清甜、纯朴气息，一点都不妖艳的女人会是那种为了钱、为了名利不择手段的风骚女人。

虽然他看着苏暖的外形并不厌恶，反而觉得她怎么看都比孟茜顺眼多了，但是一想到她有未婚夫，而且是有目的地接近他的孙子，他对她产生的好感就一下子全部消失了。

苏暖见眼前的老人不说话，神情十分严肃，眉宇间透着慑人的气势，更加紧张了。

她暗自深呼吸了一下，才鼓起勇气再次问道："凌爷爷，您是来找言玺的吗？他去公司了。"

凌国康看着她，无论是眼神还是表情都十分慑人："我是来找你的。"

他的声音苍劲有力，浑厚洪亮。

苏暖见他不苟言笑，表情十分严肃，便知道他来者不善了。

她并不是笨蛋，凌国康找上门来，而且表情并不和善，她用脚指头都能想到他是来做什么的。

于是，她礼貌地问道："凌爷爷是因为我住在这里的事来找我的吗？"

凌国康并不是一个喜欢拐弯抹角的人，眼神锐利地盯着苏暖，直接说道："我是为了你勾引言玺的事来的。"

听到"勾引"二字，苏暖神色微变，瞪大了双眸："凌爷爷，你说什么？"

"哼。"凌国康冷哼一声，一脸愤怒地说道，"你已经有未婚夫了，为什么还缠着言玺？"

"我……"苏暖看着脸色不悦的凌国康，说道，"凌爷爷，您误会了，我没有……"

凌国康没等她说完，便语带怒气、声音洪亮地打断了她："你还敢说你没缠着言玺，你要是没缠着他，为什么会住在这里？"

"我……"苏暖张了张嘴，竟不知道该如何回答了。

大厅里还有用人，他们见凌国康毫不客气地训斥苏暖，很是惊讶和不解。

坐在凌国康身旁的孟茜见苏暖在下人面前被训斥，心里快要乐坏了。

凌国康见苏暖不出声，冷眼看着她，语带讥讽地问道："怎么不说话了？没脸说了？"

听到凌国康这带着讥讽的话，苏暖微垂眼帘，咬住下唇，依旧没有出声。

此刻，她心里是很难受的，她不说，是因为觉得她会有今天都是自己犯贱造成的。

如果她不犯贱，不接受凌言玺，就不会有今天了。

她该有自知之明的，既然知道自己和凌言玺身份悬殊，就该想到他的家人不会接受她。

她早晚会面对这一天。

她竟然忘记这一点了。

她不该来这里，即使来了，也应该想办法离开，今天被骂、被践踏尊严，都是她自找的。

她活该。

她眼眸中氤氲起泪水，但她努力压制着不让泪水掉下来，不让自己哭。

凌国康看了她一眼，冷哼一声，便继续说道："就凭你，还想进凌家的门，你做梦！我凌家绝不会让一个心怀不轨、不三不四、不干不净的女人嫁进来。"

苏暖抬眸看向他："我没有心怀不轨……"

顿了一下，她才眼眶发红地继续说道："我也不是不三不四的女人。凌爷爷，您可以气我、恼我，但我希望您不要这样随意诋毁我、侮辱我的人格。"

"哼！"凌国康冷哼一声，眼带讥讽地看着她，"像你这种不要脸的女人，还会有人格吗？你别怪我说话难听，也别怪我不尊重你，是你自己先不尊重自己。"

坐在一旁的孟茜看着凌国康说道："爷爷，您消消气，让我来跟她说。"

话音一落，她便起身看向苏暖，说道："苏小姐，我不管你是为了什么接近言玺，我希望你离开他，不要再缠着他……"

说到这，她眼中含着泪水，抬手抚上自己的肚子，神情痛苦地看着苏暖，哭着说道："我不希望我的孩子出生以后没有爸爸，求你离开他好吗？"

听到这话，苏暖神色震惊地看向孟茜平坦的肚子，身体顿时从头凉到了脚。

她双眸发红，有些不敢相信地看着孟茜，问道："你说什么？"

孟茜神色痛苦地哭着说道:“我怀孕了,肚子里已经有言玺的孩子,你不要来破坏我们好吗?”

苏暖听到她说怀了凌言玺的孩子,身体又是一阵发冷,同时双腿一软,趔趄着往后倒去。

“太太。”兰妈见状,立马上前来扶住了苏暖。

苏暖这会儿只觉得身体发冷,全身的力气仿佛被抽走了。

她脸色惨白,眼眸含泪地看着孟茜问:“你……你是谁?”

孟茜泪眼模糊地看着苏暖,委屈不已地回道:“我是言玺的妻子,我才是他的太太。”

听到她的话,苏暖隐忍了许久的泪水不受控制地滑落出来“妻……妻子?”

她语带哭腔,心痛地问道:“怎么可能?”

晚晚没告诉她凌言玺结婚了啊,凌言玺也没有说过啊。

大厅里的仆人听到孟茜的话,也被惊到了,包括罗桑和兰妈。

他们的凌太太不是苏小姐吗?

怎么突然变成那个女人了?

孟茜见她不信,便哭着说道:“你不信,就问爷爷。”

凌国康看了眼孟茜,神色有些复杂地沉思了一下,才看向苏暖,说道:“茜茜没有骗你,她是言玺名副其实的妻子,是我们凌家的曾孙媳妇。”

他为了让苏暖离开凌言玺,才说出这番违心的话。

“茜茜?”苏暖抓住他嘴里的“茜茜”两个字,看向孟茜,“你就是孟茜?”

孟茜承认道:“对,我就是孟茜,我跟言玺已经有五年的感情了。苏小姐,我们同是女人,女人何苦为难女人,我希望你离开言玺,不要再来破坏我和言玺的夫妻感情好吗?你知道,当一个妻子知道她的丈夫和别的女人在一起时,有多痛苦、多难过吗?我求你,把我的丈夫还给我,还我一个完整的家庭,好吗?”

苏暖听她说完,已是泪如雨下。

她不相信凌言玺结婚了，可是，连他的爷爷都这样说了，她不信又能如何？

这时，孟茜突地跪了下来，哭着看向苏暖哀求道："苏小姐，我求你了，你离开言玺好吗？你要多少钱，我都给你，我只求你不要破坏我和言玺的感情，把丈夫还给我好吗？我不想我的孩子出生以后没有爸爸疼，我求你了。"

听孟茜提到孩子，苏暖的心又痛了起来。

为什么？

凌言玺既然有妻子了，为什么还要来纠缠她？

他为什么骗她，说孟茜只是他的前女友？

他为什么要这样欺骗她、戏弄她，让她陷入今天这种难堪的境地？

她到底做错了什么，他为什么要这样对她？

孟茜见她很是悲伤，暗暗得逞地一笑，继续说道："苏小姐，你醒醒吧，言玺对你不是真心的，我了解他，他只是玩玩而已。事到如今，有件事，我也不怕你知道。我跟言玺之间有些误会，他很生我的气，所以才会公开宣布你是他的未婚妻，他就是想气我，你只不过是他用来气我、报复我的棋子而已。他对你所做的一切、所说的每一句话都是假的。"

凌国康在孟茜说完后，看了眼满脸泪水、脸色苍白的苏暖，说道："该说的，我们都说完了，如果你还有点自尊，就立即给我滚，永远不要再出现在言玺面前，否则，你就别怪我对你不客气了。"

苏暖从小到大虽然受过不少委屈和白眼，可这还是第一次被人当着不少人的面指着鼻子让她滚。

这种委屈和难受是说不出来的。

苏暖向来爱面子，可是今天，她什么都没有了，面子、尊严，好不容易拾回的自信也没有了。

连凌言玺都在骗她，这世上她还能相信谁？

是她太看好自己了，像她这样一个一无所有的平凡女人，怎么会有人真心爱她？

她怎么那么天真，怎么就相信凌言玺对她是真心的？

她一个被抛弃的女人，谁会用心爱她？

她从来没有像今天这么尴尬、难堪过，觉得自己简直就像是一个笑话。

凌国康见她还站在原地，怒道："还不赶紧滚？你再不滚，就别怪我让保镖赶你了。"

兰妈听到这话，看向凌国康，说道："老……老爷，那个苏……苏小姐怀孕了。"

凌国康闻言，有些震惊。

已经站起身来的孟茜也有些震惊，看了眼凌国康的脸色，想到什么，连忙说道："爷爷，她的孩子一定不是言玺的，一定是她未婚夫的。"

话音一落，她便看向苏暖，问道："苏小姐，你肚子里的孩子是你未婚夫的，对吧？你太过分了，怀着别人的孩子，竟然还来勾引言玺，你……你想让言玺喜当爹吗？你……"

说到这，孟茜状似很生气，指着苏暖怒道："苏暖，为了钱，你简直太恶心了，竟然连这种事情都做得出来，你太不要脸了。"

说完，她便气冲冲地看向凌国康，说道："爷爷，苏暖太不要脸了，怀着孩子还来纠缠言玺，我……我简直不敢相信，这个世上竟然会有像她这种不要脸的女人。她太过分了，恶心死我了。"

听到孟茜这番话，苏暖一句话都没说，现在的她哀伤至极，根本无心辩解。

因为她觉得辩解是多余的。

凌国康这会儿也被气得上气不接下气。

他走上前，抬手就给了苏暖一巴掌。

他的力道极大，苏暖一时不备，被他一巴掌扇得脸偏向了一边，差点没站稳。

她被扇的那半边脸蛋立即红了，嘴角也溢出了血。

眼泪簌簌而落，苏暖心里的委屈根本就说不出来。

而在凌国康和孟茜面前，她不想连最后的尊严都没有。

她没有哭出声，可是委屈心痛的泪水还是止不住地滑落。

孟茜看着被扇的苏暖，嘴角扬起得逞的笑，心里痛快极了。

凌国康抬手指着苏暖，额头青筋暴起，铁青着脸，怒不可遏地道：“你……你个不要脸的女人，你给我滚，马上给我滚，滚！”

最后一个字，他是怒吼出来的，大厅里的所有人都被吓了一大跳。

仆人们看着苏暖，觉得她挺可怜的，但是因为凌国康此刻的神情太吓人了，所以，没有一个人敢上来为苏暖说话。

苏暖抬起泪眼，看向凌国康，语气坚定地说道：“告诉你的好孙子，我苏暖这辈子和他死生不再相见。还有，我从来没有想过要嫁进你们凌家，以前没想过，现在没想过，以后也不会想。我苏暖这辈子，生不会是凌家的人，死也不会是凌家的鬼。”

说完，她便转身往外走去。

兰妈见状，唤了一声：“苏小姐……”

凌国康怒道：“谁都不许拦她，让她滚。”

站在凌国康身旁的孟茜见总算把苏暖赶走了，笑得合不拢嘴。

仆人们也只能眼睁睁地看着苏暖离开，没法留她。

苏暖不知道自己是怎么走出这座城堡的，只知道自己走了很久，很久，仿佛永无尽头。

这期间，她的泪水一直没有断过。

她委屈、悲伤、痛苦、难受，却找不到人诉说。

她突然觉得自己好孤单、好可怜、好狼狈、好多余，连亲生父母都不要她、不爱她，这个世上又怎会有人真心爱她？

这世上只剩下她一个人了。

不是被这个欺骗，就是被那个利用，她觉得这样活着好累。

她好想睡一觉，睡到永远。

既然醒着这么不快乐，那她就去睡觉。

睡着了，她就不会不快乐，不会痛苦，不会委屈，不会孤单，不会再被人欺骗和利用了。

像行尸走肉一样离开城堡别墅后，她往前走了一段路，就坐进了一辆出租车里。

巧的是，出租车刚发动往前行驶，一辆疾驰而来的阿斯顿马丁ONE—77就与这辆出租车擦身而过。

这辆豪车正是凌言玺的座驾，此时，他正坐在后座上。他才收到消息，他的爷爷找上门来了，因为担心苏暖，所以他让康德将车开得很快。

此刻的他心里很不安，总觉得有什么不好的事要发生。

因为心里着急和不安，他看向康德，吩咐道：“再开快点。”

“凌总，已经很快了。您别太担心，我想老爷最多让太太离开你，应该不会对太太怎么样。”

凌言玺很是懊恼，一拳砸到了车门上。

他去什么鬼公司，他要是不去，他的爷爷就不会趁机去找麻烦了。

此刻，他恨不得自己能飞。

车子开进别墅后，直接开到了会客大厅外。

车子一停，凌言玺就立即推开车门下了车，步伐急切地进了会客大厅。

凌国康和孟茜这会儿正准备离开，两人见凌言玺风尘仆仆地赶回来，有些惊讶。

凌言玺目光犀利地扫视了一圈，神情有些阴沉地看向他的爷爷，问道：“暖暖呢？”

凌国康紧绷着脸，语气有些冷漠地回道：“她已经走了。”

闻言，凌言玺目光一冷，说道：“您再说一次。”

凌国康再次回道：“她已经走了。”

凌言玺脸色铁青，表情骇人，双眸中闪过暴戾之气，握紧的双拳咯咯作响。

如果眼前的男人不是他的亲爷爷，他一定会毫不犹豫地揍上去。

他目光凌厉无比地看着凌国康，说道：“如果我找不到暖暖，如果她出了什么事，我这辈子都不会再踏进凌家一步。”

他话音一落，因愤怒而发红的双眸犀利无比地看向孟茜，冷冷地道：“还有你，如果暖暖出了什么事，我一定会让你血债血偿。”

孟茜闻言，脸色一白，往后退了一步：“言玺，你……你在说什么？”

凌言玺没再理会孟茜和凌国康，现在对他来说，尽快找到苏暖才是最重要的。

他转身快速出了大厅，然后坐进了车里。

康德也坐进去，快速发动车子离开。

听到车子开走的声音，孟茜回过神来，追了出去，眼神悲伤地看着疾驰而去的车子，眼中盈满了泪水。

言玺，你在说什么啊，你竟然要我血债血偿，你怎么那么狠心？

我才是你最爱的女人啊，那个女人不过是别人用过的破鞋。

你竟然为了她，要让我血债血偿，你爱上她了吗？你爱上她了吗？

不，不可能，你爱的是我，你爱的是我。

她哭着转身走回会客大厅，看见凌国康正在打电话。

只见凌国康对电话里的人说道：“那就有劳你了，一定不能让言玺查到那个叫苏暖的女人的去向。”

凌国康说完这话，再客套了两句，就挂了电话。

孟茜在他挂断电话后，走上前，神情凝重地问道：“爷爷，我们把苏小姐赶走，是不是做错了？”

心中怒气未消的凌国康看着她说道：“我凌国康从来没做错过，我把那个女人赶走是为言玺好，免得他被那个心怀不轨的女人骗。”

孟茜眉头深锁：“可是，言玺说，如果那个苏暖出了什么事，他就不回凌家了，还要我血债血偿。”

凌国康怒道：“他敢不回凌家，我就让他失去一切。我就不信，他会为了那个女人，什么都不要。他不想当凌家的继承人，有的是人想当。”

话音一落，他盯着孟茜说道：“你放心，只要你肚子里的孩子是凌家的骨肉，凌家就会保护你。言玺不敢对你怎么样。”

孟茜看着他点了下头，说道：“爷爷，您别气了，免得气坏了身子。”

凌国康说道："我该回去了，你是准备跟我回凌家，还是……"

孟茜想了一下，看着他说道："我想在这里等言玺，他好像对爷爷您和我都有误会，还有，言玺可能还不知道苏暖接近他的目的是什么，我想等言玺回来后告诉他。"

"有什么事就打电话。"凌国康说完这话，便越过她走了。

凌家的管家跟了出去。

孟茜目送凌国康离开后，转身对着大厅里的仆人们说道："我才是名副其实的凌太太，这里真正的女主人，那个女人只不过是言玺的一个玩物罢了。"

话音一落，她看向罗桑，摆出女主人的姿态，问道："你叫什么名字？"

罗桑微微颔首，回道："罗桑。"

孟茜打量了一下她，才问道："你是这里的管家？"

罗桑轻轻点头，回道："是的。"

孟茜趾高气扬地看着她，说道："罗管家，你记住了，我才是这里的女主人，我才是名副其实的凌太太，以后你只能叫我凌太太，要是再让我听见你这么叫别的女人，我就让你滚。"

罗桑闻言，没出声。

孟茜不悦地看了她一眼，然后看向兰妈。

兰妈被孟茜看得都不敢抬起头来。

她有种直觉，眼前所谓的凌太太不是个好人，还没苏小姐好。

苏小姐至少平易近人，不摆架子，还很可爱。

她希望他们的凌太太是苏小姐，而不是眼前这个怎么看都不像好人的女人。

他们的少爷是怎么搞的，怎么会和这样一个女人有了孩子？

孟茜见兰妈低着头不说话，像是有些怕自己，得意地一笑，抬高了下巴，问道："你叫什么？"

兰妈闻言，看着她，回道："你叫我兰妈就可以。"

孟茜有些不悦地看着她："下次跟我说话，要加上称呼，记住，叫我太太。”

兰妈有些为难地看着她：“先生没这样吩咐我们。”

听兰妈这样说，孟茜眼神一冷，怒气腾腾地说道：“我连言玺的孩子都有了，我们已经是夫妻了，我是名副其实的凌太太，还要怎么吩咐？你是不是不想在这里待了？不想待了就马上给我滚。”

兰妈见她发火了，不敢再出声。

大厅里的其他女仆也不敢出声。

此刻，她们更加怀念那个平易近人的太太。

要是眼前的女人成了这里的女主人，她们宁愿集体离开，也不愿待在这里当受气包。

孟茜看了眼没出声的兰妈，然后看向罗桑说道：“我有些累了，带我去言玺的房间。”

罗桑闻言，看着她说道：“对不起，没有先生的吩咐，我们不能带您去他的房间。”

“你……你是不是不想在这里做了？”

罗桑回道：“我是先生雇的，您没有资格赶我离开。”

孟茜听到这话，快气死了：“你……”

她本想冲过去给罗桑一巴掌，不过她想到她以后是要住在这里的，要是跟用人不合，对她也不好。

于是她压下心里的怒气，看着罗桑，态度稍好地问道：“那还有其他房间吗？带我去其他房间也可以。”

罗桑闻言，这才带她去其他房间。

第十二章

苏暖生死未卜

苏暖失魂落魄地坐进出租车里，让司机带她去了附近的海边。

下车时，她将身上戴的所有珍贵的东西都给了司机。

司机见状，被惊到了，用英文说她给多了，但是她就像没听见一样，行尸走肉一般往前走去。

此刻的她脸色苍白得有些吓人，唇瓣毫无血色，脸上全是泪水，眼神空洞，周身散发着一股绝望的气息。

她一步一步地走向波涛汹涌的海水，抚上自己平坦的肚子，双眸发疼红肿，再一次泪如雨下。

宝宝，对不起，妈妈累了，妈妈等不到你出生的那一天了。

对不起，我不是一个好妈妈。

对不起，妈妈没有办法再在这个充满欺骗和利用的世界，一个人好好地活下去了。

对不起，你原谅妈妈。

来生，你不要再选择我当你的妈妈。

我不配。

她盈满泪水的双眸看向浩瀚的大海，内心绝望极了。

她只是想要一个温暖的家而已，为什么就那么难？

她只是想有一个人能真心爱她而已，为什么她爱的人都在骗她？

她只是不想再一个人孤孤单单的了，为什么到最后，她还是一个人？

在这个世上，她还剩下什么？

除了唐乔晚和自己肚子里的宝宝，她什么都没有了，连尊严和自尊都没有了。

一次又一次地被欺骗、被伤害，她的心真的好累好累，好痛好痛。

她好难受。

晚晚，对不起，我在这个世上活得好累，我想睡一觉，原谅我的不辞而别。

海边这会儿没有人。

对自己的人生充满失望的苏暖已经下海了。

不知是不是因为伤心过度，她此刻全身无力，头晕目眩，在海水里几乎是举步维艰，身子有些摇晃，似乎随时会倒下去。

而她的肚子也有些疼。

她越往前，肚子越疼。

到后面，她疼得根本无法再往前走。

她抬手抚上自己的肚子，蹙紧了眉头。

宝宝，你是在怪妈妈吗？

你不希望妈妈带你离开吗？

肚子疼起来，苏暖感受到了肚子里宝宝的生命力。

她想到宝宝还没出生，就要被她活活扼杀。

她怪自己的父母抛弃她，却要亲手杀死自己的亲生骨肉。

那她跟她那狠心的父母有什么区别？

宝宝在肚子里虽然还没成型，可他是一条生命。

不管她有多么绝望、多么心痛，活得多么累，她都不该这样对他，不该扼杀他的生命。

她不能这么狠心地对待自己的亲生骨肉。

想到这，苏暖猛地醒悟过来，心中重新燃起了求生的欲望。

宝宝，对不起，妈妈错了，妈妈现在就带你离开这里。

就在她吃力地转身，准备离开时，眼前突然一黑，晕倒在了海里。

她所在的地方，水虽然还不是很深，但她一倒下去，整个身子就被海水淹没了。

将苏暖送来海边的司机这会儿正往回赶。

他一边开车，一边盯着苏暖给他的那些首饰。

他虽然不是行家，但也看得出来那些首饰价值不菲。

他越想，越觉得不对劲。

尤其是想到苏暖那脸色苍白、哀伤至极的样子，他就更加觉得有情况了。

他沉思了几秒，想到什么，立即掉头往海边开去。

然而，当他回到海边时，无论是沙滩上还是海面上，都空无一人。

他望了望一望无际的大海，思索了一下，连忙拿出手机来报警。

警方接到他的报警电话，立即以最快的速度赶来。

同时，凌言玺也赶来了。

他之所以能这么快赶到，是因为司机打电话到警局时，他正好在警局。

他要知道苏暖去哪儿了，就必须看天网视频。

凌国康之前的电话就是打到警局的。

他与警局监控中心负责天网监控的某位负责人相识，所以才拜托对方不要让凌言玺查到想查的人的行踪。

凌言玺抵达警局后，直接去了监控中心。一开始，那位负责人还不想查，但凌言玺说，如果他们查不出苏暖的行踪，就让他们全部失业，并且这辈子都找不到任何工作。

他们只是警方招聘的监控人员，没有编制，不算真正的警察，所以，身份高贵而且有权有势的凌言玺是有这个能力让他们全部失业的。

负责监控的工作人员听到他那样说，就不得不帮忙查了。

他们刚查到苏暖去了海边，警方就接到报警电话了。

所以，凌言玺随着警方一起赶来了。

海边没有高清监控探头，所以，他们也就没有办法继续查下去了。

凌言玺与警方赶到海边时，司机正在沙滩上等着。

之前调取视频的时候，凌言玺特意让监控人员将那个司机的脸放大了，并且记住了司机长什么样子。

所以赶来海边后，他一看到那个司机，就认出对方了。

他步伐极快地走向司机，情绪激动地抓住司机的双肩，双眸发红地盯紧司机，急切地用英文问道："我的暖暖在哪里？我的太太在哪里？"

司机看着凌言玺，回道："先生，您先冷静一下，您看看，这些东西是不是您太太的？"

司机说完，便将苏暖给他的那些首饰拿出来递给了凌言玺。

凌言玺见状，神色一变，眼睛倏地瞪大，连忙将司机手里的首饰一把抓了过来。

他满眼通红地盯着司机，很是激动地问："她在哪里？暖暖在哪里？"

"先生，不好意思，我把那位小姐送来这里后，就离开了。我返回来时，那位小姐已经不见了，所以我不知道她在哪里。"

司机说完这话，顿了一下，才神情凝重地继续说道："我返回只用了几分钟时间，加上报警也就十分钟左右。那位小姐看起来很伤心、很绝望，而且十分钟的时间里，她也走不远，我返回来的时候，四处都没有看见她，我想……我想她已经跳海了。"

听到最后三个字，凌言玺神色大变，身体顿时发寒、颤抖，有些不稳地往后趔趄了一下。

"凌总，小心。"康德见状，立即上前来扶住了他。

随即，康德看着似乎要倒下的凌言玺，说道："凌总，这只是司机的猜测，不是事实，您……您先别担心、别着急，我们先四处找找看。"

话音一落，康德便看向司机问道："你没有亲眼看见我们的太太跳进海里吧？"

司机回道："我没有亲眼看见。"

“凌总，您听，司机没有亲眼看见。”

警方已经开始四处寻找了。

凌言玺站稳后，双眸通红地看向浩瀚的大海。

随后，他走向了大海。

傻女人，你为什么不多等我一会儿？

为什么要来这里？

你的坚强、乐观去哪里了？

我不是说过，天塌下来，我顶着吗？

我不是说过，不管谁欺负你，你都要欺负回去吗？

为什么你不为自己讨回公道，就一走了之？

我宁愿你像一只小刺猬一样用你的刺保护自己，扎伤别人，也不要你一而再再而三地隐忍。

有我在，你可以嚣张，可以霸道，可以蛮横，可以不讲道理，甚至可以不尊敬长辈。

不管是老人还是小孩欺负了你，你都可以欺负回去。

我会为你顶住天，我会为你善后。

就算你是一台麻烦制造机，我也爱你。

你这个傻瓜，为什么不把我的话放在心上？

为什么受了那么大的委屈都不为自己讨回公道？

你这傻瓜、笨蛋……

凌言玺俊美的脸上满是泪水，此时他已经走到海里了，海水淹了他的下半身。

在他身后的康德见他头也不回地走进海里，被吓到了。

“凌总，您可别想不开啊，现在还不确定太太是跳海了。”

凌言玺就像是没听到康德的话，继续往前走，海水慢慢淹到了他的胸部。

康德不太会游泳，看着担心死了：“凌总，您快回来，您再不回来，我就下去了，我可不会游泳。”

说完这话，康德将鞋一脱，把心一横，就跟着下海了。

警方的人也跟着下海了。

海水已经淹到凌言玺的肩部，不远处，有一只女式鞋子漂浮在海面上。

在看到女式鞋子的那一瞬，凌言玺脸一白，全身发寒，心骤然剧烈地抽痛起来。

他难以置信地瞪大了眼眸，像失控一样，用最快的速度游了过去。

拿到那只鞋后，他一眼就认出来了，这正是苏暖的鞋子。

这是他亲自为苏暖挑选的，所以他认识。

看着手里熟悉的女式鞋，他的心滴血般痛，一双通红的眼眸泪水狂涌不止。

他捏紧手里的鞋，心抽痛得快要窒息、快要崩溃。

"不……不可能……你不会就这样离开我的……

"苏暖，你个浑蛋，就算把海水抽干，我也要把你找出来。"

他一头扎进了海里。

康德见状，急坏了："凌总，您别想不开啊，凌总……"

海水已经淹到康德的下半身了，他见这样下去不是办法，连忙看向正在海里搜救的警方，说道："你们赶紧安排两个人过来看看我们凌总怎么样了，他可是凌家的太子爷，凌家唯一的继承人，他要是出了什么事，你们整个警局都担待不起。"

警方的搜救人员闻言，立马有两人游了过来。

康德说完，连忙拿出手机来打电话。

电话接通后，他便急忙说道："老太爷，大事不好了，凌总他……他要跳海，已经跳下去了。"

他故意把事情说得这么严重。

他打完电话后，凌家除了老太爷和凌老太太以及实在来不了的，剩下的几乎都出动了，包括已经赶回凌家的林陌陌、凌寒夜、凌言璐。

同时，孟茜那边得到消息，也出动了。

凌家一大家子来了好几十口人。

为了赶时间，他们都是直接乘坐直升机赶来的。

原本没什么人的海滩上，一下子变得热闹起来。

当然，气氛是非常凝重、压抑的。

由于凌家身份尊贵的主要人员几乎都出动了，所以警方那边连局长在内也都出动了。

凌言玺已经下海好一会儿了，其间他就出来换过两次气。

凌家人下机后，连忙走向海边。

康德这会儿在浅水处，见凌家人赶来，连忙上岸，跑向了他们。

“老爷、夫人、先生、太太、璐璐小姐，你们总算来了。”

走在最前面的是凌言玺的爷爷奶奶凌国康和凯拉、爸妈凌寒夜和林陌陌，还有凌言玺的二妹凌言璐等人。

凌言璐看了眼康德背后的大海，然后又看了眼有些狼狈的康德问道：“言玺呢？”

由于康德是跑过来的，这会儿有些气喘吁吁。

他喘了两口气，才看着凌言璐，说道：“在……在海里，凌总已经下海好一会儿了。”

凌国康连忙问道：“到底发生什么事了？言玺好端端的，下海里去做什么？”

康德闻言，皱了下眉，才大着胆子说道：“这……这还是要怪老爷您，您和孟小姐一起把苏小姐赶走了，苏小姐因为太伤心，就跳海了。凌总知道以后就……”

“什么？”凌国康听到苏暖跳海了，有些惊讶，抬头看向大海，眼神复杂，表情有些愧疚。

他并不希望苏暖死，只是想让她离开他的孙子。

他没想到，苏暖性子这么烈，竟然会跳海。

想到苏暖肚子里还有没出世的孩子，他心里生出一股罪恶感，皱紧了眉头，非常愧疚、自责。

凌言璐看向康德问道：“你说的苏小姐就是那个苏暖？”

她也看到了凌言玺和苏暖上头条的新闻，所以知道一点凌言玺和苏暖的事。

康德看着凌言璐，恭敬地回道：“是的，苏小姐是叫苏暖。”

闻言，凌言璐看向凌国康，问道：“爷爷，您知道苏暖是谁吗？”

凌国康见她这样问，便觉得苏暖的身世有些不寻常了，问道：“她是谁？”

凌言璐回道：“她是小晚在国内最好的闺密，小妹跟苏暖的关系比和我这个亲姐姐还好。她们从小一起长大，苏小姐要是死了，爷爷您觉得小妹会怎么样？”

凌国康闻言，神情大变，看着凌言璐问道：“你说的都是真的？”

“爸，我可以做证，那位苏小姐是小晚最好的闺密，她和小晚的关系就像我和琛琛妈妈的关系一样。”说话的是林陌陌。

听到苏暖跳海，林陌陌也担心死了，揪心死了。

知女莫若母，她知道这件事要是让她的宝贝女儿唐乔晚知道，还不知道会伤心成什么样子。

凌寒夜和她一样，也担心宝贝女儿知道苏暖的事后会伤心。

他脸色不悦地瞪着凌国康，说道：“我说老头子，您背着言玺都做了些什么好事？您怎么把人家苏小姐逼得跳海了？”

凌国康脸色有些难看，看着凌寒夜，回道：“我哪知道她跟小晚的关系？就算她跟小晚关系好，她也不该怀着别人的孩子来纠缠言玺啊。我也是为了言玺好，才让她离开言玺的，我没想到她的性子这么烈，竟然……会跳海。”

说完这番话，凌国康深深叹了一口气，满眼愧疚地看向大海，有些焦急担忧地问道：“她是什么时候跳的？怎么还没找到人？”

康德看向他，回道：“没有人看见苏小姐跳海，但是凌总好像在海里发现了苏小姐的鞋子，所以，这个……”康德顿了一下，才神情凝重地继续说道，“警方已经潜入海里搜了大半天，还没什么消息传来，想必苏小姐是被水冲走了。”

凌国康闻言，心里越发愧疚，看着康德问道：“那言玺怎么样了？”

康德再次回道：“凌总会游泳，而且技术还很好，再加上警方的保护，应该不会有事。”

凌国康闻言，瞪着他，说道：“那你怎么说他跳海了？”

“我起初以为他跳海了，后来一想，凌总应该是潜入海里去找苏小姐了。”

凌言玺的奶奶凯拉很是不放心地说道：“他没穿潜水衣，没戴潜水氧气罩，一直泡在海里也不是办法，太危险了。”

凯拉所说的，也正是凌家其他人所担心的。

凌寒夜双眸充满担忧地看向大海：“这臭小子真不让人省心。”

说着，他侧过头看向凌国康，没大没小地说道：“还有你这老头子，你欺负他没爹妈在身边是吧？他喜欢谁是他的事，爱跟谁在一起也是他的事，你个老头子管那么多做什么？”

凌国康见他没大没小的，要是平时早发飙了，不过今天自己害得他这个儿子的儿子都跳海了，所以，把心里的气压了下去。

他瞪着凌寒夜，说道：“我好歹是你爸，你……”

凌寒夜没等他说完，就打断了他：“你都快把我的儿子弄没了，还好意思说是我爸？老头子，你听好了，我儿子要是没了，我就让你没儿子。”

“你……你……”凌国康抽了抽嘴角，瞪着凌寒夜，气得话都快说不出来了。

林陌陌见凌寒夜每次见到凌国康就要跟他斗几句嘴，还没大没小的，便伸手拉了他一下。

凌寒夜收回目光，垂眸看着神色担忧的林陌陌，安慰道：“媳妇儿，别担心，那臭小子死不了。”

林陌陌神情凝重地看着他，说道：“我不是担心言玺，我是担心那位苏小姐。她可是小晚的闺密，她要是出事了，我们怎么向小晚交代啊？”

听林陌陌说起这个，凌寒夜就愁死了，也头疼死了。

他又转过头，看向凌国康，说道：“看你怎么向小晚交代！”

凌国康听到这话，脸色更难看了，头也垂得低低的。

增援的搜救警员已经赶到，抵达沙滩后，他们做好准备，就立即潜入了海里。

而原本在海利尔城堡别墅里的孟茜也已经赶到，见凌家人都站在沙滩上，连忙跑了过去。

“言玺……言玺……言玺……”

她一边跑，一边神色担忧地唤着凌言玺，凌家人几乎都听到了。

“谁在喊言玺？”问话的是凌言璐，问完后便转过身去。

只见孟茜满脸担忧，眼露惊慌，披头散发的，像是很担心凌言玺。

凌家其他人也转过身去看向她。

“她就是那个怀了言玺孩子的孟茜？”凌言璐问完这话，便看向康德。

孟茜的事，凌老爷子已经跟凌言璐、凌寒夜、林陌陌他们说了，所以，他们都知道这件事。

这也是他们赶回英国的原因之一。

康德看着凌言璐，回道：“璐璐小姐，她是孟小姐，不过她肚子里的孩子是不是凌总的，还需要进一步确认。”

凌寒夜见孟茜披头散发的，神情不悦地问道：“她是哪里来的野女人？”

林陌陌听到他对孟茜的称呼，瞪了他一眼：“你好歹是长辈。”

孟茜跑到凌寒夜等人跟前，看了眼海面，才满眼泪水地看着他们，问道：“言玺怎么样了？找到他了吗？”

凌言璐五年前虽然听过孟茜这个名字，但她没见过人，对孟茜不熟。

如果不是孟茜五年后又冒出来，她都不记得有这么个人了。

她眼神冷淡地看着孟茜，问道：“你就是五年前跟言玺认识那个女人？”

孟茜看着眼前气质高贵且有着一张全世界女人都会嫉妒的漂亮脸蛋的女人，问道：“你……你是谁？”

凌言璐冷冷地回道：“凌言玺没告诉过你，他有一个跟他同年同月同日出生的妹妹吗？”

孟茜闻言，很是惊讶地道：“你……你是言玺的妹妹？”

凌言璐没有回答孟茜，而是看向她平坦的肚子，凝视了几秒，才问道：“你肚子里的孩子真是凌言玺的？”

在凌言璐问这话时，林陌陌和凌寒夜也都看向了孟茜。

孟茜看着他们，神色有些悲伤地说道：“我知道你们都不相信我肚子里的这个孩子是言玺的，不过没关系，再过一个多月就可以做羊水穿刺了，到时候孩子是不是言玺的，鉴定过就知道了。”

凌言璐见她不像是说假话，蹙起了眉头。

虽然她跟苏暖不熟，但也见过、接触过对方，对苏暖存有好感。

苏暖是那种看起来很有灵气的女孩子，一看就是善类。

而眼前的孟茜，凌言璐虽然是第一次见，并不了解对方，但不知道为什么，她就是怎么看孟茜都不顺眼，自然也就喜欢不起来。

如果可以选择，她希望苏暖当她的嫂子，而不是眼前这个她看着就觉得讨厌的女人。

想到苏暖跳海了，她一双好看迷人的棕色眼眸中染上了浓浓的担忧。

她看向大海，心里祈祷着：苏小姐，你可一定不要有事啊。

唉！都这么长时间了，还没找到人，恐怕是凶多吉少了。

想到这，她又转过身看向凌国康，有些气愤地问道：“爷爷，您到底跟苏小姐说什么了？能把她气得跳海？”

她印象中的苏暖是一个乐观的女孩子，能让这样一个女孩子下定决心跳海，这说明她爷爷一定说了很过分、很伤人的话。

想到康德说孟茜也在场，她便不悦地看向孟茜，问道：“还有你，你对苏小姐说什么了？”

孟茜知道苏暖和凌言玺跳海的消息，是凌国康通知的。

当时，她听到苏暖跳海了，乐得嘴都合不拢了，不过听到凌言玺也跳了海，她又担心死了。

她一方面担心凌言玺的安危，另一方面又担心如果凌言玺出了意外，她就没法嫁进凌家过好日子了。

她皱眉看着对她很是冷淡的凌言璐，回道：“我……我没对苏小姐说什么，我就告诉她，我有言玺的孩子了，希望她离开言玺。我没想到她会这么想不开。”

说完这话，她便转过身去看向大海，眼泪哗啦一下掉出来，语带哭腔地喊道：“苏小姐，你可千万不要有事啊，我只是希望你离开言玺而已，并不希望你死。对不起，早知道你知道我怀了言玺的孩子会想不开，我就不告诉你了，对不起。你千万不要有事……”

说完，她转过身来，目光正好落在凌寒夜和林陌陌的脸上。

凌寒夜和林陌陌偶尔会出现在报纸杂志上，所以她见过。

而且她一看凌寒夜的脸，就知道他一定是凌言玺的父亲。

不过，令她非常意外和震惊的是，凌言玺的父母竟然保养得这样好。

他的父亲真人要比报纸杂志上年轻、俊美、帅气，而他的母亲也要比报纸杂志上年轻漂亮得多。

能保养得这么好，她心里羡慕死了。

她盯着他们看了一会儿，才回过神来，问道：“你们是言玺的爹地妈咪吗？”

凌寒夜也不喜欢孟茜，从看到她的第一眼开始就不喜欢，所以，他没有回孟茜的话。

林陌陌也不太喜欢孟茜，不过出于礼貌，她还是很有修养地看着孟茜轻轻点了下头。

孟茜见她点头，连忙打招呼：“阿姨好，叔叔好。”

凌寒夜像是没有听见一样，没有理会孟茜。

他是看在孟茜怀孕的分上，才没对她说出什么难听的话来。

虽然还不完全确定孟茜肚子里的孩子是他宝贝儿子的，但想到有可能是，他看在他未来孙子的分上，即使不喜欢孟茜，也忍了。

林陌陌也是出于礼貌、修养以及孟茜怀孕的原因，才看着孟茜微微点了下头。

孟茜见凌言玺的父母对自己态度冷漠、疏离，一点都不热络，心底有些失望和受伤。

凌家人这会儿心思都在凌言玺身上，没有人注意到她受伤的表情。

凌国康满脸担忧地盯着海面，问道：“言玺怎么还没上来？”

正担忧的凯拉听到他的话，转过头有些气愤地瞪着他，说道：“这都怪你，要不是你，我的宝贝孙子会跳海吗？”

凌国康虽然心里愧疚，但觉得自己没有做错，只是方法欠妥而已。

他也有些气愤地说道：“你们怎么都怪我？我那样做还不是为了言玺。你们能眼睁睁地看着一个怀了别人孩子的女人纠缠言玺，我不能。”

“爷爷，现在不是讨论这个的时候。”凌言璐说完，一边准备脱鞋，一边说道，“我下去看看怎么回事。”

都半天了还没消息，她都快急死了。

林陌陌见她准备下海，拉住了她：“璐璐，你别去，就凭你的游泳技术，你下去，人没找到，自己先出事了。”

孟茜一脸担忧地看向康德，问道：“言玺他……跳下去多久了？”

想到凌言玺竟然为了苏暖跳海，她心里快气死了。

她没想到苏暖在凌言玺心里竟然已经重要到这种地步了。

她很不服气，凌言玺本该这样对她的，本该为她孟茜付出一切的，现在，凌言玺对她的爱却被苏暖那个该死的贱人抢走了。

康德并不想跟孟茜说话，于是看向凌寒夜、凌国康等人说道：“凌总从下海到现在有差不多一个小时了。”

凯拉闻言，蹙眉说道：“看来，那位苏小姐是没有生还的希望了。”

孟茜听到这话，暗自勾起了嘴角。

康德则叹了一口气，神情无比凝重地看向海面。

苏小姐，你可千万别有事啊，不然，你让凌总怎么办啊？

我从来没见他对哪个女人那么用心过，他对你可是真心真意的啊。

搜救人员在海里一直搜寻到晚上。

而潜入海里的凌言玺虽然有搜救人员给他的氧气罩等物，但背上有大面积的烫伤，在海里泡了好几个小时，受到感染，引起了高烧。

他高烧到了将近四十一摄氏度，感染非常非常严重，如果不及时退烧，将会造成脑损伤，甚至引发其他并发症，还很有可能会有生命危险。

他在海里一直坚持着，直到支撑不住倒下的最后一刻，都只找到苏暖的另一只鞋。

他痛苦极了，绝望极了，宁愿就那样死在海里。

“暖暖……你在哪里？暖暖……”

当他孱弱无力、语带哭腔、声音沙哑地呼唤着苏暖的名字，身子沉入海底时，附近的搜救人员连忙将他救上岸。

凌家人见凌言玺被搜救人员带上来时已经陷入重度昏迷，而且全身滚烫，都被吓坏了。

凌国康差点晕过去。

孟茜也被吓到了，在看到凌言玺被带上岸后，就哭喊起来。

但凌言玺被凌家人围住了，她根本挤不进去。

满脸泪水的凯拉摸了下凌言玺的额头，连忙让送医院。

随后，凌言玺被送去了皇甫世家旗下的医院，警方则在海里继续搜救。

凌国康、凯拉、康德等人都去了医院。

孟茜也跟去了。

凌寒夜、林陌陌以及凌言璐则留了下来。

苏暖没有亲人，所以，他们必须留下来。

他们从白天一直守到了晚上。

抵达凌家的唐乔晚和龙御琛得知消息后，立即赶来了海边。

因为晚上海边风大，他们来的时候，没有带小胤儿。

到了海边，唐乔晚看到她的爸妈和姐姐，连忙步伐急切地跑向他们。

“你慢点。”龙御琛生怕她摔倒，紧握着她的手，一边眼露担忧地让她慢点，一边跟着她一起跑。

“爹地、妈咪、二姐……”

凌寒夜、林陌陌、凌言璐三人听到唐乔晚的声音，立即转身看向她。

见她神色担忧地跑来，三人都蹙起眉头，往前走了几步。

唐乔晚在龙御琛的搀扶下，跑到三人跟前，神色担忧地看着他们，问道：“怎么样了？找到暖暖了吗？”

凌言璐蹙了下眉，看着她说道：“还没。”

唐乔晚闻言，泪水夺眶而出，哭了起来。

凌寒夜、林陌陌就知道是这种结果。

两人连忙安慰道：“小晚，你先别难过，活要见人，死要见尸，既然没找到苏小姐，她不一定是出事了。”

“就是，宝贝女儿，快别哭了，你都快把爹地的心哭碎了。”

凌寒夜说完，看向龙御琛，说道：“还不好好安慰安慰我女儿。”

龙御琛动作轻柔地替唐乔晚擦了擦泪水，凝视着她，说道：“现在不是冬天，人溺亡后大约十多个小时身体就会浮出海面，都过了一天，他们还没找到人，这说明……”

唐乔晚抬起泪眼，看着龙御琛摇了摇头，语带哭腔地说道：“御琛，你别这样安慰我了，我不信暖暖跳进海里一天了还……还有生还的可能，她根本就不会游泳。”

说完这话，她便挣开龙御琛的手，冲向海里。

“晚晚……”龙御琛见状，神色一变，立即追上去拉住她。

膝盖以下已经被海水淹没的唐乔晚泪眼模糊地看着一望无际的大海，伤心极了，心痛极了。

她哭着大喊道：“苏暖，你这个笨蛋、大傻瓜，你有什么想不开的，一定要跳海？我们不是说好了要好好聚聚的吗？你为什么不等我回来？大笨蛋、大笨蛋……”

喊完这些话，唐乔晚便伤心不已地哭了起来。

苏暖在这个世上没有亲人，已经够可怜了，为什么老天爷还要夺走她的生命？

龙御琛见状，心疼死了，紧紧地将她搂进了怀里。

因为是晚上，开始涨潮了，搜救人员在海里根本没有办法继续搜寻下去，所以就慢慢地向岸边游了过来。

龙御琛见涨潮了，而且波涛还有些汹涌，便垂眸看着唐乔晚说道：

“我们先上岸。”

他不等唐乔晚回话，直接弯腰将她抱了起来。

到了岸上，他才将唐乔晚放下来，脱下他那昂贵的西装外套，给唐乔晚披上。

唐乔晚见他穿得单薄，正要将外套还给他，他却眼含心疼地凝视着她，说道：“披上，想感冒了让我心疼死吗？”

唐乔晚闻言，抬起泪眼看着他，说道：“你生病了，我也会心疼死。”

在她说这话时，一旁的凌寒夜直接将自己的外套脱下来，很不爽地披到了龙御琛的身上。

随即，他瞥着龙御琛和唐乔晚说道：“好了，这下你们都不用心疼了。”

唐乔晚蹙眉看着凌寒夜，唤了一声：“爹地……”

凌寒夜瞥了眼龙御琛，看向唐乔晚说道：“反正我生病了，没女儿心疼，病就病吧。”

听到他的话，林陌陌瞪了他一眼：“又吃自己女婿的醋。”

龙御琛将身上的外套拿下来，又披到了凌寒夜身上：“爸的好意，我心领了，不过我不喜欢披除了我以外的男人的外套，您的也不行。”

凌寒夜闻言，瞥向他，说道：“你以为我喜欢把我的外套给除了我以外的男人披啊，我是看在小晚的面子上，才勉强给你披一下的。”

凌言璐有些无语地看了眼自己的爹地和龙御琛，然后看向回到岸上的搜救人员，用英语问道：“还是没找到人吗？”

搜救人员看着她摇了下头，然后告诉她，苏暖有可能已经被冲走了，过一会儿他们会继续潜入海里搜寻。

听完搜救人员的回答，凌言璐回过头去看向唐乔晚、龙御琛、凌寒夜、林陌陌四人，问道：“我们是继续在这里等，还是……”

唐乔晚看着浩瀚的大海，先一步开口回道：“我要继续在这里等。”

说完，她看向凌寒夜和林陌陌，说道：“爹地、妈咪，你们在这里待一天了，先回去吧。”说完，她又转过头来看向凌言璐，说道，“还有二姐，你也回去。”

凌寒夜和林陌陌以及凌言璐都担心凌言玺，于是同意了。

唐乔晚在他们准备离开时，满脸担忧地问道："大哥怎么样了？"

凌言璐蹙起眉头回道："我们暂时还不清楚，放心吧，凌言玺壮得跟牛一样，不会有事的。我们现在就去医院，有什么消息会通知你的。"

她顿了一下，想到什么，便继续说道："小妹，他们一会儿要是找到苏小姐的遗……遗体，你可不要太伤心了，人死不能复生。"

听到"遗体"二字，唐乔晚的眼泪又禁不住掉了下来。

她就怕会是这种结果，她真的接受不了，也不愿去接受。

凌言璐见状，说道："我只是说说而已，不一定会发生，别哭了。"

紧接着，凌言璐又看向龙御琛，说道："照顾好我妹妹。"

凌寒夜、林陌陌、凌言璐三人离开后，龙御琛便拉着唐乔晚坐进了直升机里。

他们所坐的直升机，内部是非常漂亮豪华的，舱前有驾驶员和副驾驶员座椅，后面有两排豪华舒适的四人座沙发座椅。

坐进去后，龙御琛就用他修长的手指为唐乔晚整理了一下被吹乱的发丝。

唐乔晚抬起泪眼看着他，很是后悔地说道："我们应该早一天回来的。"

想到苏暖有可能已经溺亡，她就心痛死了。

龙御琛垂眸凝视着她，说道："晚晚，是福不是祸，是祸躲不过，明白吗？"

唐乔晚闻言，垂下眼帘，泪水一滴接一滴地往下掉落。

龙御琛见状，心疼地将她拥进怀里，说道："事情已经发生了，不管结果是好还是坏，我都希望你不要太伤心难过。我允许你伤心一天两天，甚至一个礼拜，但我不许你一直伤心下去，对身体不好。"

唐乔晚闻言，没有回答他，而是搂住了他。

龙御琛知道她一时半会儿是没有办法接受苏暖出事这件事的，所以没再劝她不要伤心，而是搂紧了她。

两人在飞机里待到了天亮。

唐乔晚几乎伤心了一晚上，到天亮后，才在龙御琛怀里睡着。

警方的搜救人员几乎在海里搜寻了一个晚上，依然没有找到苏暖。

龙御琛见唐乔晚好不容易睡着，没有叫醒她。

第十三章

活要见人，死要见尸

医院。

凌言玺还在昏迷中，几乎一个晚上都在发高烧，并且嘴里一直断断续续地叫着苏暖的名字。

他被送到医院后，皇甫家族医术最好的皇甫颖儿就知道了，她用最快的速度赶来了医院。

当看到凌言玺背后的烫伤时，她很不给面子地将凌家人训了一顿。

一是因为凌家人没照顾好凌言玺，二是因为凌家没有一个人知道凌言玺背上的烫伤是怎么来的，三是因为他们太大意了，凌言玺背上的烫伤本来就没好，受不得一点感染，连淡水都碰不得，更别说是海水了。

海水里有很多有害物质，被海水泡了那么久，要是换了其他医生，凌言玺的背算是彻底毁了，因为会全部烂掉。

康德虽然知道凌言玺是怎么被烫伤的，但他没有说实话。

因为他怕说了实话，凌家人会更加不待见苏暖。

皇甫颖儿一个人在无菌室里照顾了凌言玺一整晚。

皇甫颖儿见凌言玺一个晚上都在唤别的女人的名字，只是微皱起眉头，什么都没说，那张美丽的脸上看不出喜怒。

她那淡然的样子，仿佛已经看穿世间的一切。

守在外面的孟茜则很是着急："言玺到底怎么样了啊，那个女医生为什么都不出来跟我们说一声？"

紧接着，她看向凌国康等人，说道："她昨晚还敢训斥你们，她到底是谁啊，这么嚣张？"

凌国康等人这会儿都在担心凌言玺，没有人回答她。

孟茜见没人理自己，心里既委屈，又难过，抬手捂住自己的肚子"哎哟"了一声。

听到她的叫声，凌国康等人这才看向她。

凯拉见她皱着眉头，捂住自己的肚子，便问道："怎么了？"

孟茜抬头看着凯拉，状似有些不舒服地说道："刚刚肚子疼了一下。"

凯拉闻言，想到她是孕妇，便说道："你先回去休息，这里有我们。"

说完，她便看向康德吩咐道："康德，你送孟小姐回去。"

孟茜闻言，看着凯拉说道："奶奶，您不用担心我，我这会儿不疼了。言玺还没醒过来，我现在不想回去，我想守着他。"

凯拉看着她，说道："你怀着孩子，跟我们不一样，不适合在这里守着，先回去。"

在凯拉说话时，皇甫颖儿出来了。

孟茜见状，连忙走上前，看着皇甫颖儿问道："言玺怎么样了？他没事了吧？"

皇甫颖儿神色淡漠地盯着她，说道："你把自己烫伤了去海里泡几个小时看看会不会没事。"

孟茜见皇甫颖儿回答她的语气不是很客气，心里很是不悦。

她好歹也是凌家即将过门的曾孙媳妇，眼前的女人只不过是个女医生而已，竟然敢这样跟她说话，太不给她面子了。

她正准备回皇甫颖儿，皇甫颖儿直接无视她，看向凌寒夜、林陌陌、凌言璐、凌国康等人。

"他一时半会儿是清醒不过来了，你们不用一直在这里守着，都回去吧。"

话音刚落，她便转身准备进无菌室。

孟茜见状，盯着她的背，说道：“你对我说话不客气也就算了，你对爷爷他们还这么不客气，你……你懂不懂什么叫作礼貌和尊重啊？”

“你们下次来的时候，不要把一些不三不四的女人带来碍我的眼。我心情不好，会失去救人的兴趣。”皇甫颖儿没有转过身来，语气听不出喜怒，径直进了无菌室。

她的话令孟茜气得头顶都快冒烟了，但是碍于凌家人在，她不敢不顾形象地骂回去。

她满眼委屈地看向凌国康等人，问道：“她到底是谁啊，这么嚣张？”

凌言璐瞥了她一眼，说道：“她是皇甫家的大小姐，医术高明，很多病都会治，是医学界的天才，全英国顶尖的医疗专家见了她都要礼让三分，她有嚣张的资本，你有吗？”

孟茜没想到那个女医生竟然是皇甫家的大小姐，听凌言璐说完，有些震惊。

皇甫世家虽然是隐世家族，但是她也听说过，那可是一个有着好几百年历史的神秘大家族。

听完凌言璐的话，她没再说什么。

凌言璐回过头去看向凌寒夜、林陌陌、凌国康、凯拉等人，说道：“要不，我们先回去吧，有皇甫颖儿亲自照顾言玺，我们不需要太担心。”

凯拉闻言，附和道：“我们都回去吧。”

说完，她看向康德，吩咐道：“康德，把孟小姐送回去。”

“是。”康德应了一声，看向孟茜，说道，“孟小姐，有皇甫小姐照顾凌总，凌总是不会有事的，我先送你回去。”

孟茜看了眼无菌室里的凌言玺，向凌国康、凯拉、凌寒夜、林陌陌、凌言璐他们打过招呼后，随着康德离开了。

凌言璐、凌寒夜、林陌陌、凌国康等人随后也离开了医院。

艾威利城堡，凌家。

凌老爷子和凌老太太因为担心曾孙子也是一夜没睡。

其间，他们给凌国康等人打了无数次电话。

此时，他们都在一楼豪华的大厅里，焦急地等着凌国康他们回来。

“他们怎么还不回来？不行，我要去医院看看。”凌老爷子说完这话，就拄着拐杖站起身来。

他的小女儿凌彩琴看向他，说道：“您一把年纪了，就别跑去医院凑热闹了。”

凌老太爷和凌老太太虽然子女多，但除了大儿子凌国康有一个儿子凌寒夜之外，他们的其他几个儿子都只有女儿。

而凌寒夜也只有一个儿子凌言玺。

所以，整个凌氏家族上百口人，凌言玺是凌家唯一的嫡系曾孙。

因此，他的身份非常尊贵，他稍微出点什么事，整个凌家都会提心吊胆的。

不仅如此，身为凌家唯一的嫡曾孙，凌言玺的婚姻大事自然也不是儿戏。

在凌家人眼里，能配上他的女人必定是人中龙凤。

至于孟茜，凌家只是因为她怀孕了，孩子有可能是凌言玺的，才给她特殊待遇。

因为不知道凌言玺的情况，凌老太太也很着急。

不过，她很相信皇甫颖儿的医术，比凌老太爷淡定许多，凌家的大小事她都不怎么过问了，也不做任何决策。

她将管理家族的权力交回给了凌老太爷，所以，现在凌氏家族真正的掌权人是凌老太爷。

他是凌家真正的家主。

凌老太太看了眼凌老太爷，说道：“彩琴说得对，你就别跑去医院添乱了，他们应该快回来了。”

凌彩琴是凌老太太和凌老太爷的小女儿，一个不婚主义者，虽然将近花甲之年，但保养得极好，皮肤依旧紧致白皙，使她看起来要比实际年龄小两轮。

凌彩琴瞥向凌老太爷，说道：“早知今日，何必当初。言玺已经大了，他爱跟谁在一起就跟谁在一起，您管那么多做什么？您看您，非要棒打鸳鸯，这下好了，一个跳海生死不明，另一个也只剩下了半条命。”

凌老太爷闻言，一脸不悦地看向她，说道：“我这还不是为了言玺好，他是我唯一的嫡曾孙，能随随便便娶一个来历不明的女人吗？”

“事实证明，那位苏小姐不是来历不明的女人，是咱们家小晚公主的好闺密。老头，您啊，间接害了小晚晚的好闺密，您就等着她回来跟您闹吧，我看您去哪里找一个一模一样的苏小姐赔给她。”

苏暖是唐乔晚的闺密这件事，凌老太爷、凌老太太以及凌彩琴都在电话里听凯拉提过了。

当时，凌老太爷、凌老太太都非常震惊和意外，甚至都有些不敢相信。

凌老太爷得知这件事后，好半天都回不过神来。

等回过神来，他就开始犯愁了，就怕唐乔晚回凌家后跟他闹。

所以，他听到自己小女儿的话，身上的气焰顿时消了下去，连说话的底气都没有了。

他坐了回去，低下头，像是不敢见人似的，又开始犯愁了。

凌彩琴见状，说道：“现在知道怕了啊，晚了。”

凌老太爷闻言，沉默了一会儿，才抬起头看着她，有些扭捏地说道：“一会儿小晚回来了，你得帮我说几句话。”

凌彩琴看着他，摇了摇头，一副爱莫能助的样子。

凌老太爷见状，气得将手里的拐杖往地上重重一戳，一脸傲娇地说道：“不帮忙就算了，我又没做错，我是为了我的曾孙好，小晚会理解的。”

说完，他重重地叹了一口气。

“唉！”

虽说他是为了自己的曾孙，但害得人家跳海，若说他心里一点都不愧疚，那是假的。

十几分钟后，回到凌家的凌国康等人才陆续进入大厅。

凌国康、凯拉、凌寒夜、林陌陌、凌言璐一踏进大厅，凌老太爷就拄着拐杖站起身，看着他们，很是着急地问道："言玺怎么样了？醒过来了吗？"

凌国康和凯拉的神情都很凝重。

凌言璐看向凌老太爷，回道："他背上的烫伤受到了很严重的感染，高烧不退，还没醒过来。不过，太爷爷不用太担心，有皇甫家的大小姐亲自给他治疗，相信他很快就会好起来的。"

凌老太爷闻言，还是愁容满面。

他担忧地叹了一口气后，才看着凌言璐问道："他背上的烫伤到底是怎么来的？"

凌言璐朝他耸了耸肩，说道："不清楚。"

凌老太爷看了看他们身后，问道："康德去哪里了？"

凯拉看向他，回道："我让他送孟茜回朱家了。"

凌老太爷闻言，坐下来后，神情无比凝重地问道："那个叫苏暖的还是没找到吗？"

凌言璐看着他，摇了摇头，回道："还没。"

凌老太爷沉默了一会儿，才抬头看向凌国康，说道："我是让你去劝那个姓苏的丫头离开言玺，没让你把她逼得跳海。你到底跟那个丫头说什么了，她那么想不开？"

凌国康从知道苏暖跳海后，就一直处于愧疚中，听到凌老太爷的问话，更加愧疚了。

他紧皱眉头，神情凝重地沉默了一会儿，才看向凌老太爷说道："我也没说什么，就说我不会让一个心怀不轨、不干不净、不三不四的女人嫁进凌家，我哪知道她会因为这些话就去跳海。"

凌彩琴听他说完后，摇了下头，说道："没这么简单。大哥，你的这些话顶多让她伤心、委屈或者愤怒，她还不至于因为这些话去跳海，应该还有其他原因。你还做什么了？"

凌国康看了看凌老太爷，才很是尴尬地回道："我还打了她一巴掌，让她滚。”

他说完这话，其余人都看向了他。

凌国康自知自己做得过分了，都不好意思与他们对视，一脸尴尬地低下头。

他沉默了一会儿，才开口说道：“我当时也是一时气愤，才对她动的手。她都已经怀了别人的孩子了，还来纠缠言玺，你们说我能不气吗？”

“什么？她怀了别人的孩子？”

凌国康的话一出，凌老太爷等人都被惊到了。

凌彩琴回过神来，看着凌国康问道：“你怎么知道她怀孕了？你怎么知道她肚子里的孩子是别人的，而不是言玺的？她既然跟言玺在一起，那万一孩子是言玺的呢。”

凌国康听自己的小妹问起这话，回忆了下当时的情况。

当时他让苏暖滚，别墅里的兰妈告诉他，苏暖怀孕了。

他很震惊，还没反应过来，就听孟茜跟他说，苏暖的孩子一定不是言玺的，而是她未婚夫的。

他记得当时孟茜还问苏暖，她肚子里的孩子是不是她未婚夫的，她一句话都没有说。

她任凭孟茜骂，任凭凌国康打，此刻凌国康想到她当时委屈难过却一语不发的样子，都有些心疼她了。

难不成他们冤枉了她，她肚子里的孩子是言玺的，所以，她才会那么绝望地跑去跳海？

如果这是真的，那他岂不是害死了自己的曾孙？

想到这，凌国康脸色大变，全身一阵发寒。

他往后退了一步，差点倒在地上，还是他身旁的凯拉和凌言璐及时扶住了他。

凌言璐见他脸色突然变得很差，额头还冒出了冷汗，便问道：“爷爷，您这是怎么了？怎么还冒冷汗了？”

凌彩琴狐疑地看了他一眼，便说道：“你还没回答我的问题呢，你怎么知道那位苏小姐肚子里的孩子是别人的，而不是言玺的？”

“我……”凌国康神情凝重地看了看大厅里的众人，才皱起眉头说道，“我……我也是听孟茜说的。”

“孟茜？”众人听到是孟茜说的，也很惊讶。

凌彩琴疑惑地问道：“那孟茜又是怎么知道的？她调查过那位苏小姐？”

凌国康沉默了一下，才回道：“孟茜好像是猜的，她质问苏暖的时候，苏暖没有否认，所以，我就以为苏暖肚子里的孩子不是言玺的。”

凌彩琴听他这样说，想了想，便又疑惑地问道：“那个孟茜跟苏小姐很熟吗？她怎么知道人家苏小姐怀的一定不是言玺的孩子？”

凌国康看向她，回道：“有件事，你们还不知道，那个苏暖……还有一个未婚夫，而且她和她未婚夫已经同居大半年了。她来纠缠言玺的时候，还和她的未婚夫保持着非常亲密的关系，所以，孟茜才会怀疑苏暖肚子里的孩子是她未婚夫的。”

大厅里的众人听他说完，陷入了沉思。

苏暖有未婚夫这件事，凌寒夜、林陌陌以及凌言璐三人都有所耳闻，所以，这点他们不怀疑。

凌言璐沉思了一会儿，看向凌国康问道：“爷爷，您当时就没向苏小姐确认一下她肚子里的孩子是谁的吗？还有，您还没说您是怎么知道她怀孕的事的。”

凌国康回道：“是用人说的。我当时在气头上，就没有向她确认。”

他这会儿想起来，有些后悔了，他太鲁莽急躁了，应该把事情弄清楚的。

听完他的话，大厅里响起了好几道叹气声。

凌彩琴叹了一口气，说道：“现在好了，苏小姐跳海了，她到底有没有怀孕、孩子是谁的，看来只有言玺知道了。”

话音刚落，她想到什么，便又看着凌国康，说道：“不过，大哥，这苏小姐有未婚夫的事，你是听谁说的？不要告诉我，也是孟茜跟你说的。”

凌国康皱了下眉头，回道："就是她说的。"

凌言璐闻言，问道："你们好好调查过那个孟茜吗？"

凯拉看向她，回道："你太爷爷让人调查过，她是奥宏企业董事长朱昌的养女，平日里倒是循规蹈矩的，接触的都是一些贵夫人，没有什么失礼的行为。言玺去阿尔特酒庄那天，她也去了，第二天酒庄里有人亲眼看见她是从言玺的房里出来的。还有，她说言玺的后背上有牙印，你太爷爷也让用人趁言玺换衣服的时候看过了，他的后背上确实有牙印。"

凌彩琴听她说完，思索了一下，便说道："她这么一个循规蹈矩的千金小姐，竟然知道人家苏小姐的隐私，看来，她让人去调查过苏小姐了……"

说到这，凌彩琴叹了一口气："唉！宫心计上演了，看来，这孟小姐不简单啊，摆明了是想把人家苏小姐从言玺身边赶走。"

说到这，她顿了一下，看向凌国康说道："大哥，亏你一把年纪了，吃的盐比人家孟小姐吃的米还多，到头来，你却被人家小姑娘利用了一把。"

凌国康闻言，脸色有些难看，低下头，什么都没说。

凌彩琴看了他一眼，接着说道："你们就祈祷那个苏小姐肚子里的孩子不是凌家的吧，否则，我看你们一个个以后下了黄泉，怎么去见凌家的列祖列宗。还有啊，你们也祈祷苏小姐平安无事吧，否则，我看小晚和言玺怎么跟你们闹。"

凌老太爷听她说完，眉头皱得更紧，他也怕苏暖肚子里的孩子是凌家的。

他希望不是，否则，他就没脸活在这个世上了。

他一想到有可能是，就有些无法接受自己的小玄孙没了的事实，心痛得想痛哭。

同时，他也有些悔不当初。

早知道，他就应该让人先把苏暖调查清楚再说。

"唉！唉！唉……"

他连连叹了好几口气，才抬头看向凌国康说道：“去调查下那个丫头的未婚夫，还有，让警方加大警力找人，活要见人，死要见尸。”

凌国康神情凝重地点了下头，现在他们只希望苏暖肚子里的孩子不是凌家的，否则……

“唉！”他也重重地叹了一口气，转身神色复杂地离开了大厅。

凌寒夜和林陌陌此刻的神情也很凝重。

他们也是既希望苏暖肚子里的孩子是他们宝贝儿子的，但又害怕是。

现在苏暖跳海了，如果她肚子里的孩子是他们凌家的骨肉，那他们真的要心痛死了。

“你昨晚一晚上没休息，先跟我回房去休息一会儿。”凌寒夜没有理会凌老太爷，说完这话，便带着心情十分沉重的林陌陌回房里去了。

其他人也都陆续回房里去了。

凌老太爷则在大厅里黯然神伤了好一会儿。

医院，无菌室。

“暖暖……你在……哪里？你在……哪里？”

躺在病床上的凌言玺高烧还没退，嘴里一直唤着苏暖的名字，一直在问她在哪里。

皇甫颖儿坐在他的身旁看着他。

她用消毒手巾替他擦了擦脸，盯着他说道：“从昨晚到现在，你叫了暖暖至少有五百次，你有那么爱那个女人吗？”

说这话时，皇甫颖儿脸上看不出任何喜怒，就像是很单纯地在跟凌言玺聊天一样。

“呜呜……救命……我不想死……救命……我不想死……呜呜……我不想死……”

烧得迷迷糊糊的凌言玺仿佛听到了苏暖呼救的声音，心痛地呼喊着暖暖，猛地睁开了双眸。

“暖暖……暖暖……”

皇甫颖儿见他突然醒了，绝美的脸蛋上依然是处之泰然的淡漠表情，没有一丝惊讶。

凌言玺以前在这无菌室里待过，对这里自然熟悉。

他见自己又在无菌室里，正要坐起来，皇甫颖儿阻止了他。

“你高烧没退，别乱动。”

凌言玺想到苏暖在他的梦里哭着向他呼救，心狠狠地一痛，看了眼皇甫颖儿，便不顾自己身上有血淋淋的伤，猛地坐了起来。

他一把拔掉自己手背上的针头，鲜血顿时渗了出来。

皇甫颖儿见状说道：“我说的话，你听不见吗？你高烧没退，给我在床上躺好。”

凌言玺现在心心念念的只有苏暖，至于别人，他似乎看不见，别人说的话，他似乎也听不见。

他下床就准备离开无菌室。

皇甫颖儿见状，走到他身前拦住了他：“我再说一次，去床上躺好，否则……”

“让开。”凌言玺急着去找苏暖，没等皇甫颖儿说完，就一把将她推开，抬步朝着门口走去。

他背上的烫伤受到了感染，伤口加深，他每走一步，背部就疼得要命，就好像全身的肌肉都被扯住一般疼。

而且，他高烧没退，头也很痛，所以，往前走时，步伐有些不稳。

他走到无菌室门前时，差点倒下，还好及时抬手撑住了无菌室的门。

他头疼得厉害，视线还有些模糊，随时都有可能倒下。

他顿了一会儿，准备拉开门离开。

皇甫颖儿见状，看着他说道：“出了这道门，你以后就别想再让我医治你。”

凌言玺像是没听到皇甫颖儿的话，径直拉开了无菌室的门，身形不稳、步伐急切地走了出去。

皇甫颖儿见状，微微蹙眉，说道：“你赢了，言玺哥哥。”

话音一落，她快速拿了一支针剂跟出去。

将孟茜送回朱家的康德正好返回医院，见凌言玺身形不稳地从无菌室里走出来，连忙快速跑向他。

"凌总，您……您总算醒了，不过，您……您怎么出来了啊？您看您路都走不稳了，您出来做什么啊？"

康德一边说着，一边跑到凌言玺跟前。

随即，他去扶凌言玺时，被吓了一跳："凌总，您身上好烫，您这烧还没退啊。"

凌言玺双眸发红，紧盯着康德，很是急切地问道："找到……暖暖了吗？"

康德看着似乎随时会倒下去的凌言玺，皱起眉头回道："还……还没找到。"

凌言玺闻言，心头一紧，推开康德的手，正要往前走，却被皇甫颖儿抓住了手臂，同时，她手里注射器的针头扎到了凌言玺的手上。

察觉到的凌言玺侧眸看了她一眼，猛地挣开她的手，拔掉了手上的注射器。

随即，他眼神阴沉地盯着皇甫颖儿，问："你……给我注射的是什么？"

虽然只注射了一半，但是他此刻感觉全身无力，意识也渐渐变得模糊。

皇甫颖儿看着对自己毫不温柔的凌言玺，没有回答，只是语气淡淡地说道："它可以让你好好睡一觉。"

凌言玺只觉得这会儿头更晕了，眼神冷淡地盯着皇甫颖儿，有些气愤："我……不需要……休息，我要去……找暖暖。"

说罢，他握紧双拳，甩了甩头，强撑着身体摇晃着往前走去。

康德见状，很是担忧，走上前扶住了凌言玺，神情凝重地看着他说道："凌总，苏小姐有警方在找，您就在医院里好好养身体吧。"

凌言玺就像是没听到他的话，神情坚定，坚持着一步一步地往前走。

他的步子非常沉重，每一步都走得很吃力。

皇甫颖儿见状，沉默了一会儿，突然快步走了过去。

她挡在凌言玺跟前，盯着他说道：“想离开这里可以，先打赢我。”

凌言玺语气冰冷：“我不跟女人动手，让开。”

皇甫颖儿没有挪动一步：“要么打赢我，要么转身回去。”

凌言玺继续说道：“我再说一次，让开。”

皇甫颖儿像是跟凌言玺杠上了，就是不让。

凌言玺急着去找苏暖，抬手一把将皇甫颖儿推开了。

皇甫颖儿见状，有些不服气，上前正要动手，却被反应灵敏的凌言玺一把箍住脖子，推到了墙上。

皇甫颖儿见状，向来淡漠的脸上露出了一丝惊讶之色。

她抬眸对上凌言玺殷红阴冷的眼睛，神色有些复杂。

凌言玺的头越来越疼了，他盯紧皇甫颖儿，说道：“你……不是我的对手，最好……别再阻拦我，否则，我……就对你不客气了。”

说完，他松开手，在康德的搀扶下，强撑着一步一步往前走去。

皇甫颖儿抬手摸着自己被掐的脖子，红了眼眶。

直到凌言玺和康德的身影消失在她眼前，她还看着他们离开的方向。

就在她收回目光，转身准备回无菌室时，她白大褂兜里的手机响了。

她将手机拿出来，见是自己的奶奶——皇甫老太太打的，便立即接听了。

电话那头传来皇甫老太太很是惊喜激动的声音：“颖儿，皇天不负有心人，你终于有救了，你的真命天子出现了，你知道是谁吗？”

皇甫颖儿没什么兴趣，神色淡漠地回道：“不知道，也没兴趣知道。”

“你这丫头，这可关乎你的性命，你怎么能没兴趣？”

皇甫老太太顿了一下，没听到皇甫颖儿的回话，便接着说道：“好了，奶奶不跟你卖关子了，直接告诉你吧。听好了，竺法禅师给你算过了，你命中注定之人就是凌氏家族的唯一继承人凌言玺。禅师说了，你必须在今年之内嫁给他，成为他的妻子，否则，你……你活不过今年，会死于非命。”

说到最后，老太太的声音变得非常凝重。

听到自己的命定之人竟然是凌言玺，皇甫颖儿有些震惊和意外。

她回过神来，蹙眉沉默了一会儿，才淡淡地回道："我知道了。"

"光知道哪行啊，你要赶紧嫁给他啊。奶奶可不想失去你，我之前还以为能救你的是龙三少，没想到是凌大少。不过，凌大少也是人中之龙，你们在一起简直就是天生一对。颖儿啊，听说凌大少又受伤住院了，你可得好好照顾他，顺便跟他好好联络联络感情。他可是你命中的丈夫、我的孙女婿，你可得照顾好他。"

皇甫老太太说完这番话，等了一会儿，没有听到皇甫颖儿回话，便有些着急地问道："颖儿，你这丫头又在做什么？奶奶刚刚说的话，你听见没有？这关系到你的性命，你可别不当回事啊。奶奶可不想白发人送黑发人啊。"

皇甫颖儿沉思了一会儿，仍旧语气淡淡地说道："老太婆，你又忘了我说的话了，是福不是祸，是祸躲不过，要走的，留不住，你别费心机了。"

皇甫老太太听到这话，要哭了："你这死丫头，我把你和你哥哥拉扯这么大，我容易吗？动不动就说这种话，你这死丫头想过我的感受没？我不伤心、不难过啊？你当初救凌大少的时候，不是说过要嫁给他吗？现在正好，他是你命定之人，你不嫁都不行了。好了，我不跟你说了，我要去找竺法禅师，让他给你和凌大少算算，你们什么时候结婚最合适。"

皇甫老太太说完这番话，就挂断了电话。

皇甫颖儿看着自己的手机沉思了好一会儿，才转身回无菌室去。

非要坚持离开医院的凌言玺和康德这会儿已经坐进直升机里了。

凌言玺因为高烧，一张俊美的脸都被烧红了。

他一只手紧握成拳，另一只手握成拳抵着自己发痛发烫的额头，微闭着双眸，看起来像是极其难受。

康德见状，担心极了。

"唉！"康德叹了一口气，拿出手机来开始打电话。

海边。

唐乔晚已经醒了，和龙御琛站在沙滩上。

警方的搜救人员还在海里搜寻，依旧没有找到苏暖。

唐乔晚失望透了，看着茫茫的大海，眼泪就没断过。

龙御琛垂眸凝视着她，说道："我们该回去了，胤儿一个晚上没吃奶了，你想饿死他吗？"

唐乔晚闻言，抬眸看着他，眼眶里盈满了泪水。

想到苏暖就这样没了，她很心痛。

龙御琛抬手替她擦了擦泪，目光心疼地盯着她，继续说道："警方有消息了会第一时间通知我们的，我们先回去。"

唐乔晚转过头，盯着大海沉默了好一会儿，才转过身来，看着龙御琛点了下头。

龙御琛拥着她，刚要转身走向他们乘坐的直升机，就看到半空中一架有着凌家专属标记的直升机缓缓地降落下来。

见状，龙御琛拥着唐乔晚往后退了两步。

待直升机停稳后，两人才走上前。

先下来的是康德和驾驶员。

随后，康德和驾驶员一起伸手去扶凌言玺。

正走上前的唐乔晚见是自己的大哥来了，很是惊讶。

凌言玺这会儿气色很差，一看就还处于病重中。

"大哥，你……你怎么来了？"唐乔晚一边问着话，一边快步走上前。

凌言玺已经在康德和驾驶员的搀扶下下机了。

龙御琛见凌言玺看起来很是虚弱，禁不住蹙了下眉头。

康德在唐乔晚和龙御琛上前后，朝他们恭敬地颔首，打着招呼："三小姐、三姑爷。"

凌言玺甩了甩头，努力保持清醒，问："怎么样？找到了吗？"

此刻在他眼里，唐乔晚的脸都是模糊的。

唐乔晚微微蹙眉，没有回答他的问题，而是满眼担忧地看着他的脸问："你的脸怎么这么红？"

说完，她抬手去摸了一下，发现烫得吓人。

她神色一变，满脸担忧地看着他，说道："哥，你的脸好烫，是在发高烧吗？"

一旁的康德回道："是的，三小姐，凌总从昨晚到现在几乎一直在发高烧，没怎么退过。"

唐乔晚闻言，满眼心疼和担忧地说道："发高烧还跑来，你不要命了吗？"

凌言玺神情绝望地说道："老婆……都没了，我……还要命做什么？"

话音一落，他便要往海边走去。

唐乔晚见状，连忙扶住他，这才发现他不只脸烫，身上也很烫。

她心里担心死了，满眼心疼地看着他，说道："大哥，你身上也好烫，你不能待在这里，你要赶紧回医院。"

"我要去……找那个……傻女人，快放开我。"凌言玺语气有些虚弱地说完这话，便要拉开唐乔晚的手。

唐乔晚没有放开手，而是眼含泪水地看着他，说道："我已经失去一个好姐妹了，我不想连哥哥也失去。大哥，你别这么固执了，让我和御琛送你回医院好不好？"

凌言玺眼神湿润地凝望着大海，神色坚定地说道："一天找不到那个傻女人，我一天不会回去。"

说完，他便拉开唐乔晚的手，一脸坚定地走向大海。

他步伐极不稳，一张俊美的脸又被泪水打湿了，视线本来就是模糊的，这会儿那发红的眸子中盈满泪水，更加看不清路了。

他走得摇摇晃晃的，唐乔晚看着心疼死了。

她没有想到，她的大哥对暖暖的感情已经这么深了。

如果不是亲眼所见，她也不敢相信。

见自己的大哥不听劝，她看向龙御琛，将求助的目光投向了他：“御琛……”

龙御琛抬起大手，安慰性地轻拍了下她的肩膀，便快步走向凌言玺。

龙御琛一把拉住凌言玺，盯着他说道：“你准备去送死吗？你死了，要是你的傻女人还活着，谁来给她幸福，谁来照顾她？如果你觉得这个世上还有人比你更爱她，那你就去死。”

说罢，龙御琛便放开了凌言玺。

唐乔晚随后走上前来，看着凌言玺说道：“大哥，你别太灰心了，暖暖不一定是出事了，警方找到现在都没找到暖暖，这说明暖暖有可能没事，可能昨天就已经离开了。”

这话是龙御琛之前对她说的，现在她用来安慰自己的大哥。

龙御琛沉思了一会儿，才问道：“有人亲眼看见她跳海吗？”

随后走上来的康德回道：“没人亲眼看见，我们是凭借昨天带苏小姐来这里的那个司机的口供，加上在海里找到的苏小姐的鞋，才认为她跳海了。”

说到这，康德顿了一下，想到什么，又补充道：“对了，还有，苏小姐来这里后就把自己身上的首饰都给了带她来这里的那个司机，这说明苏小姐有轻生的想法。”

唐乔晚闻言，蹙起眉头，沉思了一会儿，才抬头看着康德问道：“昨天到底发生什么事了，暖暖为什么会跑来这里？”

直到现在，她还有些不敢相信她所认识的苏暖会跳海，昨天一定发生了一些让苏暖对这个世界绝望的事情，否则，她所认识的暖暖不会走到这一步的。

对于昨天的事情，康德只知道大概，并不是很了解。

他蹙了下眉，才看着唐乔晚说道：“昨天我和凌总都不在场，具体发生了些什么，恐怕要问别墅里的仆人才能了解清楚。”

唐乔晚听他说完，便看向自己的大哥，劝道：“大哥，我知道你想亲自找到暖暖，但是，你现在的身体不允许。御琛说得对，万一暖暖还活着，你却出事了，那就没有人来照顾她、没人能给她幸福了。

虽然现在暖暖活着的希望很渺茫，但并不是一点希望都没有。就算只有千分之一的希望，大哥你也该为了暖暖养好身体。”

唐乔晚的话，凌言玺像是听进去了，他收回投向大海的目光，转过头来。

康德见状，继续加把劲地说道：“凌总，我突然想到苏小姐会不会根本就没有跳海，只是把鞋子扔进海里了？您想啊，昨天老爷和那个孟小姐亲自去找苏小姐，让苏小姐离开您，虽然我们不知道老爷和孟小姐到底对苏小姐说了些什么，但他们说的话一定不好听。苏小姐肯定很委屈……”

说到这，他看了眼凌言玺的脸色，见他在仔细听自己说，才继续说道：“凌总您又不是不知道，以苏小姐的性格，她一定把账算在凌总您头上了，所以她一定不想见到您，也一定不希望您找到她。我觉得那鞋子有可能是苏小姐自己扔到海里的，目的就是让凌总您以为她跳海了。她知道以您的本事，一定会找到海边来，所以她才那样做。她就是要您以为她死了，然后就不会再去纠缠她了。”

唐乔晚了解苏暖，所以，听完康德的话后，她蹙眉看着凌言玺，说道：“大哥，康叔叔分析得很有道理，这很像暖暖的做事风格。如果她真的不想见到你，很有可能会让你以为她死了。”

她嘴上这样说着，心里也希望是这样的结果。

否则，她真的接受不了。

凌言玺听他们说完，深深蹙起眉头，盈满泪水的红眸中情绪非常复杂，有心痛，有苦涩……

他也希望事实如康德说的那样，虽然想到苏暖为了不让他找到她，狠心让他以为她死了，他对此很心痛，但他仍旧希望事实就是这样的。

只要她还活着，他就一定能找到她。

随即，他看着康德，吩咐道：“你……去一趟警局。”

他是要康德去调取这附近路上的天网视频。

如果他的暖暖没有跳海，那么，她必定会从某条路离开。

只要调取附近几条路昨天苏暖失踪那个时段的天网视频，他就有可能找到她。

康德知道凌言玺让自己去警局的用意是什么，看着凌言玺点了下头，便说道："那我先送凌总您回医院，然后再去警局。"

凌言玺这次没再拒绝，看着康德微微点了下头。

康德见状，心里总算放心了。

随即，他看向唐乔晚和龙御琛说道："三小姐、三姑爷，你们一晚上没睡了，先回去休息，如果有了苏小姐的消息，我会通知你们的。"

唐乔晚看着他，也点了下头。

目送凌言玺和康德离开后，唐乔晚和龙御琛才坐进直升机里。

想到苏暖有可能还活着，唐乔晚的心情好了许多。

不过，她并不打算就这么饶了她的爷爷和太爷爷他们。

苏暖始终还没找到，她必须让他们知道，欺负她家暖暖，等于欺负她。

她必须让他们知道，她家暖暖不是那么好欺负的。

他们乘坐的直升机飞远后，在沙滩某处一棵茂密的大树下走出一道身影。

这道身影抬头望着空中飞远的直升机，许久才收回目光，转身离开。

凌言玺回到医院的时候，已经处于半昏迷状态了。

皇甫颖儿一直在无菌室里，见凌言玺被康德扶着回来，什么都没说，径直走上前，帮忙将凌言玺扶回到病床上，随后动作利落地为他挂上吊瓶。

康德见状，看着她说道："皇甫小姐，凌总就暂时交给你了，我还有事，先走了。"

他见皇甫颖儿没有回答他的意思，便转身离开了。

凌言玺在康德离开后，看着正在帮他处理手背上的血迹的皇甫颖儿，凭借着一丝清醒说道："能用最快的方法让我康复吗？"

皇甫颖儿闻言，深深地看着他说道："你刚刚要是不离开就能，现在，不能。"

凌言玺闻言，棕色眼眸微微眯起。

皇甫颖儿替他处理好手背上的血迹，语气淡淡地说道："想尽快康复，就什么都不要想，好好休息。"

说完，她便起身走到医药柜前。

等她拿着注射器转身走回凌言玺身旁时，凌言玺已经陷入昏迷。

她深深地看了凌言玺一眼，替他注射完，紧握住他的手，双眸一眨不眨地凝望着他。

"我才是你命定的妻子，你知道吗？"

说完这话，她趴在凌言玺身上抱住他，并将脸蛋贴近他的胸口。

听着他的心跳，她慢慢闭上了双眼，嘴角浮出一抹淡笑，像是对此刻的温馨氛围很满意。

这就是她想要的，抱着自己喜欢的人，平平淡淡地过一辈子。

艾威利城堡，凌家。

唐乔晚和龙御琛已经抵达凌家。

凌家上下听说她回来了，齐聚到了一楼的大厅里。

凌老太爷和凌国康是带着非常忐忑的心情到一楼大厅里的。

两位老人就像是做错事的孩子一样，到大厅后一直低着头，不敢去看唐乔晚。

大厅里难得非常安静，仿佛一根针掉地上都能听见。

气氛也非常压抑，大家都怕唐乔晚大闹。

唐乔晚见大家都不出声，也故意不出声。

她越是不出声，不哭不闹的，凌老太爷就越担心。

他低头沉默了一会儿，把心一横，抬头看向了唐乔晚。

对上唐乔晚那双哭得红肿的眼睛后，他的心一揪，立马没了底气。

他心疼地看着唐乔晚："小晚啊，你快别伤心了，你心里不好受，太爷爷心里也不好受……"

说到这，他停顿了一下，眼中泛起愧疚之色："对不起，太爷爷不知道那位苏小姐是你的好姐妹，太爷爷也没有想到，让她离开言玺她会那么想不开……”

听他说完，唐乔晚什么话都没有说，只是看着他落泪。

凌老太爷见状，心疼得不知道该怎么办才好了。

“小晚丫头，你快别哭了，你哭得太爷爷的心都快碎了。太爷爷坏，太爷爷把你的好姐妹弄没了，你凶太爷爷、骂太爷爷吧，你别光哭不说话啊，我的小祖宗。”

唐乔晚看着他，语带哭腔地说道：“凶您有什么用，骂您有什么用，暖暖又回不来了。”

凌老太爷听她这样说，皱紧眉头，满脸愁容：“那可怎么办啊？丫头，你不会因为她再也不理太爷爷了吧？”

唐乔晚闻言，看了他一眼，没有回他。

凌老太爷见状，有些慌了，拄着拐杖站了起来，满怀愧疚地看着她，说道：“丫头，太爷爷不是故意要把她弄没的，太爷爷只是想让她离开你大哥而已，没想到她会去跳海。还有啊，太爷爷要是知道她是你的好闺密，太爷爷一定会善待她的。不知者不怪，你别生太爷爷的气了。害得她跳海，太爷爷心里也不好受。早知道你爷爷那么不会办事，太爷爷就亲自去了。”

说完，凌老太爷还瞪了凌国康一眼。

要是他亲自出马，至少不会说什么难听的话。

因为都是自己的亲人，而且年纪还都那么大了，又那么疼爱自己，唐乔晚并不想恃宠而骄。

她见时机差不多了，便看着凌老太爷问道：“那太爷爷为什么一定要让暖暖离开大哥？大哥的婚姻不能自己做主吗？”

凌老太爷皱眉，看着唐乔晚说道：“丫头啊，你大哥是我的嫡曾孙，是凌家唯一的继承人，身份尊贵，你说他的配偶能是个普普通通的女人吗？”

唐乔晚闻言，蹙紧了眉头：“太爷爷为什么也要有门第之见？大哥身份再高贵，他也和其他男人一样，没有三头六臂，没有什么特殊之处。他不是神，不是仙，只是一个普通的男人。而且，两个人在一起，幸福才是最重要的。”

说完，她拿出手机，找到凌言玺和苏暖穿着情侣睡衣的合照，走到凌老太爷跟前，将手机递给凌老太爷，看着他说道：“太爷爷看看，大哥和暖暖在一起很快乐，您见过他笑得那么幸福吗？您为什么非要拆散他们？您就算让大哥娶了皇室公主，又如何？他会开心吗？会快乐吗？他是您唯一的嫡曾孙，对您来说，到底是他的配偶是谁重要，还是他的健康、幸福重要？做长辈的不都希望自己的子孙开心快乐吗？”

凌老太爷听完唐乔晚的话，眉头皱得更紧了。

他这才意识到自己的想法过于迂腐了。

他看着照片上自己的曾孙和苏暖的合照，发现他们是那么般配。

确实，他是第一次看见自己的曾孙笑得那么开心。

见他们穿着那么可爱的情侣睡衣，隔着屏幕，他都能感受到了他们的幸福。

想到苏暖跳海了，而他的曾孙躺在医院里，这么幸福的两个人就这么被他拆散了，他心里愧疚极了。

他捏紧手机，一双老眼变得有些湿润，看着唐乔晚，满怀愧疚地说道：“丫头，太爷爷错了，对不起。”

唐乔晚泪眼模糊地看着他：“如果可以重来，太爷爷还会阻止他们在一起吗？”

凌老太爷闻言，沉默了一会儿，才说道：“如果可以重来，太爷爷至少会好好了解下那个丫头，不会像之前那么鲁莽。如果她的人品像小晚你这么好，太爷爷不会再反对她和你大哥在一起。”

听他说完，唐乔晚深深地看着他，说道：“太爷爷，这话是您说的，大家都听到了，如果……如果真有这个机会重来，您不许食言。”

凌老太爷闻言，看着唐乔晚说道：“前提是那个丫头本性好。”

唐乔晚蹙眉，有些不满地看着他，说道：“物以类聚，人以群分。什么人交什么朋友，她是我的好闺密，她的本性能差吗？如果太爷爷觉得她的本性差，说明在太爷爷眼里，我的本性也很差。”

凌老太爷闻言，连忙说道："小祖宗，你可把你太爷爷我冤枉死了，太爷爷可从来没这样认为过，你在太爷爷眼里，孝顺懂事，善良可爱，本性好极了。太爷爷昨天还不知道那个姓苏的丫头是你的好闺密。"

"唉！"说完，他深深地叹了一口气，满脸愁容地接着说道，"但愿那个丫头平安无事，否则，太爷爷的余生都会良心不安。"

语毕，他满脸愁容地看着唐乔晚，指着自己的胸口说道："丫头，害得那个姓苏的丫头跳海，太爷爷这里也很不好受。"

唐乔晚就是知道自己的太爷爷会不好受，所以才没有大闹。

而凌老太爷包括凌家上下都以为唐乔晚会大闹一场，见她如此懂事、明事理，更加喜欢她了。

唐乔晚让他们觉得他们没有白宠她，她就值得他们捧在手心里宠。

唐乔晚越懂事，他们就越愧疚。

一直低着头没说话的凌国康也看向唐乔晚，语带愧疚地说道："小晚，爷爷那天把话说得太难听了，苏小姐是被我逼得跳海的，爷爷是害死她的罪魁祸首，你心里有气、有怨、有恨，都冲着爷爷来吧。"

唐乔晚见自己的爷爷同样愧疚，也就不忍心再责怪他老人家了。

她看着他，说道："爷爷，我心里是有气、有怨，但是我不会对你们怎么样，我只希望如果能有重来的机会，你们不要再阻止暖暖和大哥在一起。还有，如果有机会可以弥补，我希望爷爷可以好好对暖暖。暖暖没有亲人，非常缺乏安全感，如果真的有这个机会，我希望大家可以好好疼爱她、照顾她，让她感受到家庭的温暖。"

说完这番话，唐乔晚双眸中又盈满伤心的泪水。

她真的很希望有奇迹出现，希望有重来的机会。

凌老太爷、凌国康见她哭了，很是心疼，正要去哄她，唐乔晚却看着他们说道："你们害得暖暖跳海，从现在开始，一天没找到暖暖，我就一天不理你们。如果这辈子都找不到暖暖了，那我这辈子都不理你们，也不原谅你们。"

后面的话，她是故意那样说的。

而凌老太爷和凌国康听她说完后，有些慌了。

“丫头，你说的不是真的吧？”

唐乔晚看向老太爷，神色坚定地说道：“就算你们是无心之失，但是暖暖确实是因为你们才去跳海的，你们都祈祷暖暖平安无事吧，否则，我就再也不回凌家了。”

说完，她便看向龙御琛，道：“御琛，我们去带胤儿走。”

凌老太爷和凌国康闻言，神色一变，连忙走向她。

“丫头，你可别吓太爷爷，你刚回来，要到哪里去啊？”

凌国康走近唐乔晚，神情凝重地看着她，说道：“小晚，都是爷爷的错，你可以生爷爷的气，也可以不理爷爷，甚至还可以欺负爷爷，但是，你不能就这么走了。你好不容易回来一趟，一定要多住一段时间。”

唐乔晚闻言，抬起泪眼看着他，说道：“我住在这里，一看见你们就会想起暖暖，一想起暖暖，我就会难过，一难过，我就会哭，你们想我每天以泪洗面吗？”

凌老太爷拄着拐杖走上前，满眼心疼地看着她，说道：“丫头，太爷爷知道错了，你不原谅太爷爷可以，但你不能走。你要是心里气不过，来，你往太爷爷脸上打一巴掌。”

说完，他就拿起了唐乔晚的手。

唐乔晚见状，缩回自己的手，说道：“您都这么大年纪了，我哪敢打您，我怕被雷劈。”

“太爷爷让你打的，雷不敢劈你。”

一直没出声的林陌陌走向唐乔晚，压低声音说道：“好了，小晚，差不多就可以了，你太爷爷年纪大了，你不能太过了。”

唐乔晚闻言，抬头看着凌老太爷说道：“我不打您，我也不原谅您，顶多暂时在这里住两天，但是，我不会跟您和爷爷说一句话。”

凌老太爷和凌国康闻言，都重重地叹了一口气。

凌老太爷叹完气，又看着唐乔晚说道：“丫头，太爷爷现在就去求凌家的列祖列宗，让他们保佑那个苏丫头平安无事。”

话音一落，他便看向凌国康、凯拉以及凌家的其他人，说道：“你们都跟我去。”

说完，他又回过头，看着唐乔晚说道："丫头，你昨晚一晚上没睡，赶紧和琛琛去休息，太爷爷这就去祠堂。"

唐乔晚闻言，没再说什么。

待大厅里凌家上下的人都跟着凌老太爷去祠堂了，她才和龙御琛回房。

唐乔晚在豪华的床上坐下来，看着自己的丈夫，蹙起眉头问道："暖暖真的会没事吗？"

龙御琛在她身旁坐下来，垂眸凝视着她说道："做好最坏的打算，但也不要太绝望。"

唐乔晚点了下头，扑进他的怀里，紧紧地搂住了他："可是，要做好最坏的打算好难，我一想到暖暖没了，就好心痛，我不想做这个打算。"

说着，她抬眸看向龙御琛，又说道："我好希望有奇迹出现。"

龙御琛搂紧她说道："奇迹不是已经出现了吗？海里找不到人，这就是奇迹。我昨天问过警方了，他们在你的闺密失踪后以最快的速度赶去了海边，如果她真的溺亡，短时间内，她是不会被冲走的，而是会沉入海底，但是警方没有找到人，这就说明她或许没有跳海。"

唐乔晚听他这样说，放心多了。

她深吸一口气，才又说道："我暂时信你的，暖暖没跳海。"

"还是要做好最坏的打算。"

听到这话，唐乔晚又蹙起了眉头。

龙御琛见状，抬手抚了抚她的眉头，说道："好了，别想太多了，好好睡一觉，或许明天就有好消息了。"

唐乔晚点了下头，说道："你也睡。"

"救命……我不能死……我不能死……救命……"

光线昏暗的房间里，唯一的一张实木床上，躺着一个身穿白色连衣裙的年轻女人。

她如海藻般的长发铺散在床单上，脸色苍白，额头上全是汗，左右摆着头，像是做了噩梦。

她紧闭着双眼，嘴里却在呼救：“救命……救命……救……救我的宝宝……”

这时，这间简陋卧室的木门被推开，一个穿着黑色西服的年轻男人走了进来……

（未完待续）

作者专访

欢迎来到《面具之偶》

《面具之偶》的第一个故事就讲到这里啦，有没有意犹未尽的感觉呢？不着急，责编特意在本书即将上市之前，准备了收集到的一堆读者提问，心情忐忑地来到萱萱家里，为大家送上本次特别轻松欢快（严肃正经）的作者采访直播。

主持人：责编

嘉宾：浅晓萱 苏暖 凌言玺 唐乔晚 龙御琛

观众：网友们

（以下是直播的画面内容，由责编整理）

下面让我们用热烈的掌声欢迎盛装出席的萱萱，鼓掌！

责编（手持自拍杆）：喂喂喂，听得到我的声音吗？听得到是吧，好嘞，什么？看不到我？当然不能让你们看到我了！我没有化妆的……你们不介意我很介意啊！调皮……是的，你们待会儿看得到漂亮的萱萱的。

凌言玺（看了眼手表）：好了吗？什么时候开始？

苏暖瞥了一眼身旁的老公，掐了一下他的大腿：别说话，萱妈有点紧张，给萱妈一点时间。

责编内心：凌总好凶哦，怕怕的。

弹幕：苏暖老公粉后援团送上999朵玫瑰花。

责编：谢谢这位苏暖老公的玫瑰花！

凌言玺（一头雾水）：叫我？我没有送花啊。

责编：不是，是直播间的读者……啊……要他改名字啊，凌总这样不太好吧……嘤嘤嘤，好吧，这位读者你听到了吗？凌总说要你改名字，他有点生气了。还好我没给他镜头……

此时，萱萱化完妆，穿好礼服出现了。责编终于可以不用面对凌总了！解脱了……

责编：下面让我们掌声欢迎盛装出席的萱萱，鼓掌！

（责编、嘉宾们纷纷起立，迎接美得不像话的萱萱，直播间也有很多读者刷起了鲜花，感谢支持！）

责编（镜头给到嘉宾席）：萱萱和主角们给收看本次直播的读者们打声招呼吧。

萱萱（紧张到一本正经）：大家好，我是作者浅晓萱，非常感谢大家能在百忙之中抽出时间来看这一次直播，我第一次接受采访，有点紧张，希望大家多多理解（站起鞠躬）。

责编：下面有请我们《面具之偶》的女主角苏暖给大家打招呼。

苏暖：读者们大家晚上好，我是暖暖，很高兴见到大家。希望今天晚上大家能一起聊得开心，玩得开心！请大家多多支持萱妈的《面具之偶》这本书，这本书的故事萱妈才给大家讲到一半，后面的故事会更加精彩哦（望向一旁的凌言玺，凌总顿时领会，将苏暖的手握在手心里）。

责编：大型撒“狗粮”现场，过分了！

凌言玺：我是苏暖的丈夫凌言玺。

唐乔晚（挥手）：嘿，晚上好，我是唐乔晚，大家可以叫我晚晚，苏暖是我最好的闺密，凌言玺是我大哥。他们一路走来经历了很多，萱妈才给大家讲了其中的十分之一，希望大家今后多多关注他们！鞠躬！

龙御琛：晚上好，我是龙御琛。晚晚是我的夫人（说完，侧头含情脉脉地看着晚晚）。

责编只好用礼貌性的微笑来掩饰自己是在场唯一的优秀单身美少女：让我们用最热烈的掌声欢迎萱萱、凌少、晚晚和龙少。

责编（偷偷瞄了一眼小本本）：《面具之偶》这本书萱萱早在两年前就在网站上连载过了，连载时有很多读者在追看，人气很高。想问萱萱，在连载期间被这么多读者喜欢的时候，你心里在想什么呢？

萱萱（紧张到下意识搓搓手）：当然是非常感激一直支持我的读者宝宝们了，我写作接近十年了，因为他们的喜欢和鼓励，我才有写更好看的故事的动力。那些相知很多年的读者更像是我的亲人。（眼里泛起了泪花）我爱你们！

责编：萱萱真的很爱粉丝们呢。直播间也有很多新朋友，萱萱给新朋友们介绍一下这本书吧。

萱萱：其实这本书是我2016年的时候为我之前写的一部作品另外写的番外，因为在那本书中对暖暖和凌少的故事着墨不多，但是读者们很喜欢他们，也很期待他们的故事，所以我就额外写了这个故事。

责编：可以说说那部作品的男女主角是谁吗？

萱萱：当然可以，其实就是晚晚和龙少啦（笑）。

此时苏乔晚微笑着向镜头挥手，一旁的龙少只是微微颔首。

责编：很期待晚晚和龙少的故事有一天也能和大家见面呢。

萱萱：我也很期待。

责编：聊聊这本书的故事吧，萱萱和大家介绍一下吧。

萱萱：我想，大家看到这里的时候，应该看完前面发生的故事了吧。所谓“一千个读者心里有一千个哈姆雷特”，这个故事还有很长的路要走。

责编：相信读者们看完这本书也发现了，故事并没有讲完。所以想问萱萱，是不是会出下面的故事呢，能不能稍微给我们透露透露呢？

萱萱：这个不是应该问责编你吗？

责编：呃……

萱萱：开玩笑开玩笑啦，我绝对没有逼迫你赶紧出下一册的意思，绝对没有！

责编保持沉默。

萱萱：嗯……接下来的故事走向，我只能说会渐渐把苏暖的身世以及她和凌总的故事揭开，这一部已经很虐了，下一部可能更……

责编：哇，下一部的内容这么劲爆的吗？我替广大读者问一句：萱萱，所以你什么时候交稿子呢？

萱萱内心：是编辑你自己想催稿吧！

萱萱：呜呜呜，改稿子好痛苦，但是我会尽快的。请大家等等我！

责编（得逞地笑）：好，萱萱加油！我们都希望能早日看到后面的故事。

责编：下面进入游戏环节——快问快答。我这里收集了十个粉丝最想知道的问题，大家准备好了吗？

萱萱、暖暖、晚晚开心地答道：准备好啦！

凌少和龙少眉头微蹙，感觉事情并不简单，纷纷向责编发出一记眼刀。

责编皮糙肉厚，攻击无效。

责编：第一个问题，请萱萱来回答。

读者@灯塔：提问萱萱，萱萱，我想知道，你更爱你笔下的哪位总裁呢？各个都帅气又多金，要正面回答，不能回避哦。

萱萱正欲回答，突然感觉头顶的空气正在波动。她侧头一看，原来是两位男嘉宾纷纷投来密切关注的眼神，萱萱顿时有了前所未有的求生欲：我爱他们的程度和他们爱我的程度成正比。

读者@非主流网名：问凌总，你和暖暖的故事被出版了，名字叫《面具之偶》，是有什么特殊含义吗？

凌言玺：问你呢，萱妈。

萱萱：问你呢，责编小姐姐。

责编此时不见了。

读者@孤鲸：提问暖暖，你每次被玺少欺负时，真实想法是？

苏暖：等哪一天我要全部欺负回去！

凌言玺：要不今天晚上？

读者抗议：禁止秀恩爱！

读者 @忆搁浅：提问萱萱，此书会被改编成电视剧吗？

萱萱：这个不知道哦，我当然也很期待苏暖和凌总的故事可以影视化啦。

读者 @米柚：提问凌总，暖暖和景轩在一起时你心里是怎么想的？

凌言玺表情严肃：你猜我现在心里是怎么想的？

读者突然害怕起来，凌总息怒……

读者 @咖啡泡沫：提问萱萱，当初写凌总和暖暖的故事时你最大的感触是什么？

萱萱：世界上怎么会有这么别扭的人！这么别扭的人怎么会有这么虐心又甜蜜的爱情！我都边写边哭过好几次……

读者 @我只属于你：提问萱萱，苏暖这个人物你是不是根据自己的性格特点写的？

萱萱：不完全是，但是会有自己性格的一部分。其实萱萱的每一本书的人物多多少少加了一点自己的性格在里面啦。

读者 @普洱：请问凌总，没有在景轩之前认识暖暖会感觉到遗憾和不甘吗？

凌言玺：认识暖暖我花光了前二十年的所有好运气，往后余生，想对她永远比昨天更好。

读者 @柠檬红茶一点点甜：提问萱萱，好想知道凌总是从哪里学来的这么多土味情话啊！

凌言玺：呵，这需要学？明明是真情流露，自学成才。

读者 @真香丫：提问龙少，虽然你的戏份很少，但是好喜欢你和晚晚。

龙御琛：谢谢你的喜欢，为了表示感谢，给你送一张终身会员卡吧。

责编：为什么不送给我？我不开心！

龙少瞥了一眼责编，意思是：理由你自己明白，不用我说出来。

责编含泪露出笑容：恭喜这位读者！

责编：美好的时光总是短暂的，我们的直播到这里就快要和大家说再见了……（责编矫情地从兜里抽出纸巾，擦了擦并不存在的眼泪。）

责编：请萱萱和四位男神女神一人说一句话和大家说再见吧。

萱萱：请大家多多支持凌少和暖暖，请大家多多喜爱龙少和晚晚。

苏暖：请大家多多支持萱妈！

凌言玺：希望你们喜欢《面具之偶》，如果可以的话，多多推荐给亲朋好友。

唐乔晚：想说的话都被前面的人说完了怎么办？那晚晚就提前祝大家新年快乐吧！

龙御琛紧跟着附和：提前给大家拜个早年，祝大家新年学习进步，身体健康，工作顺利，爱情甜蜜，阖家欢乐。

责编笑：喂喂喂！最后两个人怎么回事？好啦，今天的直播就到这里啦！请大家多多关注我们，我们会不定时直播的！如果有机会的话，下一本书的直播间我们再见。爱你们！

嘉宾离席，观众有序退场。

直播结束。

萱萱：好紧张，我回答得好差。

苏暖：萱妈，我也表现得好差劲啊怎么办？

凌言玺：不，是责编主持水平太差了。

众人醒悟，纷纷寻找责编的身影。

凌言玺一声大吼：责编，出来挨打！

此时正躲在某黑漆漆的小屋里的责编：还好我跑得快……还好我带了巧克力和水。在这里睡一觉避避风头吧。